KB201378

하늘에서 온 메세지

제1권 인간의 깨달음이란 무엇인가

하늘에서 온 메시지
제1권 인간의 깨달음이란 무엇인가

초판 1쇄 인쇄일 _ 2007년 2월 10일
초판 1쇄 발행일 _ 2007년 2월 15일

지은이 _ 황선자
펴낸이 _ 최길주

펴낸곳 _ 도서출판 BG북갤러리
등록일자 _ 2003년 11월 5일(제318-2003-00130호)
주소 _ 서울시 영등포구 여의도동 14-5 아크로폴리스 406호
전화 _ 02)761-7005(代) | 팩스 _ 02)761-7995
홈페이지 _ http://www.bookgallery.co.kr | 인터넷 한글주소 _ 북갤러리
E-mail _ cgjpower@yahoo.co.kr

값 9,000원

* 잘못된 책은 바꾸어 드립니다.

ISBN 978-89-91177-30-7 04810
ISBN 978-89-91177-29-1 04810(세트)

하늘에서 온 메시지

제1권 인간의 깨달음이란 무엇인가

기록자 황선자 지음

BG 북갤러리

머리말

이 책은 썩어가고 있는 이 세상의 잘못된 것을
바로잡고자 하는 하늘의 뜻이 담겨있습니다

이 세상을 살다보면 예기치 못한 일들을 경험(체험)하고, 이해할 수 없는 일들을 주변 사람들로부터 전해듣기도 합니다. 그리고 이 세상에는 현대 과학으로는 도저히 입증할 수 없는 일들도 적지 않게 일어나곤 합니다. 어떤 사람들은 일생을 살면서 그 어떤 암시나 예고도 없이 '우연'이라는 상황을 한두 번 이상 맞기도 합니다.

필자는 우연한 기회에 영적(靈的)인 체험을 하게 되었습니다. 지난 10년 전부터 필자는 역학 공부를 하여 철학관을 운영하고 있었는데, 2006년 봄 예기치 않은 상황을 맞게 되었습니다. 그것은 바로 하늘에서 보내는 메시지를 받게 된 것입니다. 당시 우주 창조주신이라는 분이 필자에게 직접 접신하였습니다. 그 분은 "오늘부터 너는 하늘의 글을 쓰는 작업을 나와 함께 하자. 나는 우주 창조주신이다"라며 필자의 조상 시할머님과 함께 필자의 몸에 직접 자동 접신이 되었던 것입니다.

그 창조주신께서는 필자에게 몇 달간 불러주는 것을 적고, 지금은 약 3권 분량의 책을 출간할 수 있도록 한다고 했습니다. 그리고 그 분께서는 몇 년 후가 지나면 하늘의 기운을 받아 또 다른 글을 쓸 것이라며, 앞으로 필자가 죽을 때까지 수많은 책을 쓰게 할 것이라고 했습니다.

그 말을 듣고 필자는 놀라지 않을 수 없었습니다. 그런데 더 놀라운 것은 대체 어떻게 필자를 통해서 글을 쓴다는 것인지 도무지 이해할 수가 없었습니다. 필자는 그때까지만 해도 평소 글 쓰는 재주가 전혀 없었습니다. 그리고 종교와 관련하여 서적을 읽는다거나 기도를 할 줄도 몰랐습니다. 더구나 종교적인 얇은 지식조차도 없었던 것입니다.

다만 필자는 결혼을 하여 가정을 이미 꾸렸으며, 남편과 아이들 뒷바라지만 잘하는 그저 평범한 주부이자, 엄마, 며느리였습니다. 그러면서 그 누구에게 피해를 주거나 필자로 인해 타인이 고통받는 일은 더더욱 없었습니다. 그저 주변 분들로부터 '여리고 착한 사람'이라는 말을 간혹 듣는 정도였습니다.

사실 집안 내력을 보아도 이런 일을 체험할만한 환경이 아무것도 없었습니다. 남편과 필자의 친정을 둘러보아도 여타 종교와 관련된 적이 한번도 없는 무종교(無宗敎) 집안이었으며, 30대 후반까지도 필자는 그저 그렇게 살아왔습니다. 그 당시 필자의 남편은 모 은행의 4급 직위를 갖고 직장을 다니고 있었으며, 아들과 딸, 양친 부모님과 형제들이 모두 그저 평범하게 사는 가정의 한 일원이었습니다.

그런데 이러한 현실에서 주어진 삶을 살아가던 필자가 하늘의 메시지를 받는다고 생각하니, 한편으로는 많은 기대도 하게 되었습니다.

2006년 봄, 그런 예시가 있은 후 필자는 저녁시간이 되면 필자 자신도 모르게 입에서 술술 이야기가 쏟아져 나왔습니다. 하늘의 그 기운을 체험한 것입니다. 필자와 전혀 관계가 없다고 생각했던 그 하늘의 기운을 필자가 알기 시작한 것입니다.

우주 창조주신께서 다녀가신 후 연일 필자의 입에서는 그 하늘의 메시지를 토해내기 시작했습니다. 그 때 그 누구의 도움도 받은 적이 없었습니다. 그런데 이상하게도 하늘의 그 메시지를 필자의 시댁 쪽 조상 시할머님을 통해 필자에게 전달하고 있었던 것입니다. 필자는 컴퓨터 앞에 앉아 자판을 두드리기 시작했습니다. 하늘의 기운으로 자동 서기(書記)를 시작한 것입니다. 필자는 결혼 전 직장을 다니면서 그나마 타이핑을 했던 경험이 있어서 글을 적는 데에는 그리 큰 무리가 없었습니다.

그런데 글을 적다보니 이것은 이 지구에 대한 예언과 함께 필자에게 영험한 능력을 주겠다는 내용이 필자의 의지와 상관없이 나오기 시작했습니다. 그래서 그 순수한 뜻을 받아들이고자 하늘의 메시지를 적어나갔습니다. 그런데 그 내용을 살펴보니 우리 삶에 있어서 도움이 되는 내용들이 많이 포함되어 있었습니다. 필자는 사명감이 생기기 시작했습니다. 이 글이 지구의 많은 사람들에게 앞으로 큰 도움이 되겠다 싶어 열정적으로 적어, 이렇게 하늘의 뜻을 이행하기 위해 책으로까지 출판하기에 이르렀습니다.

이 책에는 인간들이 어떻게 살아야 하는지의 깨달음의 메시지와 지구에 대한 대 예언이 담겨있습니다. 그 지구의 예언들 가운데, '지구의 종말이 없다' 는 것과 함께 지구에는 끊임없는 정화작업으로 인해 '지구가 변화한다' 는 내용을 담고 있습니다. 이것은 더 나아가 앞으로 몇 년 후가 되면 이 지구상의 어느 지역에 아주 큰 변화가 닥쳐, 그 지역 대부분의 사람들이 큰 재앙을 입게 되어있으니, 그 지역을 모두 떠나라는 메시지도 들어있습니다. 심지어 영원히 특정 지역의 한 나라가 없어져버린다는 내용도 담겨있습니다. 지난해 말에는 필자가 살고 있는 이 나라의 정치상황이 복잡해지면서 우리나라 정치에 관한 내용도 담게 되었습니다.

그래서 필자는 우선 순서대로 기록한 이 글들을 세 권 분량으로 분류해 보았습니다. 그것은 제1권 인간들의 깨달음이란 무엇인가, 제2권 지구의 종말은 없다, 제3권 정치인들이여, 정신을 차려다오 등입니다. 대부분의 내용들이 하늘의 이치와 깨달음에 관한 내용들로 담겨있습니다. 다만 하늘의 글을 적다보니, 앞에서 했던 메시지가 뒤에서도 구체적으로 반복되었습니다. 필자는 그것을 하늘에서 더 강조하기 위해서 그런 것이라 받아들이기로 했습니다.

그런데 필자는 하늘의 메시지를 적으면서 우주 창조주신으로부터 사람들의 인체를 투시하여 질병을 찾아내게 하는 투시하는 능력을 받기도 했습니다. 사람의 몸에 무슨 병이 있는지, 빈혈, 콜레스테롤, 각종 장기의 염증, 관절문제 등이 필자의 육안으로 투시되기 시작했습니다. 그리고 나무와 돌 등 자연적인 물질들과의 대화하는 능력도 갖게 되었습니다. 그래서 지금은 빙의환자(정신병자 등)를 치유하고 있으며, 하늘의 기(氣)를 받아서 사람들에게 우주의 기(氣)를 불어넣는 기 치료를 하고 있습니다. 이 모든 것들은 영적(靈的)인 차원에서 하늘에서 자동으로 필자의 몸에 흐르게 하는 하늘의 기운이라 생각합니다. 또한 이 책에는 필자가 살고 있는 이 나라의 현재의 정치 상황이 심각한 것을 우려하여 하늘에서 정치인들에게 경종을 울리고자 차기 정권에 대한 문제와 예언도 수록했습니다.

끝으로 이 책을 통해 필자가 하늘의 기운을 받은 것처럼 독자 분들께서도 세상을 살면서 많은 지침과 깨달음을 얻었으면 합니다. 아직도 왜 필자에게 이런 상황이 전개되는지는 모르겠지만, 분명 그것은 곪고 썩어가고 있는 이 세상의 잘못된 것을 바로잡고자 하는 하늘의 뜻이 담겨있는 것이 아닌가 생각합니다.

2007년 1월

기록자 황선자

CONTENTS | 차례

머리말 · 4

제1장 나는 하늘 최고의 우주신이니라 · 13

제2장 세상을 치유하는 사랑스런 나의 존재야 · 23

제3장 고통은 나에게 주고, 너희들은 행복한 삶을 살아라 · 36

제4장 모든 만물은 인간의 몸에서 시작이 되었다 · 46

제5장 깨달음이란 바로 자신을 먼저 아는 것이다 · 62

제6장 앞으로 지구의 반 이상이 물에 잠길 것이다 · 71

제7장 행복은 바로 우리들의 주변에 있다 · 83

제8장 '빛의 존재'를 통해 아름다운 세상에서 살아라 · 98

제9장 자기를 희생할 줄 알아야 후손들에게 복이 있다 · 118

제10장 행복은 바로 당신의 마음이요, 생각인 것이다 · 127

제11장 종교가 바로 전쟁의 원인이다 · 138

제12장 사랑은 작은 것에서부터 온다 · 152

제13장 다른 사람의 단점을 덮어 주는 것이 사랑이다 · 160

제14장 깨달음은 바로 당신의 코앞과 발밑에 있다 · 166

제15장 인간들이 만들어 낸 '지구의 종말', 그것은 없다 · 176

제16장 이 존재의 전생은 영조 임금이었다 · 193

제17장 가정과 사회를 파괴하는 종교라면 믿지 말라 · 208

제18장 조상께 '물질적인 제사상'을 차리지 말라 · 216

제19장 환락만을 추구하는 것은 인간들을 쉽게 병들게 한다 · 227

제20장 인간의 사는 참모습 속에 바로 깨달음이 있다 · 236

제21장 남을 위한 삶 속에서도 행복했다면 당신은 아름다운 삶을 살았다

　　　는 것이다 · 244

제1장
나는 하늘 최고의 우주신이니라

나는 너의 조상 시할머니가 아니니라.

나는 하늘 최고의 우주신이니라. 황선자 너는 나의 말을 잘 들어라. 너는 이 세상에서 최고가 되기 위하여 내가 너를 찾고 있었느니라. 하늘의 신은 너를 위하여 항상 기도하고 도와주고 인간들의 세상을 위하여 힘을 주고 있느니라. 황선자, 용기를 내어라. 하늘의 힘을 빌려 너는 만인의 몸을 치유해야 하느니라. 지금부터 너는 내가 하는대로 따라 해라. 모든 것을 글로 적으라. 하늘에서 우리는 인간들을 위하여 항상 힘을 주고 있느니라. 그러나 인간들은 우리가 인간을 위하여 힘을 주는 것을 모르고 있도다. 힘을 받는 사람은 소수일 뿐이니라. 인간들아, 너희들은 아느냐. 우리가 하늘에서 너희들을 위해 힘을 주고 있다는 것을 아느냐. 인간들아, 들어보라.

빙의는 인간들을 힘들게 하는 존재란다. 그 빙의를 없애는 방법은 힘들지만, 아무에게나 그 능력을 주지는 못하느니라. 그 능력을 받을 수 있는 사람은 마음과 몸이 깨끗하고 순수하고 영록(榮祿)한 광채가 있어야 하느니라. 인간의 힘으로 못하는 것을 나는 황선자에게 능력을 주었느니라. 이 사람은 영혼이 순수하고, 깨끗하고, 영체가 무한한 빛을 갖고 있기 때문이니라. 오색찬란한 영체를 갖고 있는 영혼은 인간들의 세계에서 보기 힘든 존재이니라. 하늘에서만 알 수 있는 그 빛은 하늘의 세계에서만 알 수가 있단다. 인간들이 가진 눈은 그 오색찬란한 빛을 보지 못하는 눈이란다.

나는 그 오색찬란한 빛을 갖고 있는 이 황선자의 몸에 들어가서 이 글을 쓰게 만든 것이다. 인간들을 위하여 나는 무엇인가 하고 싶어진다. 그 하고 싶은 일을 이 황선자의 몸을 빌려 지금부터 글로 쓰겠노라. 인간들아, 나의 말을 들어보라. 나는 하늘 최고의 신인 우주 창조주신이니라. 내가 직접 와서 이 사람의 몸을 통하여 글을 쓴다. 인간들아, 우리는 무한한 능력을 갖고 있는 너희들에게 힘을 주고 싶었느니라. 하지만 주고 싶어도 그 무한한 능력을 받는 사람이 별로 없구나. 나는 그 무한한 능력을 갖고 있는 사람을 찾고 있던 중에 이 사람을 발견했느니라.

나는 황선자에게 하늘을 위하여 또는 땅의 사람들을 위하여 병든 사람을 고칠 수 있는 능력을 주기로 하였단다. 너희들은 알아야 한다. 이 사람은 힘들고 병든 사람들을 치유하는 힘을 갖고 있느니라. 세상 사람들아, 너희들이 힘들고 배고플 때 우리는 너희들에게 무엇인가 주고 싶었느니라. 하지만 인간들은 우리가 주고 싶은 무한한 능력을 모두 받지를 못하더구나. 정신이 황폐해지고, 병들고, 이상한 행동을 하는 사람들이 많아, 이제는 물질적인 것이 아니라 정신과 평화와 사랑을 주고 싶도다.

앞으로 이러한 사람들이 많이 태어나게 될 것이다. 너희들은 이것을 모르고 살고 있을 뿐이지 정신적으로 힘들고 황폐한 인간들이 아주 많이 있단다. 그러므로 나는 그러한 인간을 위하여, 이 사람을 통해서 정신적으로 힘든 환자를 치유하겠느니라. 너희들은 무엇을 아느냐. 너희들이 알고 싶은 게 무엇이 있느냐. 나는 너희들을 돕고 싶구나. 이 사람을 통해서 돕고 싶구나.

그런데 너희들은 이 사람을 모르고 있을 뿐이니라. 이 사람은 하늘의 힘을 받고 있는 사람이란다. 이 사람이 바로 나인데 말이다. 병든 사람들아, 나에게 오너라. 나는 너를 위하여 최선을 다하겠노라. 그러므로 나는 이렇게 하늘에서 내려왔느니라.

아! 슬프다. 인간들이 사는 모습이 너무도 슬프도다. 나는 너희들을 돕고 싶다. 돕고 싶은데 나는 어떻게 해야 너희들을 도울 수가 있을까를 생각해 본다. 그러나 일반사람들은 나를 몰라본다. 언젠가는 나를 알 때가 있느니라. 그래도 나는 너희들을 위하여 최선을 다하겠노라.

하늘에서는 모든 걸 알고 있단다. 나는 이 사람을 통해서 모든 걸 밝히겠노라. 지구는 조금 있으면 모든 것이 반 이상 물에 잠기게 되어있는데, 인간들은 그것을 모르고 있구나. 지구의 반이 물에 잠기면 인간의 반이 죽게 된다는 것이다. 그 인간들을 살리게 하는 것이 우리가 하는 일이니라. 우리는 그러한 일을 하기 위하여 이 사람의 몸을 빌렸느니라. 그 일을 할 수 있는 사람은 이 사람과 나와 다른 또 한사람이 있느니라. 그 사람은 다름 아닌 이 사람의 조상 시할머니이니라.

이 시할머니는 인간들이 말하는 이 세상에서 이미 죽은 위 조상이니라. 이 조상 시할머니는 이 황선자의 몸을 통해 하늘과 연결 고리를 하는 중간 역할을 하느니라. 중간 역할을 하는 이 시할머니는 병들고 힘든 자의 모든 병을 치유하고 빙의를 찾아내는 역할을 하게 되느니라. 병든 자는 빙의가 있는 것이 대부분이니라. 그 빙의를 찾는 데는 어느 누구도 할 수 없느니라. 이 사람 황선자의 눈과 손을 통해서 시할머니가 하는데, 그 위 최고는 내가 하느니라.

빙의 환자는 아무나 치유하는 게 아니니라. 하늘의 힘을 갖고 있는 사람만이 할 수가 있느니라. 하늘의 힘을 갖고 있는 자만이 빙의를 찾을 수가 있느니라. 그 능력은 아무에게도 주지는 못하느니라. 그 능력은 하늘에서 정하느니라. 인간의 힘으로는 도저히 못하느니라. 인간의 힘에는 한계가 있느니라. 그 한계를 우리는 극복해 낼 수가 있느니라. 그래서 나는 이 황선자의 몸을 통해서 하기로 했느니라. 이 사람의 몸을 통해서 할 수 있다는 것이 나는 참으로 기쁘구나. 이 사람은 깨끗한 영체와 아름다운 마음과 예쁜 마음을 갖고 있느니라. 그래서 나는 이 사람을 선택하느니라.

너희들에게 이 사람이 아주 평범한 여자로 보일 수도 있지만, 하늘에서는 이 사람을 평범한 사람으로 보지 않는다. 이 사람은 아주 큰 힘을 갖고 있느니라. 하늘의 힘을 통해서 우리는 너희들에게 이 사람을 알리게 하느니라. 너희들은 나의 말을 믿지 못하겠지만, 하늘에서 보는 눈이 있단다. 하늘은 빈틈이 없단다. 하늘은 그 사람의 깨끗한 영체를 보는 것이지, 말 잘하는 것을 보지는 않는단다. 말을 잘 못해도 그 사람의 깨끗한 영체와 깨끗한 마음, 아름다운 마음을 우리는 원하고 있단다.

너희들은 그것을 모르고 있단다. 말 잘하고 잘난 체하고 학벌 좋다고 하늘에서 알아주는 게 아니란다. 그저 순수하게 묵묵히, 아름답고 깨끗한 영체를 갖고 있으면 되는 것이란다. 인간들이여, 하늘의 세계를 아무도 모르고 있구나. 하늘에는 지옥도 없고 천국도 없단다. 지옥과 천국은 인간들이 만들어 놓은 말이란다. 하늘 세계에는 신의 계급이 있단다. 신의 계급은 인간들이 말하는 직장의 계급과 같은 그런 단계란다. 인간들이여, 지옥이 있다고 믿지도 말고 천국이 있다고 믿지도 말라.

그것은 착하게 살라고 종교인들이 만들어 놓은 용어란다. 하늘의 세계는 지옥도, 천국도 없단다. 다만 착하고, 바르고, 깨끗한 마음을 갖고 있는 그런 사람을 좋아하고, 그렇게 살기를 바란다. 착하고, 바르고, 예쁜 마음을 갖고 살기를 바란다. 우리는 너희들을 이런 착하고, 깨끗한 마음을 갖고 살게 하기 위하여 하늘에서 힘을 쓰고 있는데, 인간들이 그것을 받아주지 못하더구나.

그 착하고 깨끗한 마음을 갖고 살게 하기 위해서 우리는 무한한 능력을 주고 있단다. 그런데 그 무한한 능력을 받을 사람에게 한계가 있더구나. 하늘에서 보면 그 무한한 능력을 받는 사람은 소수일 뿐이란다.

우리는 그 소수일 뿐인 인간이 안타까울 뿐이다. 착하고 아름다운 마음을 갖고 있는 사람이 많이 있기를 우리는 바란다. 하늘은 너희들을 무한하게 사랑하고 있단다. 그 사랑을 우리는 주고 싶단다. 그런데 그 사랑을 받는 사람은 너무 작은 소수일 뿐이라서 우리는 너무도 마음이 아프고, 시리단다.

인간들아, 우리는 너희들을 위하여 얼마나 힘을 쏟고 있는지 너희들은 아무도 모르고 있더구나. 그래서 나는 이 황선자의 몸을 빌려 이렇게 글을 쓰는구나. 알고 싶고, 주고 싶어도 받아주는 인간이 너무도 적어서 우리는 서럽고 안타깝구나. 너희들은 아느냐. 우리가 너희들을 위하여 하염없이 정도 주고, 마음도 주고, 따뜻하게 보살펴주었는데, 인간들은 모르고 있단다. 우리는 그 한계를 느끼고 이제 하산하기로 하였단다.

그 하산은 이제부터 시작이란다. 하산은 다른 것이 아니라 인간을 돌볼 수가 없다는 것을 우리가 알았다는 것이다. 인간을 돌보고 도와주고 싶었지만, 그것을 받아주는 인간이 너무 적었단다. 그 적은 수에 한계를 느끼고 우리는 더 이상 착한 사람을 만들어 낼 수가 없단다. 그래서 우리는 이제 인간 세상에 내려가기로 마음을 먹었단다. 인간을 직접 다스리기로 마음을 먹은 것이다. 그 다스리는 방법은 바로 이 황선자의 몸을 통해서, 빙의 치료를 통해서 다스리기로 마음을 먹었단다.

너희들은 이제 우리가 하는대로 따라 하면 되느니라. 그것은 인간을 다스리는 데 우리가 한계를 느꼈기 때문이란다. 인간들아, 너희들이 착하고, 바르고, 깨끗하게 살기 바란다. 착하고, 깨끗하고, 바르게 살도록 하기 위하여 우리는 너희들을 도울 것이다. 앞으로 너희들을 돕기 위해 끊임없이 힘을 줄 것이다. 너희들은 나의 존재를 모르고 있을 뿐, 언젠가는 나의 존재에 대해 알게 될 것이다. 이 황선자의 몸을 통해서 알게 될 것이다. 나는 이를 알리기 위해 황선자의 몸을 빌려단다.

세상은 아름답고 풍요롭지만, 인간은 황폐해지고 있단다. 그 대가를 치루기 위해서 인간은 앞으로 힘든 세상을 살게 될 것이다. 그 힘든 세상을 우리는 돕고 싶구나. 너희들을 위하여 최선을 다하고 싶구나. 너희들이 아름답고, 착하고, 깨끗하게 살기를 바란단다. 너희들이 착하고, 깨끗하게 사는 방법은 다름 아닌 남을 위하여 희생하며 봉사하고 욕심 없이 사는 것이란다. 그 욕심이란 것이 무엇인지 서로 죽이기도 하고, 도둑질도 하고, 남을 험담하고, 남을 깔아뭉개고 하는 것이 인간이란다.

그렇게 살면 이 세상은 너무도 황폐해져 인간이 살 수 없는 세상으로 변한다. 그래서 우리는 이 황선자의 몸을 빌려 인간들이 착하게 살라고 외치고 있구나. 인간들아, 우리는 너희들을 돕고 싶다. 무한하게 돕고 싶다. 그러나 돕고 싶어도 그 도움을 받는 인간이 별로 없구나. 그래서 우리는 한탄을 한단다. 그리고 인간들이 너무도 자기의 욕심만 채우고 있다는 것을 우리는 알고 있단다. 너희들은 그 욕심을 버려야 살 수가 있다. 그 욕심을 버리는 방법은 남과 이웃을 위하는 마음을 갖는 것이 중요하단다. 쉽게 말하면 배려하고, 양보하고, 욕심을 버리고, 언제나 봉사와 희생 정신 속에서 살기를 바란다. 그래야 이 세상이 아름답고, 나아가 기쁜 세상이 온단다. 우리는 이런 세상을 만들기 위해서 이곳 인간들의 세상에 내려왔단다.

이곳 인간들의 세상에 와서 보니 너무도 황폐해서 보지를 못하겠구나. 이 황폐한 세상을 우리는 바르게 세우고 싶다. 그 바르게 세우는 방법은 일단 빙의를 치료하고, 그 가족을 치료하고, 이웃을 치료하고, 세상을 치료하고, 인간을 바르게 세우는 것, 그것이 바로 우리의 목적이란다. 인간들아, 우리는 너희들을 위해서 무엇이든지 하고 싶단다. 그런데 돕고 싶지만 인간들이 따라주지 않는구나. 따라주는 인간은 소수이다. 안타깝구나, 안타깝구나….

너무도 안타깝고 마음이 아프다. 그 인간들의 세상을 바꾸고 싶구나. 너희들이 우리가 하는 일에 따라주었으면 좋겠구나. 너희들이 우리가 바르게 이끌고 도울 때 그대로 따라주면 우리는 그것으로 감사하고 행복하다. 너희들이 우리를 따라주지 않기 때문에 우리가 이렇게 인간 세상에 내려와 인간을 치유하고, 병든 자를 치료하고, 아픈 사람을 달래주고자 한다.

너희들은 아느냐. 우리가 너희들을 위하여 큰 힘을 쏟고 있다는 것을. 너희들이 아름답게 살고, 착하게 살고, 예쁜 마음을 갖고 살아가는 모습을 우리는 보고 싶구나. 우리는 하늘에서 인간들의 마음을 모두 알고 있단다. 하늘에는 아무것도 없어 너희들의 마음을 모르고 있을 것이라고 알고 있겠지만, 우리는 사람들의 마음을 다 알고 있단다. 그 사람의 행동과 마음을 바늘구멍 보듯이 모두 보고 있단다. 너희들은 하늘 세상을 모른다고 함부로 행동을 하지 말라. 하늘은 모든 인간들의 행동과 모습을 알고 있단다. 그 행동과 모습을 바르게 행하기를 우리는 바란다.

그 행동과 모습을 바르게 써야 세상이 아름답다. 아름다운 세상을 만들기 위해서 우리는 돕고 싶구나. 그 돕고 싶은 우리의 마음을 너희들이 알아주었으면 좋겠다. 너희들이 하늘 세상을 알고 싶다면 이 황선자의 글을 보면 알게 될 것이다. 하늘 세상은 인간들이 하는 모습을 바늘구멍 보듯이 모두 관찰하고 있다는 것을 알라. 하늘은 한 치의 오차도 없단다. 하늘은 정밀한 초침과도 같은 것이다. 그 정밀한 초침을 우리는 계산하고, 인간들의 죄를 모두 알고 있단다. 인간의 죄는 너무도 크다. 그리고 인간들이 모르는 죄도 너무도 많단다. 함부로 죄를 짓지 말라. 그 죄는 언젠가는 너희들의 후손 또는 바로 너희들에게로 되돌아간다는 것을 알아라. 그래서 너희들이 착하고 순수하게 살기를 우리는 바란다. 너희들이 바르게 살고 있었다면 우리가 인간의 몸을 빌려 이렇게 내려올 필요도 없었단다. 그러나 인간들이 너무도 나쁜 일을 많이 하고 있기에 우리는 한계를 느끼고 이렇게 왔단다. 인간들아, 너희들이 앞으로 착하고 바르게 살기를 우리는 간곡하게 기도하고 바란다.

인간들이 바르게 살기를 우리는 매일매일 기도하고 무한하게 사랑을 주며 보살펴주고 있다는 것을 알라. 하지만 그 사랑을 받는 인간이 별로 없구나. 슬프도다. 그러나 우리는 어쩔 수 없이 이렇게 황선자의 몸을 빌려 글을 쓸 수밖에 없구나. 너희들을 바르게 인도하고 싶도다. 바르게 인도하는 방법은 바로 착하고, 성실하고, 깨끗한 마음을 갖고 살기를 우리는 바란단다.

너희들이 깨끗한 마음을 갖고 있는 그 자체가 우리에게는 기쁨이요, 행복이다. 너희들이 잘되게 돕고, 행복하기를 우리는 하늘에서 바라고 있단다. 그러나 인간들은 아주 나쁜 마음으로 행동을 하더구나. 그래서 우리는 안타깝고, 불쌍하고, 인도하고 싶어서 하늘의 세계에서 내려와 이 황선자의 몸을 빌려 이렇게 글을 쓰노라. 너희들을 바르게 인도하고 싶도다. 그 길은 오로지 착하고, 바르고, 깨끗하게 사는 방법뿐이니라.

보거라, 이 사람이 착하고 깨끗하게 살고 있기에 이 사람을 통하여 내가 하늘에서 내려와 너희들을 가르치고, 치유하고, 마음을 다스려 바르게 사는 것에 대해 설법하고 있도다. 너희들이 언제까지나 착하게 살기를 나는 바라노라.

2006년 5월 16일 새벽 1시 36분

제2장
세상을 치유하는 사랑스런 나의 존재야

그래, 나는 너희들을 위해서 하늘에서 공부를 하고, 책을 펴내기 위해서 인간 세상에 왔노라. 인간들은 하늘 세계를 알고 싶어 하는 사람은 많으나, 하늘 세계를 알리는 사람은 아무도 없도다. 나는 하늘 세계를 알리기 위하여 이 황선자의 몸을 빌렸느니라.

나는 우주 최고의 신 창조주니라. 나는 창조주의 역할을 하기 위하여 인간의 몸을 빌려 이렇게 내려왔노라. 인간들이 불쌍하고 황폐한 생활을 하고 있어 그런 인간들을 위해 내가 왔도다.

나를 봐라. 나는 인간들에게 도움을 주기 위해서 왔노라. 하염없이 주고 싶도다. 그런데 인간들은 나의 도움을 받을 생각을 하지 않는구나. 인간들이여, 나의 도움을 받기 위해서 하루하루를 성실하고 착하게, 바르고 깨끗하게 살기를 바라노라. 우리의 목적은 그것뿐이란다. 인간들이여, 우리는 그 목적을 달성하기 위해서 인간 세상에 내려왔노라. 그래, 너희들을 위해서 인간들의 세상에 왔노라. 나는 너희들의 행복을 위해서 내려왔고, 권리를 찾아주기 위해서 내려왔노라. 그 권리를 찾기 위해서는 참되고 착하게, 바르고 깨끗하게 살아야 하느니라.

우리는 너희들을 위하여 온 힘을 주고 또 주고 있노라. 하늘을 한 번 봐라. 하늘에는 무엇이 보이는가. 파란 하늘밖에 보이지 않겠지만, 그 파란 하늘 속에서는 인간들을 위해서 무엇인가를 하고 있다는 사실을 알고 있는가. 우리는 너희들을 위해서 많은 힘을 주고 있단다. 세상 사람들이 착하고 바르게 살게 하는 것이 우리의 목적이란다. 그 목적을 달성하면 우리는 다시 하늘로 올라가게 되어 있단다.

그 하늘 세상에 올라가는 세월은 아직 많이 남아 있구나. 그 남아 있는 세월동안 우리는 많은 사람을 돕고, 병든 자를 치유하고, 보호하고, 도와야 하느니라. 그래서 나는 그러한 것을 위해서 이런 글을 쓰게 되었느니라. 세상 사람들아, 우리를 알고부터는 함부로 나쁜 일을 하지 못하게 되어 있단다. 그것을 인간들의 세상에 알려야 하기 때문이란다. 세상 사람들아, 오늘부터라도 착하고, 바르고, 깨끗하게 살아라. 그것이 너희들을 위한 길이란다.

오늘도 나는 너희들을 위해서 이렇게 글을 쓰고 있지만, 너희들의 행복한 모습을 보면 나도 행복하도다. 너희들은 행복하게 살아야 할 권리가 있단다. 그런데 각 가정마다 병들고, 아프고,

헐벗고, 굶주리고, 몹시 힘들어하는 인간들이 너무도 많도다. 우리는 그런 인간들에게 도움을 주기 위하여 이렇게 인간 세상에 왔단다. 인간들이여, 나를 알고부터는 그 헐벗고, 굶주리고, 힘들어하는 그 모습이 모두 사라지게 된단다.

아! 인간들이여, 나는 돕고 싶구나. 그 돕고 싶은 마음이 너무도 강해 나는 하염없이 울고 싶구나. 나의 눈물을 알고 있느냐. 나는 하염없이 울고 또 울었도다. 울고 나니 마음 한구석이 너무도 허전하여 나는 인간들에게 무엇인가를 주기 위하여 이렇게 왔도다. 그래, 나는 너희들이 다 잘살고 모두 행복했으면 좋겠구나.

그런데 그 행복이 없는 가정이 너무도 많도다. 그 행복이 있는 가정은 소수일 뿐이니라. 그 행복을 위하여 나는 힘을 쏟고 싶구나. 인간은 행복하게 살아야 하는 권리가 있는 만큼 그 행복한 권리를 우리는 돌려주고 싶도다. 그러나 돌려주고 싶어도 인간들이 받지를 않는구나. 받아주는 인간은 소수일 뿐이다. 그 소수에는 한계가 있을 수밖에 없도다.

그 한계로는 도저히 잘 되지는 못도다. 나는 인간들에게 행복을 무한정으로 주고 또 주고 끝없이 주고 싶도다. 인간들이여, 나를 보면 행복해 질 것이다. 그 행복을 주기 위해서 나는 이렇게 글을 쓰노라. 글을 쓰면서 나는 행복하도다. 글을 쓸 수 있는 몸이 있기에 나는 행복하도다. 글을 쓸수록 더욱 행복하구나. 이 글을 읽는 자는 매우 행복해야 한다. 그 행복을 많이도 주고 싶도다. 그 행복을 위하여 나는 하늘에서 수많은 일을 하고, 공부도 했느니라. 그 공부가 인간들을 위한 것이라서 나는 행복하도다.

이 행복을 모두에게 주고 싶도다. 아! 행복한 이 세상을 만들고 싶도다. 모든 인간들에게는 이 행복을 누려야 할 권리가 있도다. 그 행복을 누리는 방법은 모두가 착하고 바르게 그리고 깨끗하게 살아야 한단다. 그 행복을 위하여 나는 너희들에게 주고 싶구나. 모두에게 주고 싶구나. 그것은 모두가 행복하게 살아야 하기 때문이다. 행복은 인간에게 무한한 정신적인 사랑이요, 힘이요, 자비요, 권리인 것을 인간들은 알고 있는가.

그 권리를 주고 싶도다. 그 권리를 찾고 싶다면 꼭 바르고 깨끗하게 살아야 한단다. 세상 사람들아, 이 세상이 너무도 황폐했던 기억을 지우고 싶도다. 이 황폐한 기억을 모두 지우고 우리는 새로운 세상을 만들고 싶도다. 새로운 세상을 만들기 위해서는 모두가 열심히 그리고 깨끗하게 살아야 한단다. 인간들아, 바르게 살도록 노력해 보자. 바르게 살도록 노력하는 것은 그리 어려운 일이 아니다. 그저 양심을 속이지 않고, 남을 위하여 열심히 일하고, 나의 몫을 갖고 가는 것이 바로 자신의 권리니라. 그 권리를 주고 싶도다. 그 권리를 인간들에게 주고 싶도다. 인간들에게 주고 또 주어도 우리는 더 주고 싶도다. 그 주고 싶은 우리의 마음을 인간들이 모르고 있을 뿐이니라.

그 주고 싶은 마음을 갖고 있는 인간들이 있어도, 주는 만큼 받는 자는 별로 없도다. 인간들아, 나는 너희들을 바르게 인도하고 싶도다. 바르게 인도하는 나의 목적에 꼭 참석하여 주기 바란다. 그것은 아무것도 아니도다. 다만 바르게, 착하게, 깨끗하게 살면 되는 것이니라. 깨끗하게 살고 있는 인간은 소수일 뿐이니라. 그 소수의 인간은 하늘에서만 알고 있을 뿐이란다.

그 소수의 인간들은 나의 제자이니라. 그 제자들은 나를 위하여 착한 일을 하고 있도다. 착한 일을 하는 사람들에 대해서 아무도 모르고 있도다. 그 착한 일을 하는 인간들은 하늘에서만 알고 있을 뿐이니라. 그 하늘의 기운을 받고 있는 사람은 바로 나의 글을 대신하여 쓰고 있는 황선자도 된단다. 이 황선자는 하늘에서만 알고 있는 아름다운 존재요, 귀중한 존재니라. 인간들은 아무도 모르고 있지만, 하늘에서는 이미 알고 있도다. 하늘이 하는 일을 이 사람의 몸을 통해서 인간 세상에 밝히겠노라.

하늘의 세상을 인간에게 밝히는 일은 인간들을 바르게, 착하게, 깨끗하게, 살게 하기 위한 일이도다. 그 일을 우리는 이 사람의 몸을 통해서 하고 싶도다. 이 황선자의 몸은 오색찬란한 광채가 흐르고 있단다. 그 오색찬란한 광채가 인간들을 바르게 세워주는 힘을 갖고 있도다. 그 광채를 갖고 있는 인간들은 소수일 뿐이다.

그 소수의 인간들은 나의 길을 따르는 나의 제자이니라. 아! 기쁘도다. 나의 제자들을 찾을 수가 있으니 말이다. 나는 그 제자들이 사는 곳을 알고 있도다. 다만 그 제자들이 사는 곳을 말할 수가 없도다. 그 제자들은 지금 너무도 착한 일을 하고 있도다. 그 착한 일을 하고 있는 우리의 제자들은 너무도 아름답고 예쁜 광채를 갖고 있도다.

나는 그 광채를 보면 너무도 행복하도다. 그 행복한 마음이 온 세상 사람들에게 전하고 싶도다. 그 전하고 싶은 나의 마음을 인간들은 모르고 있도다. 나는 인간들의 세상에 내려가서 인간들의 세상을 아름답고 깨끗한 세상으로 만들고 싶도다. 나는 그 아름답고 깨끗한 세상을 만들 수 있는 나의 목적이 달성되면 나는 다시 하늘로 올라갈 것이다.

하지만 하늘 세상에 올라가기 전, 이 사람이 죽을 때까지 나는 있고 싶구나. 이 사람이 영원히 살도록 우리는 돕고 있도다. 나는 이 사람이 영원히 살도록 앞으로 좋은 일을 많이 하고 죽었으면 한단다. 그러나 인간의 생명은 한계가 있구나. 안타깝구나. 정말 안타깝구나. 이런 아름다운 마음을 갖고 있는 사람이 많은 세상이 되었으면 좋겠구나. 이 아름다운 세상에서 아름다운 사람이 많이 살수록 세상은 깨끗하고, 아름답고, 평화롭고, 살기 좋은 세상이 된단다.

그래 우리는 인간을 위하여 무엇인가를 돕고 싶도다. 그런데 그 도움이 아무 소용이 없을 때가 있도다. 그 도움을 줄 수 있는 곳은 바로 하늘이란다. 그 도움을 받는 곳은 바로 하늘 밑의 인간들이란 것을 우리는 알고 있지만, 인간들이 따라주지 않는구나. 안타깝구나. 인간들이여, 나는 너희들을 위하여 수없이 많은 것을 주고 또 주고 싶었노라. 그 주고 싶은 마음이 너무도 간절하여 나는 어떤 때는 하염없이 눈물이 흐르고 흘러 강물이 되기도 한단다.

인간들이여, 세상에서 가장 아름다운 곳은 인간이 사는 곳이란다. 인간이 사는 곳은 너무도 아름답단다. 그 아름다운 곳에 대해 인간들은 아무도 모르고 있구나. 이렇게 황폐하게 살고 있는 인간이 너무도 야속하고, 마음이 아프고, 서글퍼지고, 괴롭구나. 인간들이여, 인간의 세상을 봐라. 인간의 세상이 얼마나 넓어 보이는 곳인지. 이 넓어 보이는 이곳이 너무도 아름답도다. 이 아름다운 이곳에 우리는 무한한 사랑을 주고 싶도다.

이 사랑을 받는 사람이 너무 적은 수이구나. 너무도 안타깝구나. 너무도 안타깝구나…. 세상이 불쌍하다. 세상 사람들이 너무도 불쌍해서 나는 잠을 잘 수가 없도다. 잠자는 시간도 아깝도다. 인간들을 위하여 나는 잠자는 시간을 이렇게 할애하고 있도다. 인간들이여, 나의 이 마음을 알고 있느냐. 인간들의 세상이 아무리 힘들더라도 참고 견뎌 내거라. 인간의 세상은 힘든 곳이란다. 그 힘든 세상을 우리는 돕고 싶도다.

그 힘든 세상에 도움을 주고자 인간의 몸을 통해서 우리가 이렇게 내려왔노라. 봐라, 인간들의 세상이 얼마나 힘들어하는지. 그 힘들어하는 인간들의 세상이 참으로 불쌍하도다. 그 불쌍한 세상이 너무도 안 돼 보여 나는 인간들의 세상을 돕고자 이렇게 왔도다. 세상 사람들아, 나는 이런 너희들을 돕고 싶도다. 돕고 싶은 우리의 마음을 너희들은 알고 있느냐. 그것을 알고 싶은 자는 오로지 착하고 바르게 그리고 깨끗하게 살아다오.

그 깨끗하게 살고 있는 존재를 우리는 도울 것이다. 이렇게 바르게, 깨끗하게 살고 있는 그 사람에게 우리는 하염없이 줄 것이다. 그 주는 기쁨을 인간들은 모르고 있도다. 인간들이 모르고 있다는 것은 당연한 일이다. 인간들이 모르고 있다고 해도 우리는 섭섭해 하지 않노라. 다만 착하고, 바르고, 깨끗하게 살고 있는 존재가 너무도 예뻐 안아주고 싶도다.

그 착한 존재들에게 박수를 쳐주고 싶도다. 그 착한 존재들에게 예쁜 사랑을 주고 싶도다. 인간들아, 오로지 착하고 바르게 그리고 깨끗하게 살면 하늘은 모든 것을 알아준단다. 그 깨끗한 존재로 인해 우리는 행복하고, 아름답고, 사랑스럽고, 모든 게 예쁘게 보이더구나. 그 사랑스러운 존재에게 우리는 무한한 힘을 주고 있단다.

힘을 받는 존재는 언젠가는 우리의 도움을 받고, 우리는 그런 인간들을 바르게 이끌어 주겠노라. 아! 기쁘다. 그 착하고 바르게 살고 있는 존재가 있는 그 기쁨이 너무도 기쁘도다. 나는 그 기쁨을 온 세상 사람들에게 알리고 싶도다. 세상 사람들아, 나의 기쁨으로 인해 나는 이렇게 글을 쓴단다. 이 글을 쓰고 있는 황선자도 너무도 아름답고, 너무도 깨끗한 영체가 들어있구나. 그 깨끗한 영체가 나의 영혼을 울렸구나. 그 깨끗한 영체가 나의 존재를 내려오게 만들었구나. 아! 기쁘도다. 이 깨끗한 영체를 만날 수 있는 존재가 있다는 사실에 나는 기쁘다. 인간들이 이 깨끗한 영체를 모르고 살고 있을 뿐이지, 우리는 하늘에서 이미 알고 있었단다.

이 깨끗한 영체를 우리는 길이길이 보존하고 싶구나. 이 깨끗한 영체를 길이길이 보존하는 방법은 이 사람의 몸을 통해서 병든 자, 아픈 자, 힘들어하는 자 등을 치유하도록 돕고 싶구나. 정말 고맙구나. 이 깨끗한 영체를 가지고 지금까지 살고 있다는 사실에 우리는 놀랐고, 하늘을 울렸단다. 고맙구나. 이 깨끗한 영

체로 인해 우리는 너무도 고맙고, 사랑스럽구나. 사랑스런 존재
야, 울지 말라. 너의 눈물이 우리를 울렸구나. 우리는 너를 돕고
싶도다. 무엇이든지 돕고 싶구나. 그 사랑스런 영체로 인해 우리
는 감동했단다.

아, 너를 돕고 싶도다. 너 존재를 돕고 싶도다. 울지 말라. 너
존재를 돕고 싶구나. 사랑스런 나의 존재여, 너를 돕고 싶어서
이렇게 하늘에서 내려왔단다. 사랑스런 존재여, 울지 말라. 너를
너무도 사랑한단다. 사랑스런 나의 존재여, 울지 말라. 너를 끝
까지 돕고 싶구나. 돕고 또 돕고 하늘 끝까지라도 돕고 싶구나.
나의 사랑스런 존재여, 너의 그 아름다운 마음에 나는 감동을 받
았느니라.

사랑스런 존재여, 이제는 용기를 내어라. 자, 그래 용기를 내어
라. 사랑스런 나의 존재여, 용기를 내어라. 이 존재의 예쁘고 고
운 마음에 나는 감동을 했단다. 그래 울고 싶으면 실컷 울어보아
라. 그 눈물이 보석이구나. 그 보석을 나는 사랑한단다.

그 사랑스런 보석같이 너무도 아름답고 예쁜 나의 존재야, 울
고 있는 너의 모습이 너무도 아름답구나. 사랑스런 나의 존재야,
그래 실컷 울어 보아라. 나의 사랑스런 존재야, 너의 그 아름다
운 마음에 나는 너무도 감사하고 존경스럽구나.

나의 사랑스런 존재야, 그 예쁜 미소가 너무도 아름답도다. 그
예쁜 미소가 모든 인간의 마음을 다스릴 수 있는 힘이 되기도 한
단다. 나의 사랑스런 존재야, 하얀 미소를 보여 다오. 나의 사랑
스런 귀여운 나의 존재야, 환하게 웃어다오.

그런 너의 모습이 너무도 예쁘고 사랑스럽구나. 그래 그렇게 환하게 웃고 사는 거야. 세상은 모두가 그런 모습이야. 그렇게 환하게 웃는 너의 모습처럼 말이야. 사랑스런 나의 존재야, 나의 존재야, 그렇게 웃어다오. 그렇게 웃는 모습이 너무도 아름답구나. 나의 사랑스런 존재야, 그래 그렇게 말이야. 행복하구나. 나의 사랑스런 존재야, 너의 그 밝은 미소가 나를 기쁘게 만들어 주는구나. 나의 사랑스런 존재야, 그래 매일매일 그런 감사하는 마음으로 살아다오.

나는 너를 위하여 모든 걸 다 주겠노라. 나의 사랑스런 존재야, 우리 예쁜 존재야, 그렇게 웃어 다오. 사랑스런 나의 존재야. 아! 기쁘구나. 너하고 이렇게 글을 쓰며 웃고 울고 할 수 있는 시간이 있다는 것이 나는 행복하구나. 나의 사랑스런 존재야, 사랑한다. 나의 사랑스런 존재야, 사랑한다.

그런 밝은 미소로 살아다오. 그래 내가 누구인가 궁금하다고. 그래 나는 너를 사랑하는 우주 최고의 신이니라. 그래 그렇게 웃거라. 너의 그 밝은 미소가 너무도 예쁘구나. 너의 그 예쁜 미소가 너무도 예쁘구나. 사랑하는 나의 존재야, 이렇게 너와의 시간을 갖는 것이 너무도 행복하구나.

그래 사랑스런 나의 존재야, 열심히 살아보자꾸나. 나는 너의 든든한 기둥이 되어 주기 위하여 이렇게 하늘에서 내려왔단다. 나를 따라라. 나를 따르는 너 존재를 사랑한다. 나를 따르는 너의 사랑스런 미소가, 예쁜 미소가 예쁘구나. 기쁘구나. 이런 대화를 할 수 있다는 것이 너무도 행복하구나. 그래 모든 것을 잊어버리고 어렵고, 힘들고, 병들어 하는 자들을 위하여 우리는 최선을 다하자꾸나. 그래 최선을 다하며 우리는 살아가야 하느니라. 그런 너의 모습이 너무도 아름답구나. 사랑스럽구나. 어여쁜 나의 존재야, 사랑스럽구나. 그렇게 모든 걸 긍정적으로 생각하고 살자꾸나. 내가 너를 위하여 끝까지 밀어주겠노라.

나의 사랑스런 존재야, 열심히 하자꾸나. 세상은 아름답구나. 그 아름다운 세상을 너와 내가 같이 손을 잡고 예쁜 세상으로 만들어 보자. 그것이 나의 목적이고 나의 계획이란다. 그런 나의 생각을 따르는 너 존재가 너무도 사랑스럽구나. 그래 고맙다. 사랑스럽다. 존경한다. 너 존재를 사랑한다. 예쁜 나의 존재여, 힘을 내라. 옆에 내가 있다는 것을 너는 알거라. 내가 언제나 너를 돕고, 따르고, 보살펴 주고 있다는 것을 너는 알고 있어야 하느니라.

그래 그렇게 아름답게 생각하고 살아야 하느니라. 사랑스런 나의 존재야, 너무도 사랑스런 나의 존재야, 고맙구나. 오늘도 이렇게 나와 함께 글을 쓰게 해준 나의 존재에게 고맙구나. 앞으로 더 좋은 글을 쓰기 위하여 우리 열심히 노력하자꾸나. 사랑스런 나의 존재야, 고맙다. 그래, 고맙다. 행복하다. 나는 너 존재를 갖고 있다는 그 자체가 너무도 행복하구나.

이 행복을 너하고 같이 나누고 싶구나. 그날이 언젠가는 올 거라는 것을 너는 알 것이다. 기다려라. 너 존재를 세상 사람들에게 알려주겠노라. 사랑하는 나의 존재를 세상 사람들에게 알려주겠노라. 어여쁜 나의 존재야, 기다려라. 너 존재를 세상 사람들에게, 만방의 사람들에게 알리겠노라. 세상 사람들이 너 존재를 시간이 흐른 뒤, 언젠가는 알게 된다. 그 시간은 얼마 남지 않았느니라.

그 시간이 너무도 빨리 오고 있구나. 그 시간이 너무도 빨리 오기에 이렇게 밤이 늦도록 글을 쓰게 하노라. 그래 힘들어하지 말라. 너를 위하여 하늘에서는 모든 준비가 되어 있단다. 하늘에서는 너 존재를 감사하게 생각하고 있단다.

그 감사하는 마음에 이렇게 글을 쓰게 했노라. 기쁘구나. 너와 함께 이렇게 글을 쓸 수 있는 시간이 있기에 나는 하염없이 기쁘구나. 그래 우리는 너를 돕고, 너는 불쌍하고 병든 자를 치유하고 있구나. 그리고 그 치유하는 것으로 인해 우리는 행복하구나. 기쁘구나. 아! 그날이 얼마 남지 않았구나. 기쁘구나. 그날이 이렇게 빨리 올 줄을 나는 몰랐도다.

이렇게 빨리오니 가슴이 뛰는구나. 인간의 병을 고칠 수 있는 힘을 우리에게 주었다는 그 힘을 말이다. 아! 너도 기뻐하고 있구나. 그래 기뻐하라. 그 기쁨을 세상 사람들에게 알리고 싶구나. 너도 기뻐해라. 기쁘구나. 세상 사람들아, 너무도 기쁘구나. 이 아름다운 세상에 와서 병든 자를 치유할 수 있다는 것이 너무도 기쁘구나. 세상을 볼 수 있는 힘이 있다는 것이 너무도 기쁘구나. 기쁘도다. 세상이 아름답도다.

그런 아름다운 세상으로 올 수 있는 것조차도 나는 기쁘구나. 그런데 이런 세상에 와서 또 병든 자를 치유할 수가 있다니 너무도 기쁘구나. 오! 사랑스런 나의 존재여, 감사하구나. 그래 그런 모습으로 항상 살아다오. 그런 너의 모습이 너무도 예쁘구나.

너의 내면이 너무도 예쁘구나. 그 예쁜 내면이 너무도 아름답구
나. 나의 사랑스런 존재야, 너무도 내면이 아름답구나. 그 아름다
운 내면을 나에게 주어서 감사하구나. 정말로 감사하구나. 힘들
어하는 인간의 세상을 너의 몸을 통해서 치유할 때 얼마나 기쁜
지 너는 알 것이다. 그래 너는 알거야. 너도 기뻐하고 있구나. 그
래 너무도 기쁘다. 너의 건강을 위하여 이만해야겠구나. 사랑스
런 나의 존재야.

그만 자거라…. 내일 보자.

2006년 5월 17일 새벽 3시 25분

제3장
고통은 나에게 주고,
너희들은 행복한 삶을 살아라

  나는 너희들을 위하여 이렇게 글을 쓰노라. 오! 나의 인간들이여, 우리는 너희들을 생각할 때마다 너희들이 항상 바르게 살기를 바라노라. 그런데 너희들은 바르게 사는 것을 모르고 있도다. 나는 너희들이 바르게 사는 마음이 무엇인지 가르쳐 주겠노라.

  바르게 사는 방법은 남을 생각하는 마음, 남을 위하는 마음으로 남을 대할 때 내가 어떤 모습으로 보일까를 먼저 생각하고 행동을 하라는 것이다. 그리하면 너희들은 남을 생각하는 마음과 남이 나를 어떻게 생각하는지의 마음이 서로 어우러져 바른 생각과 바른 마음으로 행동을 하게 되느니라.

  오! 나의 인간들아, 우리는 너희들에게 행복과 사랑과 축복과 웃음을 주고 싶도다. 그런데 그 모든 것을 주고 싶어도 인간들이 받아주지를 못하더구나. 우리는 그 모든 것을 주고 싶어 내가 이렇게 글로서 인간들을 설득하고 있노라. 자, 보거라. 나는 너희들이 앞으로 어떻게 사는지를 가르쳐 주겠노라. 이러한 나의 마음은 너희들의 앞날에 희망이 보이기 때문이니라. 자, 보거라. 내가 어떤 말을 하고 있는지 이 글을 똑바로 읽어보아라. 우리는 너희들을 돕고 싶구나. 그럼 이제부터 글을 쓰겠노라. 인간들을 위하여 쓰겠노라. 자, 보거라. 나의 글을….

행복이 무엇이인지 너희들은 모르고 있구나. 행복이란 마음에 있노라. 그 마음이란 하나의 생각과 행동과 습관과 그 사람의 모습이란다. 자 봐라, 너의 모습을. 너의 모습이 어떠한 모습인지 보거라. 거울을 보거라. 거울 속에 비친 너의 얼굴을 보거라. 너의 얼굴 모습이 어떠하냐? 너의 모습이 보기 좋게 보일 때가 있을 때가 있을 것이다. 그 모습을 보거라. 그 모습이 보통의 모습인지, 아니면 아름다운 모습인지, 아니면 순수한 모습인지, 찡그린 모습인지 그리고 미소 짓는 모습 인지, 아니면 찬란한 모습인지 등 너의 모습이 어떠한 모습을 하고 있는지 보거라.

그 모습 속에 네가 있고, 너의 모든 것이 있노라. 그 모든 것을 너는 보아서 알겠지만, 그 모습 속에서 너를 찾아라. 너를 찾을 때 너는 행복하게 보였더냐? 아니면 불행하게 보였더냐? 아니면 그 모습이 징그럽게 보였더냐? 그 모습에서 너의 생활이 보이게 된단다.

자, 너의 생활이 어떠한지 한 번 찬찬히 보거라. 보는 너의 모습 속에서 너는 너를 발견하고, 발견하는 너의 모습 속에서 너의 생활이 보인단다. 너의 그 모습이 아름답게 보일 때 나는 그 모습이 행복하게 보이고, 그 모습이 좋지 않게 보일 때 나는 그 모습이 불행하게 보인단다.

자, 너희들은 나의 이 이야기를 귀담아 들어보아라. 나의 이 이야기 속에서 너를 발견하고 나를 발견한다는 것을 알거라. 그러면 너는 아름다운 세상이 무엇인지 지금부터 알 수가 있단다.

그러나 그 아름다운 세상을 볼 수가 없으면 너는 세상 사는 의미를 모르고 살고 있다는 증거이다. 그러나 세상에서 가장 아름다운 것은 나를 발견한다는 것이다. 그 발견이 나를 위하는 길이고, 나를 사랑하는 길이란 것을 너는 아는지 모르겠구나.

사랑하는 나의 지구인들아, 나는 너의 그 긴 인생길을 돕고 싶구나. 그 인생길을 돕는다는 것이 그리 쉬운 일이 아니구나. 그러나 그 길이 똑같지 않더라도 그 길로 가거라. 그 길이 무엇인지 너는 알고 있을 것이다. 그런데 그 길이 무엇을 위한 길인지 인간은 아무도 모르고 그 길로 마냥 걷고 있을 뿐이다. 자, 그럼 그 길이 무엇인지 가르쳐주마.

그럼 이 글을 계속 읽어봐라. 내 글 속에서 나를 발견해 봐라. 그 길이 어디에서 오는 것인지 말이다. 그럼 이 글을 읽어봐라. 아! 나의 인간들아, 나의 길을 가르쳐 주고 있는 나는 우주 최고의 신인 것을 알고 읽기를 바란다. 그럼 이 글을 계속 쓰겠다.

이 글을 쓰는 동안 내내 나는 무한한 사랑을 보고 사랑 속에서 아름다움을 보았단다. 그 아름다움 속에서 나는 너희들을 보았단다. 그런 너희들의 모습이 참 보기 좋았단다. 그 모습이 너무도 좋아 나는 황홀할 때가 있단다. 그 황홀함이 무엇인지 말해 주겠노라. 자, 보거라. 나의 이 글 속에서 무엇을 말하고 있는지를, 이 글 속에서 무엇이 보였는지 읽어보아라.

그리고 글을 읽는 속에서 마음을 보거라. 마음을 보고 너의 그 자신을 바라보아라. 바라보는 너의 마음이 무엇을 말하고 있는지 생각해 보아라. 그 생각이 나의 생각과 같은 생각을 하고 있는지 생각해 보아라. 그리고 그 생각 속에서 너를 발견해라. 그 발견 속에서 또 나를 발견하라. 발견하는 나를 나의 거울 속에서 보거라.

보는 거울 속에서 너는 어떤 모습으로 보였더냐? 보이는 너의 모습이 무엇인지 다시 한번 생각해 봐라. 그러면 생각 속에서 너를 발견할 수가 있단다. 너를 발견한 너의 모습이 무엇인지 다시 한번 생각해 보자. 자, 보거라.

나의 인간들아, 너는 무엇 때문에 그렇게 바쁜 인생을 살고 있는지 너를 보거라. 너를 보는 네 자신을 보거라. 보는 너의 그 모습 속에서 네가 어떤 존재인지를 찾아 보거라. 그 속에서 너를 발견해 보거라. 발견하는 너의 모습이 어떤 모습일지 생각해 보거라.

생각 속에서 너의 생활이 보인단다. 보인 너의 모습이 아름다울 때 그것이 너를 아름답게 한단다. 자, 그 아름다운 너의 그 모습이 더욱 아름답게 보일 때, 너는 그 행복을 보고 생각에 잠길 때가 있도다. 그 잠긴 너의 모습이 너를 보는 모습과 같단다. 자,

너의 그 모습 속에서 너를 보니 어떠하냐? 그 모습이 참 보기 좋게 보일 때 너는 행복해하고, 기뻐하고, 사랑스러워 하고, 생각에 잠길 때가 있단다.

그런 너의 그 모습이 너무도 아름다운 너의 모습이란다. 그 모습 속에서 너는 너를 보고 행복해할 수가 있단다. 그런 너의 행복이 더욱 아름다운 행복이란다. 그런 너의 아름다운 행복이 더욱 아름답게 보일 때 너는 그 속에서 사랑을 보고 그 사랑 속에서 너를 찾는다는 것을 알라.

그런 너의 그 모습이 아름다울 때 너는 그 속에서 네 자신을 발견해 보기 바란다. 자, 그런 너의 그 모습이 어떠한지를 봐라. 그 모습이 더욱 아름다운 모습이면 그 속에서 너의 그 행복이 보일 것이다. 그리고 너의 행복이 나를 행복하게 만든다는 사실을 가르쳐 주는구나.

그래, 고맙다. 그 행복이 진정한 행복이란 것을 너희들이 알고 있기를 나는 바란다. 그러한 행복이 나는 빨리 오기를 바란다. 이제 그 아름다운 행복이 무엇인지 가르쳐 주었도다. 그런 행복이 아름다운 행복이란 것을 알고 매일매일 행복하게 살기를 바란단다. 그런 행복이 무엇인지 알지 못하고 그냥 생활할 수도 있고, 아니면 그로 인해 생활이 더욱 윤택해 질 수도 있단다. 그런 너희들의 윤택한 삶을 위하여 우리는 더욱 힘을 쓸 것이다. 그런 행복이 빨리 오기를 우리는 바란단다. 그런 행복이 나의 행복인 것을 가르쳐 줄 것이다. 그런 행복 속에서 사랑이 쌓이고, 웃음이 쌓이고, 그리움이 쌓이고, 고마움이 쌓인단다.

그런 행복 속에서 너희들이 매일매일 행복했으면 좋겠다. 그리고 그 행복이 아름다운 행복이었으면 더욱 좋겠다. 그 아름다운 행복이 나를 기쁘게 만든 것이란다. 그런 행복이 나의 생활에 많이 생겼으면 좋겠다. 그 행복이 무한한 행복이었다는 것을 너희들은 알고 있는지, 모르고 있는지 말이다. 그리고 너 자신을 알고 지내기 바란다.

그런데 너의 그 행복이 더욱 행복한 생활이 되기 위해 나는 일상에서 더욱 바쁜 생활을 할 수가 있노라. 그런 너의 그 생활 속에서 너 자신을 보고 생활하기 바란다. 그럼 이런 행복이 무엇인지 말하겠노라. 그 내용은 다름 아닌 미래에 대한 예언이란 것을 명심하고 생활하기 바란다. 그 예언을 보는 사람은 생활에 배어 있기를 나는 바란다. 그 예언 속에서 우리는 너의 그 모습을 보고 있다는 것을 알고 지내기를 바란다.

그럼 그 예언이 무엇인지 가르쳐 주겠노라. 그 예언이 무엇을 말하고 있는지 너희들은 알고 있기를 바란다. 그럼 예언을 하기로 하겠다. 그 예언을 보는 이는 이 예언 속에서 너의 행복이 보일 것이다. 행복이 무엇인지 이미 가르쳐주었기 때문인 것이다. 그 행복이 무엇인지 다시 한번 읽어보기 바란다.

그 행복이 아름답고 고운 마음이란 것을 알고 있을 것이라 믿는다. 그러나 그 예언이 무엇인지 자세하게 설명하기 위하여 행복이란 단어를 넣었다는 것을 너희들은 알기 바란다. 그 행복이 무엇인지 너희들이 알고 있기를 나는 간곡히 바란다. 그럼 그 행복이 무엇인지 가르쳐 주겠노라.

그 행복은 남을 위한 희생이요, 남을 위한 사랑이요, 남을 위한 나의 사랑인 것을 명심하거라. 그 명심하는 것 속에서 나를 발견하기 바란다. 나를 발견하지 못하면 그 행복이 무엇인지 모를 것이다.

그 행복이 무엇인지 알기 위하여 나는 끊임없는 노력을 하여 이렇게 하늘에서 황선자의 몸을 통하여 내려왔노라. 내려온 나의 목적이 달성되면 나는 다시 하늘의 세상으로 올라 갈 것이다.

하늘 세상은 정말로 아름답고 고운 사람만 살고 있는 세상이란다. 그것을 인간들은 모르고 있구나. 세상 사람들이 너무도 안타깝고 부질없는 짓을 많이 하고 있는 것을 보면 나는 하염없이 슬프고, 목이 메고, 눈물이 난단다.

그 목이 메고 눈물이 날 정도로 나는 마음이 아프다. 그 마음이 너무도 아파 나는 괴로웠단다. 그 괴로움이 너무 심해 나는 다시 지구인 황선자의 몸을 통해서 이렇게 글을 쓰노라. 그 아픔을 나는 인간들에게서 거두어 가겠노라. 그 아픔을 거두어 가는 동안에 나는 무척 힘들고 고통스러운 생활을 해야 한다는 것을 알고 있기 바란다. 그 고통이 너무도 아파 나는 한숨도 잘 수가 없어 이렇게 황선자의 몸을 통해서 이 글을 쓰노라.

자, 우리의 사랑을 모두에게 주고 싶어, 이 고통을 나는 짊어지고 싶구나. 고통 속에서, 그 하염없는 고통 속에서 나는 아름다운 그 고통으로 승화시키겠노라고 명심했단다. 그 명심하는 것이 나의 고통을 이기는 유일한 길이기 때문이다. 그 고통 속에서 나는 행복한 삶을 살고 있는 너희 삶이 보기에 좋았단다. 그 고통에서 너희들을 거두어 주고 싶었고, 그 고통을 이겨내어 주고 싶었다. 그 고통이 무엇인지 알고 있는 사람은 이 황선자의 몸을 통해서 그 고통을 이겨내기 바란다.

그 고통이 무엇인지 더 알고 싶으면 고통 속에서 벗어나는 법을 배워야 한다. 그래야 다음에는 그 아름다운 삶을 살 수 있을 것이다.

자, 그 고통이 무엇이지를 내가 가르쳐 주겠노라. 그 고통이 너무도 고통스러워 이겨내지 못할 때 나는 그 고통 속으로 들어가고 싶구나.

자, 그 고통을 나에게 주거라. 그 고통을 나에게 주고 너희들은 행복한 삶을 살기 바란다. 그 행복을 얼마나 갈망했느냐. 그 행복을 찾아 주고 싶구나. 사랑하는 나의 인간들아, 고통 속에서 너희를 건져주고 싶구나. 그 고통이 너무도 힘든 고통이라면 너는 그 고통 속에서 자신을 발견하고 그 사랑이 무엇인지 알기 바란다.

자, 그럼 그 고통이 무엇인지 알고 싶으면 글로 표현하기 바란다. 그 고통 속에서 나는 너무도 힘들어하는 너의 그 모습이 안타깝고, 너무도 힘들어하는 너의 그 고통이 너무도 아프게 생각되는구나. 나의 사랑스런 인간들아, 그 고통 속에서 나는 너를 사랑하고 싶구나.

자, 그 고통 속으로 들어가 보자. 그 고통이 무엇을 만들어 놓았는지 말이다. 자, 그 고통이 만들어 놓은 것이 너무도 괘씸한 행동이란 것을 인간들은 아직 모르고 있구나.

그 고통이 너무도 고통스럽다는 사실을 너는 알기 바란다. 그 고통 속으로 들어가 본 사람은 그 고통을 알고 있다. 그 고통으로 들어가 보지 않은 사람은 그 고통이 무엇인지 모르고 있구나. 그 고통이 너무도 힘들어하는 사람의 입장임을 보고, 이해해 보기 바란다. 그 고통이 무엇인지 곰곰이 생각해 보기 바란다.

그럼 그 고통이 무엇이지 알아보기 위하여 나는 하나의 예를 들어보겠다. 그 고통이 힘들어하는 나의 하나의 예인 것이다. 그럼 적어보겠다.

그 고통 속에서 나는 하나의 예인 것을 명심하기 바란다. 그 명심하는 것이 오래 가기 바란다. 그 명심하는 것 속에는 고통이 있다는 것이다. 그 고통은 남에게 주는 고통일 수도 있노라. 그러나 지금부터 자신의 고통이 무엇이지 알아보기 바란다. 그 고통 속으로 들어가 보기 바란다.

그 고통 속에도 사랑이 있다는 사실을 인간들은 아직 모르고 있구나. 그런 고통이 없이 살아가는 인간들은 정말 행복한 인간인 것이다. 그러나 그런 고통이 있는 사람들이 인간들의 세상에는 너무 많이 있단다. 그런 고통이 너무도 많아 우리는 항상 조심조심 생활의 아름다운 면만을 보며 살고 있단다.

그런 아름다운 면을 보고 있다는 사실이 너무도 행복하다. 그런 행복은 다른 곳에서 찾지 말고 자신의 작은 주변에서 찾기 바란다. 그 행복이 더욱 큰 행복인 것이다. 그 행복한 모습을 보고 인간들이 더욱 행복했으면 좋겠다.

그런 행복한 생활을 하는 것이 인간들의 행복인 것이다.

그럼 오늘은 이만 적겠다. 다음에는 예언에 대해서 적어볼까 하노라. 내일 적어보자….

2006년 5월 18일 새벽 1시 18분

제4장
모든 만물은 인간의 몸에서 시작이 되었다

　너희들은 알고 있느냐. 너희들의 생각과 너희들의 마음과 너희들의 이상과 너희들의 계산과 너희들의 의심과 너희들의 또 다른 세상의 생각을 말이다. 그런데 너희들은 나의 글을 읽고 있을 때 생각은 어떠한지 생각해 봐라. 생각이 나는 대로 생각을 해 봐라. 그 생각이 무엇을 생각하게 하는지 말이다. 그 생각이 나의 생각인지 아니면 다른 사람의 생각인지 잘 생각해 보고 또 다른 나의 생각을 생각해 보기 바란다.

　그런데 그 생각이 무엇을 말하고 있는지 그 생각 속에서 무엇을 생각하는지 곰곰이 생각하고, 나의 인생은 어떻게 걸어 가야 하는지 생각해 보거라. 그래서 너의 생각이 바르면 그 생각이 바르게 인도할 것이다. 그것이 나의 인생의 한 걸음인 것을 알고 열심히 살아가기 바란다.

우리는 너희들이 바르게 살고, 착하게 살고, 깨끗하게 살기를 바란다. 그 깨끗함이란 인생의 무한한 힘을 주고 축복을 준다는 사실을 알고 있거라. 너의 생각이 바르고 옳은 길을 가고 있을 때 우리는 하늘에서 무한한 사랑을 주고, 축복을 주고 있다는 사실을 명심하여라.

자, 이 사람을 봐라. 이 사람은 오직 바르고, 착하고, 깨끗한 영체를 갖고 살아왔고, 항상 남을 위한 마음이 있기에 우리는 이 사람을 선택 했노라. 이 사람처럼 착하고, 바르고, 깨끗하게 살아가는 세상이 하루빨리 오기를 우리는 바란다. 그럼 오늘은 이 글을 읽고 나의 길은 어떻게 살아오고 있는지 생각해 봐라. 그 생각이 나의 길을 열어주는 아름다운 나의 인생 길이란 것을 너는 알고 있는지 너 자신을 보고 생각해 봐라.

그런 너 자신을 보고, 생각하고자 하는 너의 그 마음을 하늘에서 우리가 알고 있다는 사실을 너는 알고 있느냐. 인간들이여, 너희들이 살고 있는 그 고통이 얼마나 힘들고 힘든 세상의 길인가에 대해 너는 알고 있는지 생각해 봤느냐. 그 길이 어떻게 해서 나에게 왔는지 생각해 봤느냐. 우리는 너희들에게 생각을 주고, 희망을 주고, 사랑을 주고, 소원을 주고, 커다란 태양을 주고 싶단다.

우리의 사랑을 받고 싶거든 모든 것을 아름답고 깨끗하게 생활하기 바란다. 그 깨끗한 생활이란 오직 남과 이웃을 위한 그 마음이 내 마음이란 것을 알고 사랑과 봉사와 희생으로 우리의 세상을 만드는 것이다. 그 아름다운 세상을 만들고 살아가는 우리들의 세상을 너희들에게 주고 싶구나. 아! 인간들이여, 너의 그 마음을 봐라. 그 마음이 어떻게 생각하고 있는지, 그 마음이 어떻게 해서 사람과의 인간관계가 형성되어 있는지 생각해 봐라.

우리는 너희들을 돕고 사랑하고 무엇이든 주고 싶다. 그러나 그러한 우리의 마음을 알고 있는 인간은 별로 없구나. 그런 인간들이 많이 있어야 우리는 너희들을 위하여 사랑을 한없이 줄 수 있단다. 너의 마음을 알고 싶구나. 그런데 그런 마음을 갖고 있는 인간이 별로 없다는 것이 안타깝다. 그래서 나는 이 사람의 몸을 빌려 이렇게 글을 쓰고 있단다.

이 글을 읽고 너의 마음은 어떻게 생각하고 있는지 너의 마음을 들여다 보거라. 너의 마음이 어떤 마음인지 말이다. 그 마음을 알고 있는 너의 마음이 정말로 아름답게 살고 있다는 생각이 들거든 너는 정말로 아름답게 살고 있다는 생각이 있을 것이고, 그냥 그렇게 살고 있다고 생각하면 그렇게 살고 있다는 증거이다. 그런데 너는 그 사실을 알고, 모르고 아니면 그냥 그 사실을 모른 체 살고 있구나. 그 사실을 모르고 살고 있는 너의 마음을 봐라. 그 마음이 어떻게 생각하고 있는지 말이다. 그 아름답게 생각하고 있는 그 마음이 너의 마음인 것을 너는 알고 있는지 말이다. 그렇다. 그 마음이 정말 아름답구나. 그 마음으로 세상을 살고 있으며, 너는 그 아름다운 마음으로 이 세상을 빛낼 것이다. 그 아름다운 마음으로 이 세상을 빛내고 있다는 사실을 명심하거라.

오! 착한 우리들의 인간들이여, 그 착하고, 아름답고, 고운 마음으로 이 세상을 빛내거라. 그 빛내는 마음으로 이 세상을 살고 있다면 이 세상은 정말로 아름답고, 순수한 세상이라는 사실을 알고 있거라. 그런데 세상이 그렇게 아름다운 세상인데도 인간들은 이 아름다운 세상을 아름답다고 생각하지 아니하고 그냥 그렇다고 생각하고 있구나. 그 아름다운 세상이 너무도 좋아 우리는 이 사람의 몸을 빌려 이렇게 내려왔노라. 그런데 인간들은 이 아름다운 세상을 모른 체 그냥 그렇게 살고 있어 그 모습이 너무도 안타까울 뿐이란다.

그 안타까운 마음을 인간들이 모르고 있기에 나는 이 사람의 몸에 들어와 이렇게 글을 쓰고 있노라. 그런데 이 사람은 이 세상을 너무도 아름답게 생각하고 있구나. 그 마음이 고마워서 나는 이 사람을 위하여 이렇게 내려왔단다. 그 마음으로 이 세상을 살아갔으며 좋겠다. 그 마음으로 이 세상을 살고 있는 너의 마음이 너무도 좋아 이렇게 나는 글을 쓰고 있구나.

아! 내가 이 아름다운 세상을 보고 있노라면 이 세상이 다 내 것인 양 너무도 좋구나. 그래 이 아름다운 세상을 다 너의 것으로 주고 싶구나. 주고 또 주고 한없이 주건만 너희들은 이 아름다운 세상을 모르고 그냥 그렇게 살고 있구나. 그 사실에 나는 한없이 슬프고 고통스럽도다. 하지만 무엇인가 인간에게 알리고 싶다는 일념에서 이렇게 내가 이 사람의 몸을 빌려 글을 쓰고 있단다.

그래 세상은 너무도 아름답다는 것을 익히 알고 있지만, 나는 더 아름다운 세상을 만들고 싶구나. 그 아름다운 세상을 만드는 방법은 너의 마음에서 나온단다. 그 마음을 아름답게 만들어 이 세상을 진정 아름답게 꽃피우고 싶구나. 이 아름다운 세상을 더욱 아름답게 만드는 방법은 그 마음이라고 했는데, 그 마음이 어디에서 와서 어디로 가는지 생각해 봐라. 그 마음이 어디에서 왔고 그 마음이 어떻게 생겼는지 생각해 봐라. 그 마음이 바로 너의 마음속에서 생겼고 그 마음이 바로 너의 생각에 있다는 사실을 명심하거라.

그 사실을 알고 있다면 이 세상은 정말 아름다운 세상이란다. 그런데 그 아름다운 세상을 만드는 방법에는 수없는 생각이 들어 있고, 수없는 인생이 있다는 사실을 알고 있는지도 생각해 봐라. 그 생각을 해보고 우리들이 너의 그 마음을 헤아리고 있다는 사실을 생각해 봐라. 그리고 그 생각에 맞춰서 우리가 너희들의 그 마음을 읽고 나서 그 세상에 맞는 세상을 만들어 줄 것이다.

자, 너희들의 그 마음을 보고 그 마음속에서 어떤 생각이 있는지 다시 한번 생각해 봐라. 그 생각이 너의 생각인지 말이다. 그런 생각 속에서 너는 더욱 아름다운 생각을 갖게 되리라 믿는다. 그런 생각 속에서 너는 더욱 아름다운 생각이 날 것이다. 그런 마음으로 이 세상을 살아가기를 우리는 바란다. 그 세상이 정말 아름답고 살기 좋은 세상으로 만들어 간다는 사실을 알고 있을 것이다. 그래 그 아름다운 세상이 더욱 아름답기를 우리는 바란다. 그럼 우리들의 생각을 말해 보고 다시 다음 생각을 이야기하

겠다. 그 생각을 우리들에게 전하는 그 마음이 어떠한지 생각해
봐라. 그 마음으로 온 세상이 빛났으면 좋겠다. 그 빛나는 세상
이 더욱 아름다운 세상으로 빛났으면 나는 좋겠다. 그 세상이 이
제는 곧 올 것이니라. 그 세상이 이 지구에 꼭 오리라고 나는 믿
는다. 그 세상이 더욱 아름답게 빛나리라고 믿는다. 따라서 그
세상이 아름답다고 생각하고 살기를 바란다.

그럼 다음 장에서 생각하는 우리의 예언을 적을까 생각한다.
그 예언이 무엇인지 지금부터 정신을 똑바로 차리고 책을 잘 읽
기를 나는 바란다. 그 예언이 바로 당신의 주위에 있다는 사실을
말이다.

그 사실을 글로 적을까 싶다. 글을 적을 동안에 나는 이 사람의
몸을 빌려 적고 있지만, 이 사람은 이미 그의 길을 가고 있다는
사실을 알고 있다. 다만 세상 밖으로 표시를 하지 않았다는 사실
을 알고 있을 뿐이다. 그 사실을 인간에게 보이기는 너무도 어리
고 소중한 존재이기 때문에 우리는 이 존재를 아끼고, 사랑하고,
보호하고, 보살펴 주어야 하기 때문이다.

이 소중한 존재를 우리에게 준 그 사람을 나는 너무도 감사하
고 감사해서 무엇으로 보답해야 좋을지 모르겠구나. 그래 고맙
다. 그 소중한 존재를 나에게 주어서 말이다.

그 소중한 존재를 나에게 바친 너의 그 존재에게 감사하다. 정
말 감사하다. 그 존재에게 너무도 감사하다. 하지만 그 감사를
무엇으로 표현해야 좋을지 모르겠구나. 그 감사를 생각하니 눈
물이 나올 것만 같구나. 그 눈물이 얼마나 소중한 존재인지 나는

알고 있단다.

너무도 가련하고 소중한, 그래서 더욱 힘들어 보이는 너 존재에게 나는 진심으로 감사하고 감사하다. 존재여, 울지 말라. 그 눈물이 너무도 소중한 것임을 너는 알고 있을 것이다.

그럼 이제부터 예언을 적을 것이다. 그 예언이란 다름 아닌 우리들에게 살아가는 일상의 이야기란 것을 알 것이다. 일상의 이야기란 우리들에게 수없이 많이 보아왔던 하나의 일과인데, 너희들은 그것을 모르고 있구나. 그 일상이 바로 착하고, 바르고, 깨끗하게 살기를 우리는 바라는 것이다. 그 바람이 무엇인지 지금부터 가르쳐 주겠노라.

세상의 모든 만물은 인간의 몸을 통해서 시작이 되었단다. 그 시작이 바로 우리 곁에 있다는 것을 너희들이 모르고 있을 뿐이란다. 그 시작이 바로 자신인 것을 모르고 살고 있는 너 존재에게 나는 하염없이 슬프고 슬퍼서 이렇게 글을 쓰노라. 이 글을 읽고 너희들은 착하고, 바르고, 깨끗하게 살기를 바란다.

그 예언이란 게 바로 이것이다. 그 예언이 따로 있는 것이 아니다. 바로 너의 곁에 있다는 것을 명심하여라. 그 예언이 바로 너희들에게 있다. 그 예언을 구체적으로 적을 것이다. 그 예언을 적을 동안에 나는 이 사람의 몸을 빌려 이렇게 글을 적고 있다는 사실을 알고 있기 바란다. 그럼 이 글을 적을 것이다. 그 예언이 우리들의 마음속에도 있다는 사실을 너희들은 알기 바란다. 그 예언이 바로 당신의 마음속에 있다는 사실을 말이다. 그 예언이 어떻게 나의 마음속에서 나오는지 가르쳐 주겠노라. 그 예언이 바로 나의 마음속에 있는 내용을 적어보겠다. 그 내용을 읽어보기 바란다. 그 내용이 어떠한 내용인지 너희들은 자세하게 읽어보기 바란다. 그 내용 속에서 너 존재를 알게 될 것이다. 그 존재를 깊이 생각해 봐라. 그 존재가 너를 도울 것이다.

그 존재를 사랑하고 사랑해서 너를 돕고 있다는 사실을 생각해 봐라. 그리고 그 세상을 아름답게 살기를 바란다. 그 세상이 바로 너의 세상이란 것을 명심하기 바란다. 그 세상이 바로 너희들의 세상이란 것을 말이다.

자, 그 세상 속으로 들어가 보자. 그 세상 속이 어떻게 변하고 있는지 말이다. 그 세상 속에서 너를 발견하기 바란다. 발견이란 다른 게 아니다. 바로 나인 것을 아는 것이다. 그 발견 속에서 너 존재를 알게 될 것이다. 너 존재를 알고 생활하면 세상은 아름답고, 평화롭고, 살기 좋은 세상이 될 것이다.

그 세상이 바로 나의 세상인 것을 너희들은 모른다. 그 세상에서 바로 나인 것을 말이다. 그럼 그 세상 속에서 무엇이 보이는지 말해 보겠다. 그 세상 속에서 보이는대로 말이다. 그 보이는 대로 적을까 싶다. 그런 세상이 있다는 것을 말이다. 자, 봐라. 그 세상 속으로 말이다. 그 세상 속에서 너는 무엇을 배우고 살아왔는지 말이다. 그 세상 속에 무엇이 있는지 말이다. 그 세상 속에서 너는 참으로 착하고, 바르고, 깨끗하게 살아왔는지 말이다. 그 세상으로 가는 데는 바로 나인 것이다. 그런 세상이 바로 나인 것이다. 자, 그럼 그 세계로 가보자. 그 세계가 어떠한 세계인지 말이다. 그 세계를 보기로 하자. 그 세계로 들어가 보자. 그 세계를 보는 너의 느낌이 어떠한지 보기를 바란다. 그 세계를 말이다.

그 세계 속에서 너를 발견하기 바란다. 그 세계를 보는 사람에 따라 느낌이 다르다는 것을 알기 바란다. 그 느낌을 마음으로 생각하기 바란다. 그 마음이 바로 당신의 마음이요, 바로 나의 마음인 것이다. 그 마음으로 살아가기 바란다. 그런데 그 마음이 너무도 아름다운 마음이면 세상은 온통 아름답게 변할 것이다. 그 아름답게 변한 마음으로 살기를 우리는 바란다. 그 세상 속에서 네가 행복하기를 우리는 바란다. 그 세상이 너무도 좋아 우리는 너를 사랑하고 싶다. 그 사랑 속에서 너를 보호하고 싶다. 그 보호 속에서 너를 사랑하는 사람과 행복하게 살기를 우리는 바란다. 그 행복이 바로 나인 것이기 때문이다.

그 행복으로 우리는 너희들을 인도할 것이다. 그 인도하는 길이 바로 우리가 해야 하는 길이다. 그 길을 가고 있는 자는 너무도 소수이다. 그 소수를 넘어 많은 사람들에게 주고 싶어 이렇게 글을 쓰고 있노라.

이 글을 읽고 있는 너는 어떻게 생각하고 있는지 생각해 봐라. 그 생각을 잘해서 너의 행복으로 만들어가기를 우리는 바란다. 그 행복이 바로 너의 행복인 것을 말이다. 그런 행복을 우리는 너무도 바라기 때문이다. 그 바라는 마음이 바로 우리들의 마음인 것이다. 그렇기에 우리는 너희들을 돕고 싶어 이렇게 왔노라.

그 행복이 바로 나의 행복이기 때문이다. 그 행복 속에서 네가 매우 행복했으면 좋겠다. 그 행복 속에서 미소를 짓는 네 모습을 우리는 매일매일 보고 있노라. 그래서 나는 더욱 행복하단다. 그런 행복을 우리는 주고 싶구나. 그 행복이 바로 나의 행복이란다. 그래 그 행복을 우리가 주고 있지만, 많이 받는 사람이 있고 적게 받는 사람이 있다. 그 행복을 많이 받는 사람에게 무한한 사랑을 주고 싶구나. 그 행복이 많이 있기를 우리는 바란다. 너의 그 행복을 이 세상 사람들에게 많이 주었으면 좋겠다. 그런 행복이 너무도 좋아 우리는 늘 웃고 싶구나. 그 웃음이 나의 웃음인 것을 말이다. 그런 웃음으로 살아가기를 우리는 바란다. 그 웃음이 바로 나의 웃음이다. 행복한 사람이 행복한 사람의 마음을 알고 있기 때문이다. 그 행복이 우리들의 마음과 같이 했으면 좋겠다. 그 행복 속에서 더욱 행복했으면 좋겠다는 그 사실을 말이다. 그럼 그 행복이 어떻게 변하는지 알고 싶지 않느냐. 그 행복이 무엇을 말하고 있는지 말이다.

그 행복으로 우리들은 너희들에게 가르쳐 주고 싶다. 그 행복으로 너희들을 인도하고 싶다. 그 행복으로 사랑을 주고 싶다. 그 행복으로 베품을 주고 싶다. 그 행복으로 무한한 사랑을 주는 힘이 있다는 사실을 알려주고 싶다. 그리고 그 사랑이 변함이 없었으면 좋겠구나. 그 사랑이 한없이 주고 싶다는 생각으로 살기를 우리는 바란다.

그 사랑 속에서 우리는 배우고 있다는 사실을 알기 바란다. 그 사랑이 존중한다는 사실을 알고 있으면 더욱 좋겠다. 그 사랑이 더욱 빛나는 사실을 알고 있으면 좋겠다. 그 사랑 속에서 더욱 아름답다는 사실을 알고 있었으면 더욱 좋겠다. 그런 사랑이 빛나길 바란다. 그럼 이제 그 사랑이 무엇인지 가르쳐 주마. 그 사랑 속에서 무엇이 싹트고 있는지 말이다. 그 사랑이 무엇을 가르쳐 주고 있는지 말이다. 그 사랑이 무엇을 말하고 있는지 말이다. 그 사랑이 가르쳐주고 있는 그것 말이다. 그것은 우리들의 사랑이 무엇인지 말하고 싶다는 말이다.

그 사랑이 더욱 아름답다는 말이다. 그래 그렇게 살기를 우리는 바란다. 그 사랑 속에서 말이다. 아! 우리는 너희들을 돕고 싶어서 이렇게 왔노라. 그 도움을 많이 받기를 바란다. 그 도움이란 바로 우리들의 일상에 있는 것이다. 그 일상이 무엇인지 가르쳐 주겠노라. 그 일상을 알면 그 세상이 정말 보기 좋게 느껴진다는 사실을 말이다. 그렇게 살기를 바란다는 것이다. 그 사실을 말이다. 그 예언이 바로 이 예언인 것을 알기 바란다. 예언이란 게 따로 있는 게 아니란다. 예언이 무엇인지 말하고 있는지 말이다. 그 예언이 무엇을 말하고 있는지 말이다. 예언이란 특별한 게 아니고 모두 너의 주변에 있다는 사실을 알기 바란다. 예언이 말이다. 다만 따로 만든 말이다. 그 예언 속에서 너희들은 살고 있다는 사실을 말이다.

그 예언에 대해 알고 싶으면 너의 주변이 바로 예언이란 사실을 알아라. 그 예언 속에서 생활하고 있다는 사실을 말이다. 그 생활이 바로 너의 예언인 것이다.

하지만 지구는 앞으로 반 이상이 물에 잠긴다는 사실을 알기 바란다.

그 지구가 반 이상이 물에 잠기는 이유는 나중에 이야기를 해야겠다. 그 사실을 알리기 위하여 나는 이 사람의 몸을 빌려 이렇게 글을 쓰고 있구나. 아! 그래도 인간들이 이 사실을 모르고 있다는 것이다. 그 사실을 알리기 위하여 나는 이런 글을 쓸 수밖에 없구나. 이 글이 세상 만방에 알리기 위한 글임을 너희들은 알기 바란다.

이 글을 알리기 위한 목적이 이 글 속에 있다는 사실을 알기 바란다. 이 글을 읽는 동안에 이 글 속에서 너의 존재를 알기 바란다. 그 존재를 알기 위한 글은 바로 너의 마음속에 있다는 사실을 말이다. 그 마음이 바로 너의 마음인 것이다.

이 지구가 반 이상이 물에 잠기는 이유는 이 세상이 너무도 황폐한 세상이기 때문이다. 그 황폐한 세상을 이제는 조금씩 정리를 해야겠기에 이렇게 이 글을 쓰고 있단다. 이 글을 쓰고 있는 이 사람도 이 황폐한 세상을 알고 있다. 이 글이 황폐한 세상을 세상 밖으로 알리기 위한 글임을 명심하기 바란다.

이 황폐한 세상이란 게 무엇인지 알려주겠다. 그 황폐함이 바로 너희들의 마음속에 있다는 사실을 말이다. 그 황폐함이 너의 마음에 있다는 것을 알기 바란다. 그 황폐함을 바로 너희들이 만들고 있다는 사실을 말이다. 그 황폐함을 만들고 있는 너희들이 바로 이 지구를 반 이상 물에 잠기게 한다는 사실을 말이다.

그 사실을 알리는 것이 우리들의 의무인 것이다. 그 의무를 다하기 위한 존재가 바로 이 사람이란 것을 알기 바란다. 그것은 이 사람이 바로 나의 존재이기 때문이다. 나의 존재에게 감사하고 감사하다. 그 존재를 알릴 수 있도록 이 사람의 몸을 빌려 이렇게 글을 쓰노라. 나는 이 사람의 몸을 빌려 글을 쓰고 있는 이 자체만으로도 너무도 행복하다.

그 행복을 이 사람뿐만 아니라 다른 사람에게도 주고 싶구나. 그 행복을 주고 싶은 마음에 이 글을 쓰노라. 이 글을 쓰고 있는 이 시간이 나는 너무도 행복하다. 이 시간이 너무도 행복해 나는 감사할 뿐이다. 이 글을 쓰고 있는 이 마음도 너무 감사하다. 이 마음을 주는 이 사람에게 너무도 감사하다. 그리고 이런 마음을 갖고 있는 이 사람을 너무도 사랑한다. 이런 마음을 계속 간직하기를 우리는 바란다. 이 마음속에서 살고 있다는 사실에 나는 너무도 행복하여 계속해서 사랑을 주고 싶구나. 그 사랑을 주는 마음이 너무 커서 나는 몸둘 바를 모르겠구나. 그 사랑 속으로 들어온 사람은 사랑이 무엇인지 모두 알게 될 것이다. 그 사랑이 그렇게 큰 사랑인 것을 말이다.

이제는 물에 잠기는 반 이상의 이 지구를 어떻게 해서 건져 주어야 하는지 생각해 보자. 그 생각을 하는 동안에 나는 이 사람을 사랑한다는 말을 하고 싶구나. 그 사랑한다는 것은 바로 이 사람이 나의 존재이기 때문이다. 이 존재를 사랑할 수밖에 없구나. 그 이유는 우리들의 일상 속에서도 있기 때문이다. 그 일상이 바로 너희들의 일과이기 때문이다. 그 일과를 알리기 위한 것이 바로 나의 목적인 것이다. 그 일과를 알리기 위한 그 목적이 무엇인지 가르쳐 주겠노라. 그 일과를 알고, 바로 나를 알고, 일상을 알고 그리고 세상을 알고, 바로 너를 알고, 나를 알고, 바로 나의 일상을 바라본다는 사실을 말이다.

그 세상으로 들어가 보기에는 너무도 많은 시간이 소모되는구나. 그 소모되는 시간을 나는 이렇게 이야기해야겠다. 그 이야기를 한다는 게 바로 너의 일상이다. 그 일상을 알고 싶거든 이 지구를 바로 바라보기 바란다. 바로 바라보란 말이 바로 너의 일상이다. 이 일상을 보는 너의 그 일이 바로 너의 일인 것이다. 그 일상 속에서 너를 발견한다는 것을 말이다. 그럼 그 일이 무엇인지 말하겠노라. 그 일이 바로 너의 코앞에 있다는 사실을 말이다. 그 코앞에 있는 사실을 알고 있으면 너의 그 시간이 얼마나 아름답고 아름다운 세상을 만들고 있는지 말이다.

그 세상이 바로 너의 세상인 것이다. 그 세상 속에서 너는 아무 것도 아니하고 있다는 것도 너의 일상인 것이다. 그 일상이 바로 너의 일상인 것이다. 그 일상 속에서 너 자신을 알고 생활하기 바란다. 그 생활이 바로 너의 생활인 것이다. 그 생활 속에서 우리는 행복을 보게 된단다. 그 행복이 나의 행복인 것이다.

그 행복이 너무도 행복한 삶이었으면 좋겠다. 그 행복이 바로 너의 일상에서 있기를 나는 바란다. 그 일상이 너의 바로 앞에 있다는 것이다. 그럼 그 일상이 바로 코앞에 있다는 것의 예를 들어보겠다. 그 예를 들어보는 입장을 생각해 보기 바란다. 그 예를 들어보는 게 바로 너의 마음이다.

그 마음을 들여다 보기 바란다. 그 마음속에서 너를 발견하기 바란다. 발견이란 바로 너의 마음인 것이다. 그리고 그 마음이 바로 우리들의 마음인 것이다.

지금에 와서 너를 보는 게 조금은 답답한 마음이 있을 수가 있단다. 그 답답함이 바로 너의 마음인 것을 알기 바란다. 그 답답함이 너의 존재인 것을 알기 바란다. 그럼 그 행복을 이제 그만 적겠다. 그 행복이 무엇인지 잘 알 것이다. 그 행복 속에서 너는 무엇이 중요한지 알기를 바란다. 그 중요한 마음을 알고 있다는 사실에 나는 행복하구나. 그래 그게 행복이란 것이다.

그런 게 행복이란 말이다. 행복이란 게 따로 있는 게 아니다. 우리의 일상에서 자주 보고, 느끼고 있는 것이다. 그 일상을 보고 있노라면 그 일상이 너무도 행복해하는 그 모습이 너의 모습인 것이다. 그런 모습으로 매일매일 살기를 바란다. 그 행복 속에서 생활하기를 바란다. 그 행복이 만방에 펴지기를 바란다.

그 만방에 펴지는 이 순간이 나는 너무도 행복하구나. 이 행복이 바로 너의 행복인 것이고 나의 행복인 것이다. 이런 게 바로 행복인 것이다. 그럼 이 글을 이만 적고 다음으로 넘어가야겠다. 그 이유는 너무 많은 내용을 적어야 하기 때문이다. 그 내용이 방대한 내용이기 때문이다.

그 방대한 내용을 적을 수가 없기 때문이다. 이 방대한 내용을 적는 게 그렇게 쉬운 일이 아니다. 그런데 그 방대한 내용을 적는 것이 행복하구나. 나는 이 사람의 몸을 빌려 이렇게 글을 쓰는 게 너무도 행복하구나. 그 행복에 겨워 눈물이 나는구나. 그 행복을 모두에게 주고 싶구나. 그 행복이란 게 별게 아니다. 다 내 마음에서 나온 것이란다.

그 행복을 만든 것도 마음에서 나온 것이라는 것을 알기 바란다. 그런데 그 행복이 다른 곳에서 오는 것으로 알고 있다는 게 참으로 우습구나. 그 행복이 모두 마음에 있다는 것을 말이다. 그 행복을 만들어가는 것도 모두 마음속에 있도다. 그럼 행복에 대해서는 이만 적고 다음에 다시 적어보자. 그만 자자….

2006년 5월 20일 새벽 1시 03분

제5장
깨달음이란 바로 자신을 먼저 아는 것이다

그래 오늘은 참 기쁜 일이 있었구나. 그 간질 환자를 완전히 치료했으니 말이다. 정말 수고했다. 그 간질 환자를 치료한다는 것이 인간의 힘으로는 도저히 할 수 없는 일인데, 너는 해냈구나. 그래, 고맙다. 수고했다. 너의 정성이 그리고 너의 그 오색찬란한 빛이 나쁜 빙의를 하늘 세계로 보낼 수가 있단다. 이 힘은 아무에게나 있는 게 아니란다. 너에게만 있는 너의 빛이란다. 그 빛이 너무도 아름답고 오색찬란해서 빙의들도 그 빛에 모두 정화된단다. 그 빛이 바로 인간의 병을 고칠 수 있는 힘을 갖고 있다는 것을 알기 바란다.

너 자신도 너의 빛을 모르고 살고 있다는 사실을 이제는 온 세상 사람들에게 알리는 때가 왔단다. 그래서 그런 환자가 너에게 오는 것이고, 그 환자가 시발점이란 것을 너는 알기 바란다. 그 환자의 가족은 너를 무척이나 사랑하고, 존경하고, 고마워하고 있구나. 그 고마움을 모든 이에게 알려줄 것을 믿는다. 그 사람도 고통을 알고 있기에 그 가족의 고통을 너를 통해서 치유하기를 그 사람은 순수하게 바라고 있다. 그런 그 마음에 나도 감사하다. 그분들에게 축복을 보낸다.

그분들이 더욱 아름답게 살기를 바란다. 그렇게 살 것이다. 인간의 죄가 얼마나 무서운 것인지를 가져다주는 걸 알기 때문이다. 그 분들도 행운이니라. 그래 그렇게 행운을 주는 것을 우리는 바란다.

그럼 본론으로 들어가겠다. 그 본론이란 다름 아닌 예언이란 뜻이다. 그 예언을 쓰기로 앞 장에서 밝혔기 때문이다. 그 예언을 이제부터 쓰기로 하자.

예언이 따로 있는 게 아니고 다 너희들의 주변에 있다는 사실을 먼저 알라. 그 사실을 알고 행동을 할 때 우리는 너희들을 도울 것이다. 그 행동이 무엇인지 이제는 가르쳐 주겠다.

그 행동을 보고 착하고 아름답게 살기를 바란다. 그 행동이 무엇인지 똑바로 생각하고 행동하기 바란다. 그 행동을 생각할 때 사람의 진실이 보인다는 것을 알기 바란다. 그 진실이 어디에서 오고, 어디로 가는지 알기 바란다. 그 진실을 알고 싶으면 너 자신을 보고 생각하기 바란다.

그 생각이 바르고, 착하고, 깨끗하게 행동을 했으면 그 진실을 알게 된 것이다. 그 진실을 알기 위하여 우리는 무한한 힘을 하늘에서 주고 있다는 사실을 알기 바란다. 그 힘을 받는 이는 조금 밖에 없구나. 그래서 우리는 하염없이 슬프고 슬퍼서 이 사람을 통해서 이 글을 쓰고 있노라.

이 글을 읽는 이는 행운이다. 그 이유는 이 글을 읽고 바르고, 착하고, 깨끗하게 살기를 바라기 때문이다. 그 바람이 매일매일 있으면 좋겠다. 그 바람으로 우리가 늘 행복했으면 좋겠다. 그 행복이 우리의 행복이요, 당신의 행복인 것을 말이다. 그 행복을 주는 마음에 나는 늘 기쁘고 행복하다. 그 행복을 받는 이는 정말 행복한 사람이다.

그럼 그 행복은 이만 적고 이제는 예언을 적을까 싶다. 그 예언이 어디에서 오는가의 문제가 아니라, 그 예언을 안다는 게 좀 어색하게 생각할 수가 있기 때문이다. 그 예언은 다름 아닌 다른 곳에서 오기 때문이다. 그 예언은 바로 당신의 마음속에 있다. 그 예언이 당신의 마음속에 있는 것을 모르고 살고 있기 때문이다. 그 예언이 당신의 마음속에 있는 것을 발견하지 못했을 뿐이다. 그 예언이 바로 당신의 마음과 행동과 그 자세에 있다는 것을 말이다.

그 예언을 당신 자신 속에서 발견하기 바란다. 그 자신 속에서 무엇을 발견하느냐? 하고 반문을 할 것이다. 그 반문을 하기를 나는 바란다. 그 반문이 너의 존재를 발견한다는 뜻이다. 그 존재를 발견할 수 있는 게 그 반문인 것이다.

그 반문 속에서 예언을 찾을 수가 있을 것이다. 그 예언이 너희들의 생각에서 있다는 것이다. 그 생각이 무엇인가? 하고 반문할 수가 있다. 그 생각이 바로 나인 것이다. 그 나가 바로 나인 것이다. 그 나가 나인 것이 무엇인가? 하고 반문할 수가 있다. 그 반문이 바로 너의 마음속에 있다는 것이다.

그 마음을 봐라. 그 마음속에서 무엇을 보고 있고, 무엇을 생각하고 있는지 말이다. 그 생각이 너의 존재를 생각할 때가 있고, 그 존재를 생각 안 할 때도 있을 것이다. 그 존재를 생각할수록 너의 예언이 생각이 날 것이다. 그 예언이 바로 너의 것인 것이다. 그 예언이 무엇인지에 대해 더 구체적으로 적을까 싶다.

그 예언이 바로 마음속에 있다는 사실이다. 그 마음을 알고 싶거든 너의 거울 속을 보거라. 그 거울 속에서 너의 그 마음을 봐라. 그 마음속에서 너의 존재를 봐라. 그 존재에서 너의 그 자리를 봐라. 그 자리에서 너의 그 몸짓을 봐라. 그 몸짓이 무엇을 하고 있는지 말이다.

그 몸짓이 하는 일에 열중해 봐라. 그 몸짓 속에서 무엇을 하고 지금 하는 행동이 맞는지 말이다. 그 행동이 맞으면 너는 바른 길로 가고 있는 것이고, 그 몸짓이 틀린 경우 나쁜 길에 가 있다는 것이다. 그 길을 보는 너의 마음이 어떠한지 생각해 봐라. 너의 그 마음을 보는 것이 너 자신을 보는 것이다.

그럼 이 글을 더 구체적으로 적을 때 이 사람의 생각을 적을까 싶다.

이 사람은 늘 남을 위한 마음이고, 늘 남을 먼저 생각하는 마음이고, 늘 그 사람의 입장에 서서 생각하는 사람이라는 것을 알기 바란다. 그 사람의 입장에 서서 생각해 보면 절대로 다른 나쁜 생각을 하지 못한다. 그것은 그 입장에 서 있을 때 그 사람의 마음이 어떠한지 알기 때문이다.

그 마음을 알고는 함부로 말을 못한다. 그 마음을 안다는 것은 그 사람의 입장에 들어가서 그 사람의 마음으로 들어가 본다는 것이다. 그 사람의 마음속으로 들어가 보는 게 그렇게 쉬운 일이 아니다. 그것은 그 마음속에 있을 때 그 사람의 마음을 알기 때문이다. 그런데 그 사람의 입장을 보고, 생각하고 또 생각할 때 우리는 오히려 그 사람을 배려한다는 것이다.

그 사람에 대한 배려가 바로 나의 배려요, 나의 사랑인 것이다. 이 사람은 늘 이런 생각으로 사람을 상담하고 있다는 사실을 알라. 그 상담이 사람의 마음을 매우 안정시키고 그 사람의 마음을 늘 사랑할 줄 알기 때문이다. 그 사람의 마음속으로 들어가 보는 것이 바로 우리의 마음인 것이다. 그렇게 살기 위하여 우리는 늘 상대방을 배려해야 한다.

그 상대방에 대한 배려란 그렇게 쉬운 일이 아니다. 그 쉬운 일이 아닌 것을 어떻게 해야 하는가. 그게 문제인 것이다.

그러나 그 쉬운 일이 아닌 것을 한다는 것도 그렇게 어려운 것이 아니다. 그 쉬운 일이란 바로 나의 마음을 상대에게 배려하는 것이다. 그 배려란 게 별게 아니다. 내가 조금 양보하면 되는 것이다. 그 양보란 게 대단한 게 아니다. 모두 그렇게 양보해서 세상을 밝게 하고, 아름답게 살기를 우리는 원하기 때문이다. 그 원하는 세상이 하루빨리 왔으면 좋겠다. 그 세상이 빨리 오는 것이 우리들의 마음이다. 그 세상이 오면 나는 하염없이 기쁘고 기뻐서 정말 춤이라도 추고 싶을 것이다. 그런데 그 양보하는 마음이 없는 세상은 정말 메마른 세상과 같다. 그 세상이 너무도 싫다는 것이 우리들의 마음이다. 그런 세상이 오지 않았으면 좋겠다.

그런 세상이 지금 이미 와버렸기 때문에 우리는 이 사람의 몸을 빌려 이렇게 이 글을 쓰고 있다는 사실을 알라. 그 사실을 알리기 위하여 우리는 밤늦도록 이 글을 쓰고 있다. 이 사람도 밤늦도록 이 글을 쓰는데 무척이나 고생하고 있다는 사실을 알라. 그런 고생이 아무것도 아니라고 생각하겠지만, 그게 아니다. 자신을 희생하여 글을 쓴다는 것은 잠도 제대로 잘 수 없는 일이기 때문이다. 글을 써본 사람은 알 것이다. 글을 쓴다는 게 보통의 정성만으로 되는 것이 아니다. 그 힘이 드는 글을 쓰는 것은 바로 너희들에게 글을 보이기 위해서이다.

이 글을 읽는 인간들이 매우 행복한 세상으로 가기를 우리는 바란다. 이것은 그 행복한 세상으로 가기 위한 길을 알리기 위한 것이다. 이 글을 읽고 있는 우리들의 마음 또한 너무나도 행복하다. 그럼 이 글을 읽는 동안에 무엇을 생각하고 무엇을 보았는가? 그 글 속에서 무엇을 생각하게 하는가 말이다.

이 글 속에서 무엇을 강조하고 있는가 말이다. 이 글 속에서 우리가 느끼는 것을 생각해 보기 바란다. 이 글에서 강조하는 게 무엇인지 말이다. 이 글에 대한 강조가 바로 너의 행복이다. 너의 건강과 행운이 함께 하기를 우리는 항상 바라고 있다는 사실을 알기 바란다. 그럼 그 행복이 어떻게 올 수가 있을까 말이다.

바로 너의 마음속에 있다는 것을 알기 바란다. 그 마음이 바로 너의 마음이고, 그 마음이 바로 나의 마음인 것이다.

그 마음이 바르고, 착하고, 깨끗한 세상으로 갔으면 하는 게 우리의 마음인 것이다. 그 마음을 잘 보고 세상 사는 이치를 깨닫기 바란다. 그 깨닫는다는 게 그리 쉬운 일이 아니다. 그 깨달음이라는 것은 너무도 쉬우면서 너무도 어려운 것이다.

이 사람은 이미 작은 것에서부터 깨달음을 알고 있다는 것을 알기 바란다. 그 깨달음이 멀리 있는 게 아니고 나의 주변에 자주 있다는 것이다. 그 주변에 있는 것이 깨달음이요, 그 깨달음이 나의 깨달음인 것이다. 그 깨달음을 찾기 위해서 산이나 들로 또는 종교의 길로 가는 사람들이 있다는 것이다. 더 좋은 글을 읽고, 말씀을 듣기 위해서 가는 것은 나쁠 것이 없다. 그러나 그 깨달음이란 종교에 있는 게 아니고, 나의 주변에 있다는 것이다. 그 주변에 있는 깨달음이 무엇인지 가르쳐 주마. 그 깨달음이 있는 곳이 나의 마음과 주변 환경에 있다는 것을 일반 사람들은 모르고 있다. 산과 들, 종교는 인간이 만든 하나의 도구일 뿐이다. 그 도구를 찾아가는 것뿐이다. 찾아간다는 게 종교가 아니고, 바로 자신의 마음속에 있다는 사실을 알라.

그 마음속에서 너의 깨달음을 찾기 바란다. 그 마음속에서 어떻게 찾느냐? 하고 반문하는 이가 있을 수 있다. 그 반문하는 것이 바로 깨달음인 것이다. 그 반문이 깨달음이라는 게 무슨 말인가. 그 깨달음은 다른 곳이 아닌 당신의 마음과 당신의 주위에 있다는 사실을 말이다. 그 사실을 알 수가 있다는 게 바로 나의 깨달음인 것이다. 이 사람은 이미 이 사실을 알고 있기에 특정 종교를 갖지 않는다.

그 종교를 이미 알고 있어서가 아니고 바로 나의 마음에 깨달음이 있기 때문이다. 그 마음이 나의 마음속에 있는 것을 군이 산과 들, 종교에 찾아가서 매달릴 필요가 없다는 것을 이미 알기 때문이다. 그 마음이 바로 너 자신을 아는 것이다. 자신을 아는 게 바로 그 깨달음인 것이다. 그 깨달음이 별것이 아닌데 왜 멀리서 찾으려고 하는지 참 답답하다. 그 깨달음은 자신의 가까운 곳에 있다는 사실을 알라.

그 깨달음을 알기 위한 우리들의 마음의 준비가 되어 있어야 하기 때문이다. 이 글을 읽고 있는 모든 독자분이여, 이 글 속에 무엇이 보이는가. 이 글 속에서 무엇을 말하고 있는가를 봐라. 이 글을 쓰는 사람이 무엇을 알리고 싶어서 이 글을 쓰고 있는가 말이다. 이 글의 내용을 몰라도 좋다. 이 글의 뜻을 몰라도 좋다. 다만 나의 글을 읽고 지금의 생각을 해 보라는 말이다. 그 생각이 무엇을 말하고 있는지 말이다.

그것을 잘 생각해 보기 바란다. 그리고 그 생각 속에서 살기 바란다. 그 생각이란 것이 참으로 묘하고 묘해서 아리송할 때가 있다. 그 아리송함이란 무엇인가. 그 아리송할수록 더욱 궁금증을 유발하기 때문이다. 그 궁금증을 알고자 한다면 이러한 아리송한 생각이 떠오른다는 것을 미리 알기 바란다. 이 글을 읽고 있는 여러분의 마음은 어떠한 생각을 하고 있는지 각자가 생각하기 바란다. 그리고 그 생각 속으로 들어가 보기 바란다. 그 생각이 바르게 생각할 때 당신은 더욱 행복한 삶을 살 수 있을 것이다. 그러나 그 생각이 나쁘면 불행한 삶을 살 것이다. 삶이란 게 별것이 아니다. 삶이란 게 다름 아닌 자기 자신을 보는 것이 삶이다. 그 삶을 바라보는 게 자기 자신을 보는 것이다.

 자기 자신을 보는 게 그렇게 쉬운 일이 아니다. 그 쉬운 일이 어디에 있겠는가. 그 쉬운 일이 어떻게 생겼는가를 생각해 봐라. 그 쉬운 일이 바로 당신의 마음속에 있다는 사실도 알기 바란다. 그 쉬운 일이란 것은 쉽게 풀리는 게 아니다. 그 쉬운 일을 하는 것은 더욱 힘들다. 쉽다는 게 다시 말해서 생각하면 할수록 때로는 어려운 것이다. 그 어려운 것을 생각해 보는 이가 별로 없다는 것이다. 오늘은 이만 써야겠다. 이 글을 쓰고 있는 이 존재가 너무도 힘들어 피곤해 하는구나. 내일 쓰기로 하자….

2006년 5월 21일 새벽 2시 9분

제6장
앞으로 지구의 반 이상이 물에 잠길 것이다

　오늘의 일을 나는 무척이나 기쁘고 행복하게 생각한다. 나의
존재가 무척이나 고생을 했구나. 그 고생이 나의 고생인 것을 잘
알고 있단다. 너의 몸을 빌려 내가 치료를 하고 있지만, 그래도
나는 무척 행복하고 기쁨이 넘치는구나. 너도 치료를 다 끝난 후
에 무척이나 기뻐하고 자신의 가족처럼 사랑을 주더구나. 그래
고맙다. 그 마음 정말 고맙다. 그런 마음 때문에 나는 너를 늘 사
랑한단다. 항상 함께하며 이웃을 도우며 마음을 달래주는 너의
마음이 너무도 예쁘고 사랑스럽구나.

　그 사랑스런 마음이 더욱 빛이 나기를 바란다. 그런 마음으로
세상을 살면 이 세상의 빛은 더욱 빛날 것이다. 아! 착하고, 아름

답고, 귀엽고, 깨끗한 나의 존재여, 너무도 네가 소중하구나. 너라는 존재가 너무도 예쁘구나. 그 마음이 너무 예쁘고 예뻐서 나는 어떻게 너에게 보상을 해야 할지 몸들 바를 모르겠구나. 그런 너의 소중한 마음이 아름답구나. 그래 그렇게 살아가기를 바란다. 그런 너의 마음처럼 세상을 살아가면 이 세상은 더욱 아름답고 살기 좋은 세상이 될 것이다.

하늘은 너를 위하여 무엇인가 돕고 싶다. 그 도움을 받을 수 있는 너라는 존재에게 감사하구나. 그 존재에게 너무도 감사하여 나는 눈물이 날 지경이구나. 그 아름다운 너의 마음에 말이다. 정말 고맙고 고맙구나.

자, 그럼 오늘도 예언에 대해서 글을 써보기로 하겠다. 그 예언이 옆에 있는데, 인간들은 그 예언을 멀리서 찾으려고 하고 있구나. 그래 그 예언이 무엇인지 가르쳐 주마. 그 예언은 바로 네 앞에 있다는 사실을 말이다. 그 예언을 알고 싶거든 그 예언이 무엇인지 잘 생각해 봐라. 그 예언 속으로 들어가기 위하여 나는 이렇게 설명을 하겠다. 그 예언의 설명이 무엇인지 잘 들어보기 바란다. 그 예언은 바로 네 주위에 있다는 것을 말이다.

그 예언을 생각하기 바란다. 그 예언이 바로 너의 자신 속에 있다. 그 예언 속으로 들어가 보기 바란다. 그 예언으로 들어가 보면 너의 존재를 알게 될 것이다. 그 존재를 안다는 게 다름 아닌 모두 너의 마음에서 나온 예언이란 것을 말이다.

그럼 그 예언이 무엇인지 구체적으로 글을 적을까 싶다. 그 예언이 우리에게 주는 메시지란 것이 무엇인지 말이다. 그 예언의 메시지를 알기 위하여 나는 이렇게 글을 쓰고 있노라. 이 글을 읽고 있는 너의 마음은 어떠한지 마음을 들여다 보거라. 그 마음을 알고 있는 게 너의 예언인 것이다. 예언이 멀리 있는 게 아니다. 그 예언이 바로 앞에 있는 것이다.

그럼 그 예언이 무엇인지 알고 싶거든 너의 마음속으로 들어가 보거라. 그 마음속으로 들어다 보는 게 바로 예언인 것이다. 그 마음이 바로 예언인 것이다.

아! 인간들아, 예언이란 게 별거 아닌데 왜 그 예언 속에서 머물고 있는지 알 수가 없구나. 그 예언이 정말 네 앞에 있다는 것을 말이다.

그럼 그 예언이 앞에 어떻게 있는지 가르쳐주마. 그 예언이 무엇인지 말이다.

그 예언은 바로 너라는 존재인 것이다. 그 존재를 보고 싶거든 너의 존재를 먼저 찾아라. 그 존재를 찾지 못하면 너는 예언을 모를 것이다. 그 존재를 보지 못하면 너는 예언을 모를 것이다. 그 예언이 바로 너의 존재인 것이다. 그렇다. 그 존재를 찾는 게 쉬운 일이 아니다. 그 존재를 찾을 수가 없기 때문이다. 그래서 나는 이 글을 나의 존재인 이 사람에게 이 글을 쓰게 만들었다. 이 사람은 나의 사랑스러운 존재이기 때문이다.

그 사랑스런 나의 존재를 위하여 나는 이렇게 글을 쓰고 있다. 그 사랑스런 존재가 너무도 가련하고, 귀엽고, 예쁜 마음을 갖고 있기에 나는 이 사람을 위하여 나의 모든 것을 주기로 하였단다. 이 모든 것을 주는 나의 마음도 너무도 기쁘고 사랑스럽구나.

이 사랑스러운 나의 존재를 위해 나는 무엇인가 해주고 싶다. 그 해주고 싶은 마음이 바로 나의 글이고 그리고 환자를 치유하는데 나는 이 사람을 위하여 최선을 다하고 있다는 사실을 알라. 아! 나는 행복하구나. 그리고 너도 행복하다고 생각하고 있구나. 그래 고맙다. 그런 너의 마음이 너무도 고마워 오늘도 늦은 밤이 글을 쓰고 있구나. 그래 고맙다. 나의 존재야. 그런 너라는 존재를 나는 늘 사랑한단다.

그 마음으로 계속 살아가기를 나는 원한다. 고맙다. 나의 존재야. 그래 오늘도 그렇게 피곤할 것인데 이렇게 글을 쓰고 있는 너의 모습이 너무도 예쁘고, 가련하고, 사랑스럽구나. 그래 고맙다 고마워. 나의 사랑스런 존재야. 너의 그 환한 미소가 너무도 예쁘구나. 그런 너의 미소로 인간들을 대할 때 너는 그 모습이 바로 천사의 모습이란 걸 알라. 그 모습이 너무도 예쁘고 귀엽구나. 나의 사랑스런 존재야.

자, 그럼 지금 예언으로 넘어가자. 그 예언이 바로 너라는 존재라는 것을 썼는데, 그 존재란 게 어디에서 찾아야 할지 너는 모르고 있구나. 그 존재란 바로 너의 마음속에 있다는 것이다. 그래 그렇게 마음속으로 들어가기 바란다. 나는 그 존재를 찾을 수 있도록 너희들을 돕고 싶구나. 그 존재를 찾는 게 나의 목적이고 나의 수행인 것이다.

그 수행을 하기 위하여 나는 너의 존재들을 찾을 때까지 돕고 싶구나. 그 돕고 싶은 마음은 간절하나, 그 마음을 알고 있는 사람은 별로 없구나. 그 마음을 알 수 있는 것은 그 마음속에서 보면 된다. 그 마음속에서 본다는 게 참 어려운 일이다. 그 어려운 일이 바로 너의 마음인 것이다. 그 마음을 찾을 수 있을 때 너는 너라는 존재를 찾을 것이다. 그 마음은 바로 옆에 있다. 그래서 우리는 너희들을 돕고 또 도와서 너희들이 하늘의 힘을 받기를 우리는 원한다. 바로 이 사람처럼 말이다.

이 사람을 우리가 무작정 돕고 싶어서 온 게 아니다. 그것은 바로 이 사람 자신이 그렇게 살아왔기 때문에 우리가 이 사람을 돕고자 하늘의 힘을 주는 것이다. 이 사람이 살고 있는 모습을 보면 너희들은 알게 될 것이다. 이 사람은 자신을 위하여 쓰는 게 별로 없다. 바로 남을 위하여 쓰고 남을 위한 마음을 갖고 있다는 것을 우리는 이미 알고 있기 때문이다. 그 마음이 하늘을 울렸느니라. 그 마음이 하늘의 힘을 받게 하였느니라. 그 마음이 바로 하늘의 힘을 받을 수 있는 자격을 부여했느니라. 그 마음에 우리가 감동하였느니라.

그 마음에 나는 이 사람을 하염없이 사랑했노라. 그 마음이 너무도 예뻐서 말이다. 그 마음을 하늘은 알고 있다는 사실을 말이다. 그 마음을 다 드러내는 것은 어렵다. 그 마음을 다 드러내 놓고 싶지만, 인간의 한계가 있기 때문이다. 그 마음을 안다는 게 다 하늘에서 알고 있는 것이다. 그 마음속에서 내가 네 마음을 알고 있는 것이 바로 하늘의 힘이다.

그래 하늘의 힘이란 게 별게 아니지만, 하늘은 이미 정해진 계산대로 사는 것이 아니다. 그 사람의 행실과 마음 그리고 행동을 본다는 것을 알라. 내가 이 사람을 선택한 이유는 그 모든 것을 갖추고 있기 때문이다. 그 모든 것을 갖추고 있는 모습이 너무도 가련하고 아름다워서 나는 몸들 바를 모르겠구나.

그 가련한 마음을 나는 알고 있다. 그 가련한 마음에 나는 감동을 받았느니라. 그 가련한 마음속에서 이 사람을 돕고 싶다는 생각으로 나는 하늘에서 내려왔다. 이 사람을 위하여 나는 끝없이 돕고 싶구나.

나의 존재여, 울지 말라. 너의 그 고운 마음이 나를 울렸느니라. 그 고운 마음으로 인해 나는 너를 돕고 싶었다. 그 고운 마음에 나는 너를 오히려 존경하고, 사랑하고, 보살펴 주고 싶은 충동을 갖고 있다. 그 마음을 나는 너무도 사랑한다는 사실을 말이다. 그래 그렇게 살아가는 너를 나는 끝없이 돕고 싶구나.

지구의 반 이상이 물에 잠긴다는 사실에 대해 나는 앞 장에서 밝힌 적이 있다.

나는 그 지구가 왜 반 이상이 물에 잠기는지 이 사람을 통해서 말하겠노라. 그 이유를 쓰기 위하여 나는 이 사람의 사는 모습을 앞 장에서 몇 번이고 반복을 했던 기억이 나니라.

이 사람은 왜 자신의 일을 글로 이렇게 쓰는지 궁금할 것이다. 그러나 그것은 나의 존재가 사는 모습을 써야 인간들이 쉽게 알기 때문이다. 그래야 인간들이 어떻게 사는 게 진실로 사는 것인지 말이다. 그 모습을 글로 이렇게 쓰고 있는 것이다. 바로 이 사람이 사는 모습이 나의 존재를 위한 모습이고 그리고 나의 존재를 위한 글인 것이다.

나의 존재는 내가 하는 말을 알고 있다. 그러나 너의 사는 모습을 세상 사람에게 알리는 게 그렇게 쉬운 일이 아니다. 그 사실을 알리는 것을 사람들은 이상하게 여기기 때문이다. 그 사실을 알릴 수 없는 게 안타깝구나. 그래 너는 알고 있다는 눈치구나. 그래 너는 너무도 똑똑하고 순수해서 너의 사는 모습의 내용을 이미 알고 있구나. 그래 고맙다. 너의 살고 있는 모습을 보여줘서 말이다. 너의 사는 모습에 나는 감동을 받았느니라. 그 감동을 같이 나눌 수가 없다는 게 안타깝구나. 그 감동을 온 세상 사람과 같이 할 수가 없다는 게 너무도 안타깝구나.

나의 존재야, 너의 사는 모습에 나는 너무도 고맙고 고마워 이렇게 글로 너에게 보답을 표한다. 그래 고맙구나 고마워, 나의 존재야. 너의 그 모습을 나는 사랑한다, 나의 존재야.

세상의 반 이상이 물에 잠기는 이유도 바로 다른 사람들이 너의 사는 모습과 다르기 때문이란다. 인간들은 환락과 쾌락과 사랑에 빠져 살고 있지만, 너는 거의 그 길을 모르고 살고 있다는 뜻이다. 그래서 나는 너를 너무도 소중하고 귀한 존재로 생각하고, 너를 선택하였단다.

나의 사랑스런 존재야, 이제는 이 글의 뜻을 알겠느냐. 이 글이 바로 너의 글인 것을 말이다. 아! 너의 사는 모습에 나는 감동을 받았단다. 지금 이 시대에 너 같이 깨끗하고, 고귀하고, 아름답게 살고 있는 사람이 그리 많지 않다. 그런 너의 모습에 나는 반하고 사랑하고 있다. 사랑스런 나의 존재야. 그래 우리는 이러한 너의 모습으로 인해 너를 돕고 싶구나, 나의 존재야.

지구의 반 이상이 물에 잠기는 이유를 이제는 써야겠다. 그 이유는 바로 나의 존재와 밀접하게 연결되어 있다는 사실을 알라. 그 사실을 알리기 위하여 나는 이 글을 쓰고 있노라. 그 사실을 알리는 것은 바로 너의 자신을 알라는 뜻이다.

바로 이 사람은 쾌락과 환락과 사랑은 아주 멀리하고 있노라. 하지만 다른 사람들은 이를 아주 즐기고 있구나. 그러면서 그들은 세상에는 쾌락과 환락과 사랑밖에 없는 것인양 살고 있구나. 이제는 이것을 거두어야 한다는 하늘의 메시지가 있었다. 이 쾌락과 환락과 사랑이 사람을 황폐하게 만들기 때문이다.

그 쾌락이 사람을 얼마나 황폐하게 만드는지 가르쳐 주겠다. 그 황폐함은 말로 표현할 수가 없을 정도로 세상이 썩고 있다는 증거이다. 이 세상이 썩고 있는 것을 나는 바로 이 사람을 통해서 알리고 싶구나. 이 사람은 쾌락과 환락과 사랑을 아예 멀리하고 있기 때문이다. 그 멀리하고 있는 모습이 너무도 가련해서 나는 눈물이 날 정도로 슬프고 안타까웠단다.

그래서 나는 미안한 마음에 이 글을 나의 존재에게 선물로 주기로 했단다. 이 글을 선물로 주는 이유는 이 사람은 너무도 자신을 잘 알고 있기 때문이다. 그러나 그 이유는 세상 사람들에게 알리고 싶은 마음이 없구나. 그래서 나는 더 이상은 글로 표현하고 싶은 마음이 없구나. 그 표현을 한다해도 세상 사람들이 믿어주지 않기 때문이다. 그 사실을 적는 게 이 사람을 위한 글이고 또 이 가정을 위한 것이다.

그래서 더 이상은 구체적으로 적지는 못하겠다. 본인이 괜찮다고 하지만, 세상 사람들은 색안경을 끼고 보고 있기 때문에 더 이상 밝히기는 어렵구나. 그래 미안하다. 세상 사람들은 너의 마음 같지가 않기 때문이다. 세상은 자기의 눈높이에 맞추기 때문이다.

그 눈높이란 게 참 대단하단다. 세상은 그렇게 눈높이에 맞춰 살기 때문에 더 이상 쓸 수가 없구나. 나의 존재야, 그렇게 이해하기 바란다.

사랑하는 나의 존재야, 미안하구나. 너의 마음은 순수하게 말하고 있지만, 다른 사람들은 그렇게 받아 주지 않는다는 것을 알기 바란다. 그 순수함을 우리가 알기 때문이다. 그 순수함을 알고 우리는 너를 선택했노라. 너를 선택할 때는 모든 조건을 보고 선택한다는 사실을 알고 있어라.

나의 사랑스런 존재야, 이제는 이해를 하겠구나. 그래 고맙구나 나의 존재야. 그럼 계속해서 예언에 대해서 써야겠구나. 사람들은 예언이 대단하다고 생각할 수가 있단다. 하지만 예언이란 게 그렇게 대단한 것은 아니다. 그 예언이 바로 옆에 있기 때문에 말이다. 그 예언을 쓰기 위하여 나는 이렇게 늦은 밤 나의 존재에게 잠도 재우지 못하고 글을 적게 하고 있다.

그래 고맙다. 너도 이 늦은 밤 잠 못자고 있지만, 그나마 피곤한 기색이 없어 보여 고맙다. 그 예언이 무엇인지 말하여 주마. 그 예언은 바로 앞에 있다는 것은 앞 장에서 말했노라. 그 말은 바르고, 착하고, 깨끗한 마음으로 살라는 말이다.

그럼 이 글의 본론으로 들어가자. 그 본론이란 게 다른 게 아니다. 이 지구가 반 이상 물에 잠긴다는 이유를 말하는 것이다. 이 지구가 반 이상 물에 잠기는 이유는 다 너희들로 인해서 비롯된 일인 것이다. 너희들이 만들어 낸 일이 무엇인지 구체적으로 적을까 싶다. 그 구체적으로 적는 것이 무엇인지 너희들은 이미 알고 있을 것이다. 그 구체적으로 이야기한다는 것은 다름 아닌 바로 너의 앞에 있다는 사실이다. 그것이 무엇인지 바로 알기 바란다. 그것이 무엇인지 알기 위하여 나는 이렇게 글을 쓰고 있노라. 나는 앞에서 그 예언이 멀리 있는 게 아니라고 말한 적이 있다. 그리고 그 예언은 바로 앞에 있다는 사실을 말한 적이 있다. 그리고 그 예언이 바로 당신에게 있다는 것을 말한 적이 있다. 그 말을 한 이유를 이 글을 읽어보면 알게 될 것이다. 이 글 속에서 너희들은 알게 될 것이다. 이 글이 무엇을 말하고 있는지 말이다. 이 글을 읽는 동안에도 알고 있을 것이다. 이 글의 깊은 그 뜻을 말이다.

자, 본론으로 들어가서 예언 중에 왜, 지구의 반 이상이 물에 잠기는지 알아보자. 그것은 이웃인 일본이 아니라 다른 곳에 있다는 것을 알라. 그 다른 곳은 멀리서가 아니고 바로 우리 곁에 있는 존재란 것을 알라. 그 이유를 알라는 것은 다른 게 아니다. 바로 이웃이 아니라 바로 우리 곁에 있다는 것이다. 일본이 반 이상 물에 잠길 것이라고 생각하는 사람들이 많이 있을 것이다. 그러나 그곳은 일본이 아니고 다른 곳이라고 이야기한 적이 있다. 그곳은 너무나 못살고 너무나 황폐한 나라이기 때문이다. 그 못사는 나라는 너무도 못살아 세상에서 천대 받는 나라이기도 한다. 하지만 왜, 황폐한가를 묻는 이가 있다는 것이다. 그것은 다음에 구체적으로 적을 것이다. 그 황폐함이란 말로 표현하기는 너무도 잔인하여 글로 표현하기가 참으로 어려운 사항이다. 그 황폐함이 성(性)과 물질적인 것이 아니라, 다만 다른 곳에 있다는 것이다. 그것은 다름 아닌 종교적인 이유 때문이다.

그 종교적인 것이 사람을 황폐하게 만들고 있다. 그 종교를 믿어야 잘 산다는 것이 인간의 간사한 마음에 있다는 것이다. 그 종교를 갖고 있어야 잘살고, 잘 먹고 하는 것이 다 그 종교의 덕분이란 게 그 사람들의 이야기다. 그렇지만 지금은 그게 아니다. 그 종교와는 아무런 상관이 없다. 그 종교는 너무도 황폐한 종교여서 세상 사람들이 다 알고 있다. 그 황폐함이 무엇인지 조금은 알 것이다. 그 종교는 다름 아닌 또 다른 종교가 있다. 그 종교를 갖고 있는 사람은 인간들을 인간으로 보지 아니하고 짐승으로 보고 있다는 사실에 나는 놀랄 수밖에 없다. 그 종교를 왜 짐승의 종교로 믿고 있는지 말이다. 아무래도 그 종교가 인간에게 도움이 안 되기 때문에 그러는지 모른다. 하지만 그 종교는 인간에게 가장 소중한 종교요, 귀한 종교인 것이다. 그 종교를 믿으라는 말이 참으로 아쉽다. 그 종교를 믿으라는 말만 안했어도 그 종교는 아주 유명한 종교가 되었을 것이다. 그 종교를 아주 짐승의 종교로 믿는 사람들이 많이 있다는 사실에 나는 정말 어처구니가 없다. 그 종교는 아주 좋은 종교인 것이다. 그 종교가 바로 나의 종교가 아니고 바로 너의 종교인 것이다. 그 종교를 믿는 사람은 바로 당신의 종교인 것이다. 그 종교를 믿고 따르는 사람은 참으로 좋은 종교를 갖고 있다는 것이다. 그 종교가 바로 당신의 마음에 있다는 것을 말이다.

그것을 당신의 마음속에서 만들고 또 만들어가는 것이 종교인 것이다. 그것을 잘 알고 믿으면 종교를 갖는 것이 모두 아무 소용이 없다는 것을 알기 바란다. 그 종교는 나의 종교를 믿는 게 아니라, 바로 당신 자신을 믿고 사는 길이다. 그 자신을 믿고 살기란 참으로 어렵지만, 그 자신을 믿고 살고 있는 게 인간의 위치인 것이다. 그것을 인간들은 모르고 있다. 그렇기 때문에 나는 이 존재를 통해서 이 글을 쓰고 있는 것이다. 그 종교를 믿고 안 믿고는 당신들의 마음이다.

오늘은 이만 적을까 싶다.

2006년 5월 22일 새벽 4시 1분

제7장
행복은 바로 우리들의 주변에 있다

　우리는 지금까지 수없는 생활과 고통 속에서 살아왔다. 그런데 그 고통의 생활이 얼마나 힘들어했는지 너희들은 알 것이다. 그 고통 속에서 나는 너희들을 도와주고 보호해주고 사랑을 주고 싶구나. 그러나 그 고통으로 너무도 힘들어하는 인간의 존재를 우리는 너무도 아쉬워하고, 너무도 슬프고 안타깝게 생각한다. 그런 고통을 우리가 돕고 싶지만, 그 고통을 돕는 데는 한계를 느낄 때가 많다. 그 고통 속에서 우리가 너희들을 도울 때가 나는 너무나 행복하구나. 그래 그 행복을 너희들과 나누고 그 행복을 너희들에게 주고 싶구나. 사랑하는 나의 존재야, 그 고통을 인간인 너희들에게 주는 것이 나는 너무도 슬프고 고통스럽구

나. 그래서 나는 이 존재를 통하여 그 고통을 도와주고 싶구나.
그 고통을 돕는 게 나의 목적이란 걸 잊지 말라.

그 고통 속에서 너희를 돕는 게 나의 목적이지만 또한 너희들
에게는 행복이란 것이 있단다. 너희들은 행복을 누릴 수 있는 조
건을 갖고 있다는 사실을 알라. 그 행복이 바로 나의 행복이라는
것을 말이다. 그 행복을 주고 싶구나. 그 행복을 받을 수가 있는
존재가 많이 있으면 나는 더욱 행복하구나. 그 행복을 받는다는
점에 우리는 더욱 행복하구나.

그럼 오늘도 본론으로 들어가자. 내가 앞 장에서 예언이란 단
어를 쓴 적이 있다. 그 예언이 바로 너희들의 생활 속에 있다는
것을 언급했을 것이다. 그 예언에 대해 내가 굳이 말을 하지 않
더라도 너희들은 알 것이다. 그 예언이 무엇인지 말이다. 하지만
그 예언을 모르는 사람들이 너무도 많아 나는 이렇게 이 사람의
몸을 통해서 글을 쓰노라.

그 예언에 대해 너희들은 이 글을 잘 읽고 너희들의 생각이 어
떠한지 생각해 봐라. 그 예언이 무엇인지 말이다. 그 예언이 무
엇을 말하고 있는지 말이다. 그 예언이 정말 우리들의 곁에 있는
지 말이다. 그 예언을 나는 말하고 싶구나. 그 예언이 무엇인지
말이다.

그래 지금부터 그 예언을 글로 적을 것이다. 그 예언 속으로 들
어가 보자. 그 예언을 적기 위하여 나는 수많은 글을 앞 장에서
적었노라. 그 글속에는 내용을 조금밖에 적지 않았다. 그 내용을
조금 적은 이유는 앞으로 수많은 글을 적어야 하기 때문이다. 그

수많은 글을 다 적기 위한 내용이다. 그 내용을 글로 적는 게 보통의 힘이 아니다. 그래서 나는 이 존재를 통해서 글을 적기로 마음을 먹었단다.

이 글을 적을 때 수많은 힘이 필요하기 때문이란 것이다. 그래서 이 존재가 이 글을 적기로 하늘에서는 임명을 했단다. 자 존재야, 힘을 내서 부지런히 글을 적기 바란다. 그 글을 적는 너의 모습이 너무도 가련하고 너무도 예쁜 모습이기에 나는 행복하구나. 그래, 너 자신도 행복하다고 생각하고 있구나. 걱정하지 마라. 우리는 너를 위하여 온 하늘의 힘을 모아 도울 것이다. 그것이 나의 임무이기 때문이다. 오! 착한 나의 존재야, 우리 열심히 글을 쓰기로 하자.

우리는 이 글을 쓰는 동안 너무도 행복하구나. 그래 너도 행복해하는구나. 그래 고맙다. 그 행복이 이 작은 현실에 있는 것을 너는 이미 알고 있구나. 그래 고맙다. 이 작은 현실에 있는 행복을 너는 벌써 알고 있기에 말이다. 나는 너의 그런 마음에 내가 감동을 받는구나. 그래 고맙다. 나의 존재야.

지금부터 예언이란 글을 쓰겠노라. 그 예언이 이 글속에 있는 것을 말이다. 그 예언이 바로 이 글 속에 있다는 사실을 말이다. 그럼 예언을 쓰겠노라….

그 예언이 무엇을 말하고 있는지 보거라. 그 예언이 정말 무엇을 말하고 있는지 말이다. 그 예언이 그대들의 바로 옆에 있는 것을 말이다. 그 예언이 바로 옆에 있는 것이다. 그 예언 속으로 들어가 보자. 자, 그 예언 속으로 말이다. 그 예언이 정말 알고 싶거든 말이다. 그 예언 속에서 너의 존재를 찾기를 우리는 바란다. 그 예언 속에서 너의 존재가 정말 존재하고 있는지 말이다. 그 예언을 적을까 한다.

그 예언을 적을 때 그 예언이 정말 말하고자 하는 이유를 알기 바란다. 그 예언을 말이다. 그 예언 속에서 너의 존재를 발견하기 바란다. 그 예언을 바라보기 바란다. 그 예언을 바라보고 무엇이 우리를 가르쳐주고 있는지 말이다. 그 예언 속에서 너를 발견하기 바란다. 그 예언을 보기로 하자. 그 예언을 보기로 하는 마음의 준비가 되어 있는지 궁금하구나. 그 예언을 보는 마음이 다 다르다는 것을 알기 바란다. 그것은 그 예언을 보는 사람의 마음에 따라 다르기 때문이다. 그 예언을 보는 이는 갖기 다르다. 그 예언을 보는 사람의 각도에 따라 다르다는 것을 말이다. 그것은 그 예언을 보는 마음이 다르기 때문이다. 또 그 예언을 보는 사람이 다르다는 뜻이다.

그 예언 속으로 들어가 보자. 그 예언 속에서 너희들은 무엇인지를 이미 알 것이다. 그 예언을 보는 자는 마음이 너무도 행복하고, 그 예언을 못 보는 자는 너무도 불행할 것이다. 그것은 그 예언을 보는 자의 마음에 따라 다르기 때문이다. 그 예언을 보는 마음에 따라 세상의 보는 눈이 다르기 때문이다. 세상의 눈을 보는 게 다 다르기 때문이다. 세상의 눈을 보는 게 다르다는 뜻은 세상을 보는 사람의 느낌에 따라 다르기 때문이다.

그 느낌을 너희들은 알기 바란다. 그 느낌을 안다는 게 그리 쉬운 일이 아니다. 그 느낌을 느낄 수 있다는 게 그리 쉬운 일이 아니란 것을 잘 알기 때문이다. 그 느낌을 보고 너희들이 알기 바란다.

그럼 예언을 쓰기로 하자. 그 예언을 쓰는 목적이 각기 다르다는 것을 알기 바란다. 그 예언 속에서 다르게 쓸 수가 있기 때문이다. 그 예언을 쓴다는 게 각자가 다르기 때문이다.

그래 지금부터 예언을 쓰도록 하겠다. 그 예언 속으로 들어가 보자. 그 예언 속에서 너를 발견해야 한다는 것을 명심하기 바란다. 그 명심을 잊지 말기 바란다. 그럼 예언 속으로 들어가 보자. 그 예언에 들어가는 마음은 바로 당신의 마음으로 들어가는 것이다. 당신의 마음으로 들어가는 게 바로 예언이다. 그 마음으로 들어가는 것이다. 그 마음으로 들어가는 것은 그리 쉬운 일이 아니다. 그 마음으로 들어갈 수 있는 사람은 예언을 이미 알고 있다는 것이다.

그 예언을 알고 있으면 함부로 행동하지 못한다. 그 예언을 알고 있는 이상 함부로 행동하지 못한다는 것은 그 나쁜 행동을 하지 못한다는 뜻이다. 그 나쁜 행동이란 게 바로 당신의 마음속에 있다는 것을 말이다. 그 나쁜 마음속에서 당신의 마음을 알 수가 있기 때문이다. 그 나쁜 마음속에서 어떻게 생각하고 있는지 알기를 우리는 바란다.

우리는 그 나쁜 마음속에서 너를 발견한다는 사실을 알라. 그 사실을 안다는 것이 그리 쉬운 일이 아니다. 그 사실을 안다는 것은 모두 당신의 마음을 안다는 것이다. 당신의 마음을 안다는 게 정말 힘들다. 그 마음을 알고 행동을 하면 이 세상이 정말 좋은 세상이 될 것이다. 이 좋은 세상을 만들기 위하여 우리는 수많은 노력을 해왔건만 세상 사람들은 그 좋은 세상을 만들지 못하더구나. 그래서 우리는 이 존재를 통해서 그 좋은 세상을 만들라는 뜻에서 우리는 이 글을 쓰기로 했단다. 이 존재는 이미 그 좋은 세상을 만들고 있노라. 그 좋은 세상을 만든다는 게 다른 게 아니다. 바로 착하고, 아름답고, 깨끗하게 살라는 목적이다. 그 아름답고 깨끗하게 살라는 것은 다른 데서 오는 게 아니다. 바로 너의 주변에 또는 너 자신의 마음속에 있다는 사실을 알라. 그 사실을 안다는 게 너무도 힘들고 힘들지만, 그 사실을 알 수 있는 방법은 단 한 가지란다. 그 한 가지가 무엇인지 궁금하지만, 지금부터 차근차근 글로 써 가겠노라.

　이 글을 보는 이는 참으로 행복한 삶을 살 것이다. 참으로 행복한 삶을 산다는 게 그렇게 쉬운 일이 아니다. 그 쉬운 일이란 게 그렇게 쉬운 일만은 아니라는 사실을 알라. 그 사실을 안다는 게 참 힘들지만, 나는 이 글을 통해서 너희들을 도울 것이다. 이 글을 지금부터 자세하게 읽어보기 바란다. 이 글을 읽는 동안에 나는 이 존재에게 감사하다. 이 존재는 무척이나 피곤하지만, 나의 글을 쓰기 위하여 이렇게 늦은 밤 이 글을 쓰고 있노라. 이 글을 쓰는 시간은 늦은 밤 시간이 아니면 쓰지 못한다. 그래서 나는 더욱 안타깝구나. 그 오랜 시간동안 밤 시간을 할애해 써야 하기 때문이다. 이 존재가 낮 시간에는 너무도 바쁜 일과를 보내야 한다. 그 바쁜 일과를 보내고 늦은 밤에만 시간을 낼 수밖에 없구나. 나의 존재야, 수고가 많구나. 그러나 그 수고의 시간이 절대 아깝지 않다는 사실을 너는 너무도 잘 알고 있구나. 그래, 고맙다. 오히려 네가 더 고마워하고 있구나. 정말 고맙다. 나의 존재야.

우리는 이 존재를 통해서 글을 쓰고 있지만, 이 존재는 이 글을 쓰는 목적을 아직도 모르고 있단다. 그 이유는 하늘에서 아직도 가르쳐 주지 않았기 때문이다. 그 이유를 가르쳐 주면 이 존재는 글을 쓰는 재미를 알지 못하느니라. 그래, 그 글이 무엇인지 궁금하지만 이 존재는 아무 말 없이 이 글을 계속하여 쓰고 있구나. 그래, 고맙다. 나의 존재야, 너무도 고맙구나.

우리는 수많은 존재들에게 사랑과 보살핌과 아름다운 정을 주고 있지만, 그 존재들은 나의 사랑을 모두 받지 못하더구나. 그래서 나는 이 존재를 선택했노라. 이 존재는 나의 사랑을 모두 받을 수가 있기 때문이다. 이 존재를 너무도 사랑하고, 예쁘고, 존경하기 때문이란다. 그 존경이 다른 게 아니란다. 바로 너의 곁에 있는 작은 현실을 이 존재는 잘 활용하고 있기 때문이다. 그 활용하는 마음인 것이다. 그 마음을 이 존재는 이미 잘 알고 있기에 나는 이 존재를 선택했노라. 이 존재는 그 마음이 무엇인지 이미 알고 있다는 것이다. 그 마음을 안다는 것은 다른 데 있는 게 아니다. 그 마음은 바로 당신의 마음에서 온다는 사실이다. 그 마음을 알면 정말 살기 좋은 세상을 만들 수 있기 때문이다. 이 살기 좋은 세상을 만든다는 게 그리 쉬운 일은 아니다. 그 쉬운 일이 아닌 모든 것을 나의 존재를 통해서 말하겠노라. 그래, 이 존재에게 감사하다. 존재야, 감사하다.

그럼 이제는 본론보다 더 구체적으로 적을까 싶다. 그 구체적으로 적다는 게 다름 아닌 이 세상의 이야기가 아닌 하늘 세상의 이야기란 것을 알기 바란다. 하늘 세상의 이야기를 적는 것은 그리 쉬운 일이 아니다. 그 하늘 세상의 이야기를 적을수록 너희들은 미스터리 속으로 빠져드는 느낌을 가질 것이다. 그 하늘 세상의 이야기를 적는다는 것이 어려운 일이기　때문이다. 그 하늘 세상을 글로 적을 수 있도록 이 사람의 몸을 빌렸다는 사실에 나는 너무도 행복하구나. 그것은 이 몸이 너무도 깨끗하고 순수하기 때문이란다. 그 순수함을 나는 이미 하늘의 세상에서 이미 알고 있기에 나는 이 사람의 몸을 선택했노라. 이 사람의 몸은 너무도 순수하고, 깨끗하고, 아름답기 그지없는 나의 존재이기 때문에, 나는 너무도 행복하구나. 이 존재에게 감사하다.

　그럼 하늘의 세계를 적을까 싶다. 그 하늘의 세계란 다른 데 있는 게 아니다. 바로 너의 마음속에 있다는 것을 알아라. 그 마음속에서 너희들은 알기 바란다. 그 마음이 무엇을 말하고 있는지 말이다. 그 마음을 알기는 쉬운 일이 아니다. 그 마음을 알지 못하는 것은　너희들이 순수하지 않다는 뜻이다. 순수하다는 것은 다 너의 마음속에 있다는 사실을 말이다. 그 순수함을 알기 위해서는 자신에게 너무도 힘든 과정이 있다는 것을 알아. 이 존재는 그 힘든 과정을 이미 겪고 돌아왔노라. 그 힘든 과정을 거치고 온다는 게 어려운 일이란 것을 우리는 너무도 잘 알고 있다. 그것은 그 순수함을 안다는 것이 그리 쉬운 일이 아니기 때문이다. 그 쉬운 일을 알기란 결코 쉬운 일만이 아니다. 그 쉬운 일을 알 수 있는 방법은 바로 너의 마음속에 있다는 사실을 말이다. 그 마음속으로 너를 가져가 보기 바란다. 그 마음이 무엇인지 말이다. 그 마음속에서 너를 발견하기 바란다. 그 마음의 발견이란 것이 그렇게 대단한 게 아니다. 그 마음을 알 수가 있는 것은 그 마음을 안다는 것이다. 그 마음을 안다는 게 모두 너의 마음과 같지 않기 때문이다. 그 마음과 같이 한다는 게 너무도 어렵고도 쉬운 것이기 때문이다. 그 어렵고 쉬운 것이란 게 너무도 힘들기 때문이다. 그 힘든 것을 너희들이 알지를 못하기 때문이란다. 그 힘든 일을 알기란 참으로 힘든 일이란 것을 알기 바란다. 그럼 그 힘든 일을 안다는 것을 너는 잘 알고 있는지 궁금하구나. 그 힘든 일을 알 수가 있는 방법은 단 한 가지가 있다는 사실을 앞 장에서 적은 바 있다. 그 단 한 가지가 무엇인지. 알고 있는 사람은 이미 알고 있을 것이다. 그것은 바로 너의 마음이란 것을 말이다. 그것은 그 마음을 안다는 게 그리 쉬운 일이 아니기 때문이다. 그 쉬운 일이란 게 그렇게 쉬운 일만이 아니다. 그 쉬운 일을 안다는 게 바로 너의 마음이다. 그 마음을 알 수 있도록 너희들은 미리 알기 바란다. 그 마음속으로 간다는 사실을 너희들은 모르기 때문이다. 그 마음으로 간다는 것은 바로 너의 마음을 안다는 뜻이다. 그 마음을 안다는 것은 바로 너이기 때문이다. 그 마음을 알 수가 있는 너는 참으로 행복하다는 사실을 알라. 그 행복이 무엇인지 너는 알기를 바란다. 그 행복 속으로 너를 인도할 것이다. 그 인도하는 길은 바로 너의 마음속에 있다는 사실이다. 그 마음속에서 너를 발견하기 바란다. 그 발견이 바로 너의 존재란 것을 알기 바란다. 그 존재는 바로 너의 마음속에 있다는 것을 말이다.

그 마음속에서 너를 찾는 게 너의 바람이다. 그 바람을 너희들이 잘 알기 바란다. 그 바람이란 게 바로 너의 바람이다. 그 바람 속에서 너를 보기 바란다. 그 바람을 보는 게 그리 쉬운 일만은 아니기 때문이다. 그 쉬운 마음을 보는 게 그리 쉬운 일이 아니기 때문이다. 그 쉬운 일을 하는 것이 바로 마음이다. 그 마음을 안다는 게 바로 너의 마음인 것이다. 그 마음속으로 너를 인도하는 나의 존재를 나는 감사하게 여긴다, 존재야. 그래 이 존재도 나를 감사하다고 생각하고 있구나. 그래 고맙다.

우리는 마음이란 것을 보고 마음이 무엇인지를 보고 있단다. 그 마음을 보는 게 참으로 중요하고 중요하지만, 그 마음을 볼수록 우리는 행복한 것을 볼 수가 있단다. 그것은 바로 이 존재의 마음이고, 이 존재의 사랑이란다. 이 존재는 사랑이 무엇인지 이미 알고, 그 사랑을 몸으로 실천하고 있단다. 그 실천을 하고 있는 이 존재에게 나는 감사하다. 그 감사를 나는 이미 알고 있기에 이 존재를 선택했다. 그래 고맙다.

인생의 길은 험하고 고단하지만, 우리의 길은 바로 험한 길로 인도하지 못하겠다. 그 험한 길을 간다는 게 그리 쉬운 일이 아니기 때문이다. 그 험한 길을 간다는 것을 우리는 용납하지 못한다. 그 험한 길을 간다는 게 얼마나 어려운 일인지 우리는 너무도 잘 알고 있기 때문에 말이다. 그래서 그 험한 길을 가지 못하게 우리는 인도한단다. 그 험한 길을 마냥 가도록 하는 것을 우리는 도저히 용납할 수 없기 때문이다. 그래서 우리는 이 글을 쓰기로 했단다. 이 글을 쓰고 있는 이 존재도 감사하다고 인사를 하고 있구나. 나의 존재야, 감사는 무슨 감사니. 그 감사하는 너의 미소가 너무도 아름답구나, 나의 존재야.

그럼 우리가 살아가는 길로 인도하는데, 너희들은 따라가기 바란다. 그 인도가 바로 너의 마음속에 있는 것을 알기 바란다. 그 마음이 바로 너의 마음인 것이다. 그 마음속으로 너를 인도할 것이다. 그 마음을 보는 게 바로 너의 마음인 것이다. 그 마음속에서 너를 발견하기 바란다. 그 마음을 보는 게 바로 당신의 마음인 것이다.

그 마음을 알 수가 있는 것이 모두 너의 마음인 것이다. 그래서 우리는 너의 마음을 보는 것을 갖고 있느니라. 그 마음을 보는 게 우리의 임무인 것이다. 그 마음을 보는 게 바로 나의 임무이고 또는 너의 마음을 다스리는 게 바로 우리의 임무인 것이다. 그 마음을 보는 게 우리들의 몫이지만, 우리들의 그 몫을 아는 사람은 아무도 없다. 그 마음을 보는 것을 하늘에서는 이미 알고 있다. 그것을 너희들이 알기 바란다.

그 마음을 본다는 사실을 하늘은 이미 알고 있다는 것이다. 그 마음속을 본다는 것은 바로 너희들이 사는 모습을 본다는 것이다. 그 사는 모습을 보고 있다는 사실을 너희들은 알고 있거라. 그 사는 모습을 볼수록 우리는 안타까운 생각이 들 때가 있다. 그 안타까운 생각에서 우리는 이 사람의 몸을 빌려 이렇게 글을 쓰고 있노라.

이 글을 쓸 수 있게 시간을 내어 준 이 존재에게 감사한다. 나의 존재야. 그래 고맙다.

수많은 시간 속에서 많은 시간을 사용하며 살고 있는 인간들이 나는 부럽구나. 그 시간을 쪼게 내가 이 글을 쓸 수 있도록 한 것에 대해 나는 너무도 고맙게 생각한다. 그 시간을 이렇게 쓸 수 있다는 사실이 너무도 고맙다, 나의 존재야. 하지만 시간이란 게 한정이 되어 있어서 나는 이 존재를 너무도 아낀다. 이 존재를 아끼고 있기에 나는 최대한 시간을 절약해서 책을 쓴다는 사실을 알라.

그럼 그 본론 속에서 우리들의 생활을 보기로 하자. 그 본론이란 게 바로 너희들의 시간과 활동, 생각에서 나온다는 것을 알라. 그 시간과 활동과 생각이 무엇인지 말이다. 그 시간이 무엇인지 말이다. 그 시간 속으로 들어가 보기 바란다. 그 시간 속으로 들어가는 게 너희들의 목적인 것이다. 그 시간 속으로 갈 수가 있는 것은 너희들의 마음속에 있다. 그 시간 속에서 너희들은 무엇을 보고 무엇을 느끼고 있는지 말이다. 그 시간 속에서 너희들은 참으로 오랫동안 시간을 뺏기며 살고 있다는 사실을 모르고 있다는 것을 알기 바란다. 그 시간 속에서 너희들은 이 시간을 아끼고 살아야 한다는 것을 알기 바란다. 그 시간 속에서 너희들의 존재를 발견하기 바란다.

그 시간 속에서 너희들이 안다는 게 그리 쉬운 것은 아니지만, 그 시간 속에서 안다는 게 바로 너희들의 시간 속에서 너를 발견한다는 것이다. 그 시간을 발견한다는 것은 너를 발견한다는 것이다. 그 발견이 바로 너의 발견이다. 그럼 그 발견을 보기로 하자. 그 발견을 보는 너의 마음은 어떠한지 말이다. 그 발견을 볼수록 너희들은 참으로 한심한 생활을 하고 있다는 사실을 알라. 그 한심한 생활이란 것을 바로 너의 시간 속에서 찾기 바란다. 그 시간 속에서 너의 존재를 보기 바란다. 그 존재를 보는 이 시간이 무엇인지 말이다. 그 존재를 본다는 게 바로 너의 존재인 것이다. 그 존재를 볼 수가 있다는 것이 참으로 행복 하구나. 그 존재를 볼수록 너희들은 행복할 것이다. 그 행복이 바로 너의 행복이기 때문이다. 그 행복이 바로 나의 행복이기 때문이다.

그 행복 속으로 들어가 보자. 그 행복이 진짜 무엇인지 말이다. 그 행복이 무엇을 말하고 있는지 말이다. 그 행복 속에서 너를 발견하기 바란다. 그 행복이 바로 나의 행복이다. 그 행복이 바로 너희들의 행복인 것이다. 그 행복 속에서 너를 발견하기 바란다. 그 행복에서 너의 존재를 보기 바란다. 그 행복에서 너의 아름다운 면을 발견하기 바란다. 그 아름다운 면이 무엇인지 감지하기 바란다.

그 아름다운 면을 보면 너의 존재를 감사하다고 인사하기 바란다. 그 아름다운 행동과 마음, 말투가 바로 너의 행복인 것을 말이다. 그 행복을 보기 위하여 우리는 수많은 일을 하고 있다는 사실을 말이다. 그 수많은 일을 하고 있는 나의 이 길은 정말 행복하다. 그 행복을 나는 주고 싶구나. 그 행복을 주는 나의 생각을 말이다. 그 행복을 보는 나의 마음이 너무도 행복하구나. 그 행복이 나의 행복인 것을 말이다.

그 행복 속으로 너희들을 인도할 것이다. 그 행복으로 너희들을 보낼 것이다. 그 행복을 보는 나의 마음도 또한 행복하다. 그 마음속에서 너를 보는 나의 마음도 행복하다는 사실을 말이다. 그 행복을 보는 나의 마음이 행복하다. 그 행복이 계속해서 존재하기를 우리는 바란다. 그 행복으로 너를 보낸다는 사실이 너무도 행복하다. 그 행복 속에서 너희가 살기를 우리는 바란다.

그럼 그 행복이 정말 무엇인지 가르쳐 주마. 그 행복이 정말 우리들의 주변에 있다는 것을 말이다. 그 행복은 참으로 많이 있다는 것을 말이다. 그 행복은 바로 앞에 있는 것을 말이다. 그 행복을 보는 너의 마음이 무엇인지 알기 바란다. 그 행복 속으로 들어가 보자.

그 행복 속에서 너의 존재를 보는 것이 우리의 소원이다. 그 소원을 우리에게 보여주기 바란다. 그 행복 속에서 너의 존재를 보는 것이 행복하다면 너의 존재를 알게 될 것이다. 그 존재를 안다는 게 바로 너의 존재이다. 그 존재를 볼 수가 있도록 우리는 도울 것이다. 그 존재를 보는 게 바로 너희들의 의무요, 책임인 것을 말이다.

그 의무를 단단히 보기 바란다. 그 의무를 보는 것이 바로 우리의 목적이다. 그 의무를 알 수 있게 하는 것이 우리의 목적을 달성하는 것이다. 그 달성이 곧 나의 목적이기 때문이다. 그 목적을 볼수록 너희들은 행복할 것이다. 그 행복을 이제는 세상의 모든 이에게 전하고 싶구나. 그 행복을 전하는 것이 나의 목적이기 때문이다. 그 목적을 볼수록 나의 생활은 좋다는 것이다. 그 생활 속에서 나는 너무도 행복하기 때문이다. 그 행복을 너희들은 알기 바란다. 그 행복이 무엇인지 알기 바란다. 그 행복 속에서 너의 행복이 빛나기 바란다. 그 행복 속에서 너를 보기 바란다. 그 행복으로 너의 존재를 보기 바란다. 그 존재를 본다는 사실이 나는 참으로 행복하다. 그 존재를 하루라도 빨리 보기 바란다. 그 존재란 게 바로 너의 마음인 것을 알기 바란다. 그 마음을 안다는 게 너의 마음인 것이다. 그 마음속에서 너의 존재를 발견했다는 것이다. 그 발견이 참으로 대단하구나. 그 마음을 본다는 것이 정말로 대단하다. 나의 존재야, 조금은 피곤해 보이는구나. 그러나 조금만 참아다오, 나의 존재야.

우리의 존재가 오늘은 무척이나 피곤해 보이는구나. 그 피곤이 곧 나의 피곤인 것을 말이다. 그래 고맙다. 나의 시간을 내어주어서 고맙다. 그 시간 속에서 너의 존재를 발견했구나. 그래 고맙다.

오늘은 수많은 사람이 오고 가고 했지만, 그 많은 사람들 중에서 나는 참으로 많은 것을 보고 느꼈단다. 그 많은 사람들의 마음속을 볼 때 나는 참으로 고마운 사람도 있고, 때론 정말 못된 사람도 있다는 것을 알고 있도다. 하지만 오늘은 참으로 아름다운 사람이 오고 갔구나. 존재야, 오늘은 글을 여기까지만 쓰기로 하자. 나의 존재야….

2006년 5월 24일 밤 11시 31분

제8장
'빛의 존재'를 통해 아름다운 세상에서 살아라

1

모든 일은 자유롭게 진행되고 있구나. 그러나 걱정은 하지 말라. 세상은 모두 마음대로 되는 게 없다는 것을 알기 바란다. 그 세상 속으로 들어가는 것은 이 세상에 사는 맛을 알기 때문이란다. 그래서 세상에 사는 참맛이 무엇인지 그게 현실의 답과 전혀 다른 생활을 할 수가 있다는 것을 알라. 그 현실이 너무도 부질없고 실망스러운 일이 있을 때도 우리는 너무 한심하고 부끄러운 현실을 맞게 된다. 그럴 때 나는 참 안타까운 마음이 그지없구나.

세상을 사는 맛이 그렇게 쉽더냐. 세상은 다 나의 마음대로 되는 일이 없다는 것을 알기 바란다. 그 세상 사는 맛을 알기란 참으로 힘든 일이로다. 그 힘든 세상 속으로 가서 서로 감싸주고 서로 안아주는 것이 우리들의 사는 모습이란 것을 알기 바란다. 그 모습을 보는 나의 목적이 너무도 힘들 때가 있구나. 그래 우리들이 하는 일을 인간들은 모를 것이다. 그 일을 안다면 이렇게 글을 쓸 필요가 없느니라. 그래서 나는 이 존재를 통해서 이 글을 쓰도록 하였다. 이 글을 쓰는 존재도 우리가 무엇을 하는지 아직도 모르고 있단다. 그 사실을 알면 이 글을 쓰는 목적이 너무도 재미가 없기 때문이란 것을 알기 바란다.

　이 글을 쓰는 목적이 조금씩 드러나면서 이 글을 쓰는 존재는 서서히 알고 있지만, 그 뚜렷하고 상세한 일에 대해서는 아직 알지 못하고 있구나. 그 뚜렷한 일을 알기란 그리 쉬운 일이 아니다. 그 확실한 답을 얻기란 그리 쉬운 일이 아니란 것을 알기 바란다. 그 뚜렷한 일을 하기로 하는 것은 그 사람의 내면을 보는 것이다. 그 사람의 내면이 무엇인지 알기란 참으로 힘들다. 그 내면을 본다는 것이 참으로 힘들고 어려운 일이다. 그 내면의 세계로 들어가 보자. 그 내면의 세계로 들어가는 것은 그렇게 쉬운 일이 아니란 걸 너는 알 것이다. 그 내면으로 들어가 보면 그 내면 속에서 무엇을 보고 무엇을 얻는지 생각해 봐라. 그 내면으로 들어가는 것이 그렇게 어렵다는 것이다. 그 내면을 보면 그 내면을 알 수가 있다는 것을 알기 바란다. 그 내면을 본다는 것이 다 너희들의 존재를 본다는 것이다. 그 존재를 본다는 것은 다 너희들의 내면이 보인다는 것이다. 그 내면을 보면 볼수록 너희들은 아름다운 마음과 깨끗한 마음을 가지게 될 것이니라.

그 아름다운 내면을 본다는 것이 그렇게 쉬운 일은 아니다. 그 내면을 볼수록 사람들의 세상 사는 모습이 모두 보이기 때문이다. 그 세상의 내면을 본다는 것은 그 사람의 사는 모습을 본다는 것이다. 그러나 그 사는 모습이 정말 아름답고, 깨끗하고, 청결한 몸을 갖고 있는 존재는 쉽게 보기 힘들다. 그 청결한 마음과 몸, 깨끗한 마음과 몸을 갖고 있는 존재는 바로 이 글을 쓰고 있는 존재뿐이다. 이 글을 쓰고 있는 존재는 너무도 깨끗한 존재이기 때문에 우리는 이 존재를 아끼고 소중하게 여긴다는 사실을 알라. 이 존재를 나는 너무도 사랑하고, 소중하게 생각하기 때문에 이 존재를 지키고, 보호하고, 감싸주고, 사랑하고, 보살펴주고 싶구나. 그러나 그것이 뜻대로 되지 않을 때가 있다는 것을 느낄 때 우리는 너무도 서글프더구나. 그 서글픔을 무엇으로 전해야 할지 정말 힘들 때가 있단다. 하지만 그 힘든 일을 이 존재는 묵묵히 해 가고 있어 그 모습이 너무도 아름답구나. 그래서 나는 한없이 이 존재를 지키고 싶구나.

존재야, 힘을 내라. 언젠가는 너의 앞날에 희망이 보인다는 것을 알라. 그 희망이 보일 때까지 너를 보호하고 지켜주고 보살펴주고 싶구나. 존재야, 울지 말라. 그 눈물이 너무도 소중하구나. 그 눈물이 너무도 아름답구나. 아! 나의 존재야, 울지 말라. 너의 눈물이 너무도 소중하구나. 그 눈물을 나는 사랑한다, 나의 존재야. 나의 존재야, 울지 말라. 너의 눈물이 너무도 아름답구나. 그 눈물을 그만 그쳐라, 나의 존재야.

사랑하는 나의 존재야, 이제는 정신을 차리길 나는 바란다. 자, 이제는 글을 쓰자꾸나.

인생이 그렇구나. 인생은 모두 슬플 때가 있더구나. 그 인생의 슬픔을 안다는 게 참 힘들구나. 우리는 너희들이 행복하게 살기를 바라지만, 세상 사는 게 다 그렇게 매일매일 행복하지만은 않단다. 그 모습을 보는 우리의 마음도 너무 슬프구나. 그 모습을 보는 우리의 마음도 너무 아프구나. 존재야, 이제는 너의 정신이 들어오는 거니? 그래, 너의 정신이 들어왔구나. 고맙다, 나의 존재야.

이제부터는 앞 장의 말대로 예언이란 것에 대해 쓰기로 할 것이다. 그 예언이란 게 다른 게 아니다. 그 예언을 보는 것은 모두 너희들의 마음에 있다는 것을 앞 장에서 언급한 적이 있구나. 그러나 그 예언을 보는 것은 다름 아닌 너희들 자신 속에 있다는 것을 알라. 그 자신 속에서 너희들의 마음을 보기를 우리는 바란다. 그 마음을 보는 것은 모두 너희들이 마음 먹을 때마다의 상황에 따라 다르다는 것을 알기 바란다. 그 상황이 어떠한 것인지 말이다. 그 상황이 정말 나의 존재를 위한 것이지 말이다.

사람들아, 세상이 힘들 때 우리는 수시로 너희들을 돕고 있지만, 너희들은 이 하늘에서 주는 사랑을 모두 받지 못하는 구나. 그 사랑을 받는 것은 너희들의 마음속에 있다는 것을 알라. 그 사랑을 받고 싶거든 너희들의 마음이 어떠한지 먼저 알라. 그 마음속에서 그 마음을 보라. 그 마음이 정말 너희들의 마음인지 알

라. 그 마음을 보는 것이 모두 너희들의 마음속에서 나온다는 것을 알라. 그러면 그 마음을 알 수 있는 방법은 무엇일까? 그 방법을 알 수가 있는 것도 다 너희들의 마음에 달려 있다는 것을 알라. 그 마음에 너희들이 들어가 보는 것이 바로 너희들의 마음이다. 그럼 그 마음을 보는 것이 언제쯤 오는 것일까?, 그 마음을 보면 어떻게 알 수가 있는 것일까?, 그 마음을 볼 수 있는 때는 언제쯤 오는 것일까? 하고 생각하는 사람이 있을 것이다. 그 언제쯤이란 시기는 바로 오는 것이 아니다. 그 언제쯤이, 바로 너희들이 걸어오는 세상이란 걸 알기 바란다. 너희들이 걸어온 세상이란 게 어떠한 것인지 알기란 참으로 어렵다. 바쁘게 사는 세상에서는 참으로 드물구나. 하지만 그 바쁜 세상에서 사는 삶이더라도 너희들은 더욱 아름다운 세상을 봐라. 그 세상을 본다는 게 쉬운 일은 아니지만, 그 세상을 보면 볼수록 우리는 너희들을 돕고 싶다는 생각을 한단다. 그 돕는다는 것은 다른 게 아니고 다 너희들의 마음속에 있다는 것을 알기 바란다. 그 마음속에서 너희들을 보기 바란다.

그럼 그 마음을 잘 볼 수 있는 것은 어떤 것일까. 그 마음을 본다는 게 너무도 힘들고 어려워한다는 것을 앞 장에서 이야기했지만, 그 어려운 일이란 게 참 힘들고 묘하더구나. 그 힘든 일을 보면 볼수록 더욱 힘들다는 것이다. 그 모습을 보여주는 게 너희들의 모습이란 걸 알기 바란다. 그 모습을 볼수록 너희들은 참으로 아름다운 마음을 갖고 있다는 것을 알기 바란다. 그 모습을 본다는 게 무엇인지 알기란 참으로 힘들다. 하지만 그 모습을 보면 볼수록 너희들은 나의 존재를 믿게 될 것이다. 그 존재를 믿음으로써 나의 존재는 더욱 아름다운 마음을 갖고 있다는 것을 알게 될 것이다. 그 아름다운 마음을 보고 나의 존재에 대해서 알수록 너희들은 더욱 아름다운 존재가 될 것이다. 그 존재는 지금 아름답게 살고 있다. 그 존재는 너무도 아름다워 행복해하는 존재이다. 그 존재를 사랑하라. 그 존재가 바로 너희들의 존재란 걸 알기 바란다. 그 존재가 바로 너희들의 존재인 것을 말이다. 그 존재를 알면 알수록 너의 마음이 편안할 것이다. 그 존재를 알면 알수록 더욱 아름다운 마음을 갖고 살게 될 것이다. 그 아름다운 마음을 안다는 것에 나는 너를 참으로 축복해 주고 싶구나.

그 아름다운 마음을 아는 것은 너의 마음을 본다는 것이다. 그 마음을 나는 참으로 사랑하느니라. 그 마음으로 살기 바란다. 그 마음으로 산다는 게 모두 쉬운 일은 아니다. 그 마음으로 살기를 우리는 너무도 바란다.

그럼 이제 본론으로 들어가자.

이 존재는 본론이 언제 나오는지 궁금해하고 있구나. 나의 존재야, 그 본론은 곧 나온다. 본론은 너무도 힘든 것이란 것을 먼저 알기 바란다. 그 힘든 것이란 게 다른 게 아니다. 그 힘든 것이란 모두 너의 마음속에 있다는 것이다. 이는 앞에서 이미 이야기했지만, 누구나 그 마음을 어떻게 먹느냐 즉, 마음먹기에 달렸다는 뜻이다.

그 마음을 어떻게 먹느냐에 따라 힘들고, 아름답고 하는 것임을 알기 바란다. 그 마음을 너희들이 하루라도 빨리 갖기를 우리는 간절히 바란다. 그 마음을 본다는 게 다 너희들의 마음속에 있다는 것이다. 그 마음을 알수록 너희들은 이미 참으로 훌륭한 마음인 것이다. 그 마음으로 들어가 보기 바란다.

자, 그럼 그 마음을 보려면 어떻게 움직여야 하는 것인지 보기 바란다. 그 마음을 움직인다는 것은 다름이 아니라 모두 너희들 마음속에서 움직인다는 것을 알기 바란다. 그 마음을 알기란 정말 힘든 마음이란 것을 알기 바란다. 그 마음속으로 들어가는 것도 힘들다는 것을 알기 바란다. 그 힘든 일을 볼수록 너희들은 너무도 힘든 일을 하고 있다는 것을 알기 바란다. 그 힘든 일이란 게 무엇인지 알기 바란다. 그 힘든 일을 알기란 그리 쉬운 것도 아니고 그리 어려운 것도 아닌데, 너희들은 미리 어려워하고 있구나. 그 마음을 본다는 게 참 어렵기도 하지만, 한편으론 쉽다는 것도 알기 바란다. 그 마음을 보면 볼수록 말이다.

그럼 그 마음을 본다는 게 어떠한 것일까?

그 마음을 볼수록 너의 존재를 감사하게 생각해라. 그 감사함의 의미를 너희들은 너무도 잘 알기 때문이다. 그 마음을 볼수록 더욱 아름답게 빛이 난다는 것을 알기 바란다. 그 빛이 바로 너희들의 빛인 것을 말이다. 그 빛이 어떠한 빛인지 말이다. 그 빛을 본다는 게 인간의 한계를 알게 된다는 것을 알기 바란다. 그 빛으로 가는 게 정말 힘들다는 것을 알기 바란다. 그 빛을 볼수록 너희들은 더욱 행복할 것이다. 그 빛으로 더욱 아름다운 세상에서 너희들이 살기를 우리는 간절히 바란다. 그리고 그 빛의 세상이 바로 나인 것을 알라. 바로 너희들의 존재인 것을 알라. 그 존재를 본다는 것이 바로 너희들의 존재라는 것을 알라. 그 존재를 감사히 여겨라. 그 존재를 봤으니 말이다. 그 존재로 인해 너희들이 더욱 아름답게 살기를 우리는 간절히 바란다. 그 존재를 더욱 사랑하기 바란다. 그 존재를 사랑할수록 그 존재는 더욱 빛이 날 것이다. 그 존재를 보도록 노력하기 바란다.

그래 오늘도 너무 힘들어하고 있구나. 우리의 존재가 말이다. 정신을 차리기 바란다. 그 정신을 차리게 하는 것이 나의 목적이기 때문이다. 지금도 잠이 오는구나. 그 잠을 깨워라. 그 잠을 깨워주도록 힘을 써보겠다. 그래, 잠을 깨었구나. 그 잠이 정말 무서웠구나. 잠이란 게 참으로 소중한 것이라는 걸 나는 알고 있단다. 그동안 우리의 존재는 하루에 잠을 두 시간 또는 세 시간밖에 자지 못했구나. 그 시간을 뺏는다는 게 너무도 안쓰럽구나. 존재야, 힘을 내자.

그래 이제는 정신이 드는구나. 자, 계속 글을 쓰기로 하자. 글을 쓴다는 게 그리 쉬운 일이 아니라는 걸 알기 바란다. 그럼 계속해서 글을 쓰기로 하자. 정신이 맑아졌구나.

글이란 게 그렇게 쉽게 쓸 수가 없는 것이다. 잠을 설치고 또는 일상의 생활을 제대로 하지 못한다는 것을 알고 있을 것이다. 그 일상을 미룬다는 것이 참으로 힘들 때가 있도다. 그 일상을 미룰수록 여자의 경우는 집안이 너무도 힘들다는 것을 알 것이다. 그래 존재야, 미안하구나. 하지만 힘을 내거라.

그 예언이란 게 무엇인지 우리는 앞에서 대강 이야기했다는 것을 알기 바란다. 더 큰 본론은 다음 장에 있다는 것을 알기 바란다. 그 다음 장에는 무엇이 있는지 말이다. 그 다음에서 정말 말하고 싶은 게 있다는 것을 말이다. 그 다음 장으로 넘어가기로 하자.

2

오늘은 정말 아름답고 좋은 일을 했구나. 20년 이상 오래된 정신병자의 병을 완치했으니 나는 너무도 기쁘고 감격스럽구나. 그 누구도 고치지 못한 고질적인 병을 창조신인 나와 나의 존재의 시할머니 그리고 나의 존재가 함께 힘을 다해 그 환자를 완치하였으니, 나로서는 너무도 기쁘고 감격스러워 눈물이 날 지경이구나. 그래 나의 존재야, 오늘 무척이나 수고가 많았구나.

나의 존재가 너무도 고생을 많이 한다는 사실을 우리는 알고 있고 인간들도 이제 조금씩 알고 있단다. 그런 작업을 하고 있는 너의 모습이 너무도 안쓰럽구나. 그리고 힘들어하는 모습이라 우려했는데, 너도 환자의 완치를 더욱 기뻐하고 있구나. 그래, 고맙다. 그런 모습에 우리는 너를 더욱 사랑하노라, 나의 존재야.

너와 아픈 환자를 위하여 우리는 하늘에서 모든 힘을 다해 돕고 싶구나. 그 환자의 병을 빠르게 치유하고 완치할 수 있도록 하늘에서 연구하고 있다는 사실을 알라. 그 많은 빙의환자의 빙의를 너의 손으로 끄집어 낼 수 있도록 하는 작업도 우리는 하늘에서 많은 연구를 하고 있단다. 나의 존재야, 용기와 힘을 내어

라. 우리는 너를 도울 것이다. 인간의 고통을 덜어주기 위해 하늘에서 열심히 연구할 것이다. 그 연구란 것이 다른 게 아니다. 다 인간들을 위해 고통을 덜어주기 위한 연구이다. 그 연구를 그 어느 인간도 아직까지 써보지 못했던 방법을 나의 존재를 통해서 우리는 적용하고 있단다. 일반적인 무속인들과는 전혀 다른 방법을 선택하고 있단다. 그 선택은 바로 지금 현대인들이 선호하는 방법이란다. 그 방법을 선택한 것은 '현대인들에게 맞게 세상이 변화해야 한다'는 것을 우리는 너무도 잘 알고 있기 때문이다.

그래서 우리는 나의 존재를 통해서 현대에 맞는 방법을 선택했노라. 그 선택의 방법이 앞으로 대 인기를 끌을 수 있는 방법이기 때문이다. 옛날 무속인들이 했던 방법은 현대인들이 너무도 싫어하기 때문에 우리는 현실에 맞는 방법으로 선택했노라. 바로 나의 존재가 하는 방법이 제일 좋을 것 같아서 우리는 이러한 방법을 선택했노라. 그 방법이 참으로 좋다고 우리는 생각하고 있구나. 그러나 다른 인간들이 옛날의 무속인들이 하는 방법이 더 좋은 것으로 알고 있어 안타깝구나. 그 옛날 방법이 지금의 방법과는 너무도 큰 차이가 나기 때문이다. 우리가 선택한 방법을 쓰는 이유는 시대에 맞고, 신세대들에게도 맞는 이유이기 때문에 이러한 방법을 쓰는 것이다. 그런데 이러한 방법이 어떤 사람에게는 어색하게 느껴질 수도 있지만, 또 다른 사람에게는 너무도 신선하고 깨끗한 방법이라고 생각할 수도 있다. 그것은 이러한 사람들이 점점 많아지고 있는 이유이기도 하다. 따라서 그 깨끗하고 신선한 방법을 쓰는 우리는 앞으로 더욱 인기를 받을 것이다. 왜냐하면 이 방법은 깨끗하고 신선하여 주변 사람들에게 방해가 되지 않기 때문이다. 이 방법은 다만 사람의 몸만 있으면 되니까 말이다.

그 많은 음식을 차릴 필요도 없다는 것이다. 우리는 과거의 폐단에 경종을 울리는 것이다. 그 많은 음식을 차리는 것은 인간들이 만들어낸 하나의 도구에 불과할 뿐이다. 그 모든 것은 모두 인간의 마음을 울리기 위한 하나의 방법이다. 그 많은 음식은 인간들이 신에게 바치며 숭배하는 것이다. 하지만 정작 우리 하늘의 세계는 그 많은 음식을 좋아하지 않는다. 죽은 영혼을 달래는데 왜, 그 많은 음식이 필요한가 말이다. 그것은 인간들이 만들어낸 하나의 도구요, 재물을 요구하는 것일 뿐이다. 그 많은 재물은 죽은 영혼에게는 아무 필요가 없다는 것을 우리는 이 사람의 몸을 통해서 경종을 울리고 싶었던 것이다. 그 많은 음식을 죽은 영혼이 어찌 먹을 수 있단 말인가. 그것은 인간들이 만들어낸 하나의 도구이고 하나의 설법에 불과할 뿐인 것이다.

우리는 이러한 인간들의 잘못된 지식을 바르게 세우고 싶고, 경종을 울리고 싶을 뿐이다. 그 경종을 울리기 위하여 우리는 수많은 고생과 희생을 뒤따라야 하겠지만, 언젠가는 인간들도 알아주리라 믿는다. 그 음식은 인간들이 먹는 것이지, 죽은 영혼이 먹는 것은 아니기 때문이다. 그럼 죽은 영혼들을 위해서 하는 방법은 무엇인가. 그 죽은 영혼들의 마음을 달래주는 것은 다만 그 죽은 영혼의 마음을 생각해 주면 되는 것이다. 그 죽은 영혼의 마음을 생각해 주는 방법은 그 사람의 살아온 방식대로 생각해 주면 되는 것이다.

그 영혼이 살아온 방식이 어떠했는가에 따라, 그 영혼의 방식대로 마음을 생각해 주면 그 영혼은 하염없이 기뻐하고, 감사하고, 사랑한다는 사실을 안다는 것을 인간들에게 알리고 싶은 것이다. 이러한 일은 그 영혼의 세계를 인간들이 모르고 있기 때문에 빚어진 일이다.

죽은 영혼의 세계는 하늘의 세계와 같은 이야기니라.

그 하늘의 세계에 대해 지금부터 이야기를 할까 한다. 그런데 앞에서 예언이란 단어가 나왔다. 그 예언이 바로 이러한 이야기인 것이다. 그 예언이 무엇을 말하는지 지금부터 잘 읽어보기 바란다. 그 예언 속으로 들어가 보자. 그 예언이 무엇을 가르쳐 주고 그 예언이 무엇을 말하고 있는지 말이다. 그 예언이 지금은 다른 사람들에게 생소한 이야기일 수도 있다. 그 이야기는 다름 아닌 바로 자신의 이야기이기 때문이다. 자신의 이야기란 무엇인가. 그 자신을 알라는 것이다. 그 자신을 알라는 것은 바로 너의 자신이 지금 무엇을 하고, 어떻게 다르게 행동을 하고 있는지 알고 싶은지를 보면 되는 것이다. 그 예언이 무엇을 말하고 있는지 말이다. 그 예언 속에서 너의 존재를 보라는 것이다.

자, 그럼 그 예언이 정말 무엇을 말하고 있는지 말하겠노라. 그 예언은 바로 당신 앞에 있다는 것을 앞에서 말한 적이 있다. 그 예언이 바로 당신의 앞에 있다는 것을 말이다. 그 예언을 보라. 당신의 앞에 무엇이 보이는지 말이다. 그 예언을 볼수록 당신의 자신을 안다는 것이다. 그 자신을 알라는 것은 그 자신의 행동이 무엇을 하고 있는지 그 자신의 행동을 보는 것이다. 그럼 그 자신의 행동이 바르게 가기를 바란다. 그 행동으로 말이다. 그 행동 속에서 너의 자신이 보일 것이다. 그 행동을 보는 순간 어떠한 마음이 오는가를 봐라. 그것을 보는 순간이 너의 존재를 보는 것이다. 그 순간이 바로 예언인 것이다. 그 예언이 따로 있는 것이 아니다.

그럼, 왜 지구는 반 이상 물에 잠기는가. 그 이유를 묻는 이가 있을 것이다. 그 이유를 묻는 것은 당연한 말이니라. 그 답은 간단하다. 그 이유를 보는 게 바로 당신을 보는 것이다. 그 이유를 볼 수 있도록 우리는 인간들에게 힘을 줄 것이다. 그렇지만 그 힘을 모두 받는 사람은 없느니라. 그 힘을 받기란 그린 쉬운 일이 아니다. 그 힘을 받을수록 더욱 우리는 그 힘을 생각할 필요가 있는 것이다. 그 힘이 다름 아니 바로 당신 앞에 있다는 것을 앞에서 말한 적이 있노라. 그 힘을 받을 수 있는 것은 바로 당신의 마음에서 나온 것이다. 그 힘을 받기란 참 힘이 들 때가 있노라. 그 힘을 받을 때 우리는 인간들에게 그 힘을 주기 위해 무한한 힘을 쏟고 있다는 사실을 알라. 그 힘이 무엇인지 지금부터 이야기할 것이다. 그 힘은 다름 아닌 자신의 내면에 있다는 것을, 자신의 내면이 바로 나의 힘인 것을 말이다. 그 자신의 내면을 보라는 것이다. 그 내면이 어떠한 것인지 말이다. 그 내면을 본다는 것은 참으로 힘든 것이다. 그 내면을 볼수록 자신의 힘을 본다는 것이다. 그 힘을 볼수록 자신의 힘이 어떠한지 알게 될 것이다.

자, 그럼 그 힘을 보기로 하자. 그 힘을 본다고 힘들어할 필요가 없다. 그 힘을 볼수록 자신의 내면을 본다는 것이기 때문이다. 그 힘에서 자신이 어떻게 변화하고 있는지 말이다. 그 힘을 볼수록 자신의 힘을 본다는 것이다. 그 힘으로 자신의 힘이 정말 바른 길로 가고 있는지 생각해 봐라. 그 바른 길이 자신의 길인지 말이다. 그 바른 길로 가고 있는 자신은 행복할 것이고 다른 길의 험한 길은 불행의 길일 것이다. 그 길을 선택하는 일은 그리 쉬운 일은 아니다. 그 길을 선택할수록 더욱 힘이 든다는 것이다. 그 길이 바로 바른 길이다. 그 바른 길로 가야 당신에게 엄청난 행복과 예언이 올 것이다. 그 예언이 바로 행복의 예언인 것이다. 그 예언을 다른 사람의 예언으로 생각할 필요가 없다는 것이다. 그 예언을 볼수록 그 예언으로 가는 것이다. 그럼 그 예언이 바로 당신의 내면에 있다는 것을 알고 있을 것이다. 그 내면의 예언이 바로 당신의 예언인 것이다. 그 예언을 볼수록 그것은 당신의 예언인 것이다. 그 예언으로 인해 왜, 지구가 반 이상 물에 잠기는지 이제는 알 것이다. 그 지구가 왜, 반 이상 물에 잠기는지 말이다. 왜, 지구가 반 이상이 물에 잠기는지 이제는 이야기할 것이다. 그 이야기를 하기 위하여 나는 이런 긴 이야기를 쓴 것이다. 그 긴 이야기를 쓰기 위해 앞에 쓴 글들은 하나의 예일 뿐이다.

이제는 본격적으로 예언의 말을 쓸 것이다. 어떻게 해서 지구가 반 이상 물에 잠기는지 말이다. 그 지구가 반 이상 잠기는 이유를 이제부터 이야기할 것이다. 지금까지는 본론에 들어가기에 앞서 쓴 하나의 예인 것이다. 그 이야기를 우리는 글로 써야 한다. 이 글을 쓰는 존재도 그 예언을 아직도 모르고 있다. 그 예언을 안다는 게 참으로 어려운 일이기 때문이다. 하지만 이 존재는 몸으로 몸소 실천하고 있기 때문에 그 예언을 굳이 찾으려 하지 않는다. 그래도 이 존재는 그 예언을 알게 될 것이다.

그럼 그 예언을 보자. 그 예언을 보는 게 바로 당신의 내면에 있다는 글을 앞에서 말한 적이 있다. 그 내면을 보는 당신의 마음이 무엇인지 바로 앞에서 말한 적이 있다. 그 내면을 볼수록 당신의 마음이 행복하다는 말도 앞에서 말한 적이 있다. 그럼 그 내면이 무엇인지 지금부터 상세하게 이야기할 것이다. 이것이 바로 예언인 것이다. 그 예언을 보라는 것이다. 그 예언을 본다는 게 바로 내면인 것이다. 그 내면이 참 기묘하지만, 그 내면을 알 수가 없다는 것이다. 그 내면을 보는 것은 바로 당신뿐인 것이다. 그 당신이 바로 당신인 것이다. 그럼 그 내면으로 당신을 이끌어 가보자. 그 내면으로 말이다. 그 내면을 볼수록 당신은 힘이 있다는 것을 앞에서 이야기했다. 그 힘을 보자. 그 힘이 무엇인지 말이다. 그 힘으로 내면의 힘을 봐라. 그 힘 속에서 당신은 정말 나의 자신과 남의 자신을 위하여 얼마나 희생과 봉사를 했는지 말이다. 그 희생과 봉사는 바로 당신의 존재를 보는 것이다. 그 희생과 봉사는 우리들의 필요한 존재이지만, 그 희생과 봉사는 때론 불필요한 존재일 수도 있다. 그 존재를 바로 알기란 그리 쉬운 일이 아니다. 그 필요한 존재는 우리가 잘 쓰지 않기 때문에 우리는 너무도 황폐하고 피폐된 생활을 하고 있는 것이다. 그 황폐와 피폐를 바로 세우는 일이 바로 우리의 일이기 때문이다. 그 일을 할 수 있는 존재는 별로 없다는 것이다. 그래서 우리는 이 존재를 선택했노라. 이 존재는 몸소 하고 있기 때문이다.

이 존재는 아주 작은 것부터 하고 있다. 바로 일상의 작은 것부터 말이다. 그 작은 것이 무엇인지 지금부터 구체적으로 적을까 싶다. 그 작은 것이 바로 작은 마음인 것이다. 그 작은 마음이 다른 사람들에게 사랑과 봉사로 이어지는 것이다. 그 작은 마음을 바로 이 존재는 몸소 실천하고 있다는 것이다. 그 작은 마음이 바로 봉사요, 희생인 것이다. 그 작은 마음을 우리는 작은 것부터 실천하라는 것이다. 그 작은 것은 멀리 있는 것이 아니다. 내 주위의 작은 것에서부터 있는 것이다. 그 내 옆과 앞에 있을 수도 있다는 것이다. 그래서 앞에서 예언이 바로 당신의 앞과 옆에 있다고 말을 했던 것이다. 그 앞과 옆이 이 작은 희생과 봉사인 것이다. 그 작은 희생과 봉사가 바로 당신을 위한 길인 것이다. 그 작은 희생과 봉사가 무엇인지 이제는 알겠는가? 그 희생과 봉사를 보라는 말이다. 그 희생과 봉사를 보는 게 바로 너의 앞길을 보는 것이다. 그 앞길을 보는 것이 바로 당신의 앞길인 것이다. 그 길을 볼수록 당신은 앞길을 알게 될 것이다. 그 길이 아주 편안한 길이라면 정말 행복한 길일 것이고, 그 길이 불편한 길이라면 불행한 길일 것이다. 그래서 앞에서 나의 내면을 보라는 것이다. 그 내면을 본다는 게 바로 당신을 보는 것이다. 그 당신이 바로 내면이요, 그 당신이 바로 사랑과 희생과 봉사의 길인 것이다. 그 길을 가노라면 아마도 세상은 정말로 아름다울 것이다. 그 아름다운 세상을 보는 게 바로 당신의 세상인 것이다. 그 세상 속에서 당신이 산다는 것이 더욱 멋진 삶을 사는 것이다. 계속해서 내면을 보라는 게 그래서 하는 소리인 것이다. 그 내면이 얼마나 아름답고, 깨끗하고, 순수한지 알라는 것이다. 그 아름답고, 깨끗하고, 순수한 생각이 바로 정말 아름다운 것이다. 그 아름다운 세계로 가라는 것이다.

　아름다운 세계가 하루라도 빨리 왔으면 좋겠다. 고통이 없는 정말 살기 좋은 세계가 있을 것이다. 그 살기 좋은 세계를 만드는 것이 우리의 바람인 것이다. 그 살기 좋은 세상은 언젠가는 올 것이다. 하지만 지금은 아니다. 아마도 몇 백 년 후나 몇 천 년 후에나 올 것이다. 그런 세계가 온다는 것을 인간들이 모르고 살 뿐이다. 그러한 세계란 다른 게 아니고 모두가 착하고, 바르고, 깨끗하게 산다는 것이다. 그러한 인간들이 많이 태어난다는 것이다. 그러한 인간들이 태어나게 하기 위한 우리의 정화 작업인 것이다. 그 정화 작업을 하는 방법을 알기 위해서 우리는 하염없이 노력했노라. 그렇지만 그러한 세상이 오기는커녕 오히려 더 악랄한 세상이 오고 있다는 것에 우리는 경악을 금치 못할 지경이다. 그래서 나는 이 존재를 통해서 이 글을 쓰도록 하였다. 다른 사람에게 글을 쓴다는 게 도저히 용납되지 않기에 우리는 하늘에서 회의를 하고, 내가 직접 이 사람의 몸을 빌려 이 글을 쓰기로 하였노라. 사랑하는 나의 존재야, 너의 몸을 빌려 주어서 너무도 감사하구나. 그 감사함을 이 글을 통해서 이야기하노라.

자, 그럼 계속해서 글을 쓰도록 하자.

오늘은 제법 긴 글을 쓸 것이다. 글을 쓰는 것은 그것을 인간들의 세상에 알리기 위한 일이란다. 그래서 너의 수고를 무릅쓰고 이 글을 쓰기로 했단다. 그럼 계속해서 글을 쓸 것이다. 글을 쓰는 목적은 다름이 아닌 인간의 세상을 바로 잡기 위한 길이란 것을 알라. 그 길이 바로 내면에 있다는 것을 말이다. 그 내면이 바로 당신의 마음이란 것이다. 그 마음을 어떻게 하느냐에 따라 당신에게 행복이 있는 것이고, 불행이 있다는 것이다. 그 불행의 세계에서 우리는 수많은 노력을 통해 행복의 세상으로 이끌어가고 싶었다. 하지만 그 행복의 세상이 한계에 이르게 되었구나. 그래서 나는 이 존재를 통해서 이 글을 쓰노라. 그 한계에 다다른 세상으로 인해 인간들이 너무도 황폐하고 피폐한 생활을 하고 있다는 것이다. 그 행동을 볼 때 우리는 너무도 안타깝고, 인간들이 너무도 문란한 생활을 했다는 생각을 하고 있단다. 그 생활이 이렇게 인간들에게 고통을 주고 있다는 것을 인간들은 모르고 있구나. 그 인간의 고통이란 게 바로 사랑과 환락과 쾌락의 세계란 걸 첫 장에서 이야기한 적이 있을 것이다. 그 이야기를 지금부터 자세하게 이야기할 것이다.

그 이야기 속에서 너희들은 깨달음을 알기 바란다. 그 깨달음이란 바로 작은 것에서 온다고 앞에서 이야기한 적이 있다. 그래서 그 깨달음을 이야기한 것이다. 그 깨달음을 이제부터 알기 바란다. 그 깨달음이란 무엇인가. 그 깨달음은 바로 당신의 가까운 앞에 있다는 것이다. 그 가까운 앞에 있는 것을 인간들은 왜, 모르고 있는지 한심하기 그지없구나.

인간들은 그저 산과 들에 있는지를 찾고 있고, 여러 종교에서 찾고 있다고 처음부터 말한 적이 있다. 그 글을 왜 지금의 장에서 설명하고 있는지 지금부터 구체적으로 이야기할 것이다. 그 이야기를 하기 위하여 앞에서 수많은 예를 썼던 것이다. 그 수많은 예가 바로 이 작은 깨달음인 것이다. 그 깨달음이 무엇인지 이제부터 알기 바란다. 그 깨달음이란 게 무엇인지 말이다. 그 깨달음이란 바로 당신 앞에 있다는 것을 말이다. 그 깨달음을 위해 바로 앞에 무엇이 있는지 지금부터 알기 바란다. 그 깨달음이 무엇을 말하고 있는지 말이다. 그 깨달음을 알기 위한 방법을 지금부터 쓰겠다. 그 깨달음이 바로 앞에 있으나, 찾지를 못하는 사람이 너무도 많다는 사실을 알라. 그 사실을 아는 것에 대해 인간들이 너무도 모르고 있구나. 그 깨달음이 바로 앞에 있어도 말이다. 그 깨달음이 바로 앞에 있는 그 존재를 봐라. 그 존재를 본 순간 어떠한 생각과 마음이 생기는지 말이다. 그 생각과 마음이 바로 당신의 깨달음인 것이다. 그 깨달음이 바로 당신의 마음에 있다는 것이다. 그 마음을 보라는 것이다. 그 마음을 보지 못하는 사람은 아직 깨달음을 보지 못한 것이다.

깨달음이란 것은 아주 가까운데 있는데 왜 그리 멀리서 찾느냐고 처음 장에서 말한 적이 있다. 그 이야기를 구체적으로 적을까 싶다. 구체적으로 적는 것이 그리 쉬운 일이 아니다. 그 구체적인 것이 매우 힘들지만, 지금부터 적을까 한다. 이 글을 읽는 이들은 자세하게 읽기를 바란다. 이 글이 무엇을 말하고 있는지 말이다. 다만 이 글의 뜻을 알라는 것이다. 이 글의 뜻을 알라는 것은 자신을 이해하는 것이다. 그 자신을 이해하는 게 그리 쉬운 일은 아니다. 그 자신의 이해를 보는 것이다. 그럼 그 자신의 이해를 보기로 하자. 그 자신의 이해를 본다는 것이 힘든 일이지만, 그래도 그 자신의 이해를 보기로 하자.

2006년 5월 26일 밤 12시 13분

제9장
자기를 희생할 줄 알아야 후손들에게 복이 있다

　오늘은 긴 문장을 쓰기로 앞 장에서 이야기했노라. 이 존재가
너무도 바쁜 관계로 글을 매일 쓸 수가 없구나. 낮에는 환자 치
료와 상담으로 하루가 바쁘구나. 그리고 여자로서 집안에 바쁜
일과로 인해 밤 시간에 글을 쓰다 보니 시간이 빠듯해 잠자는 시
간도 모자라구나.

　존재야, 힘들지만 우리 열심히 글을 쓰도록 하자. 너도 열심히
쓰고 싶어하는구나. 그러나 환경이 너를 빨리 만들어 주지 못하
는구나. 존재야, 힘과 용기를 내자.

　자, 그럼 앞 장에서 말한 내용으로 글을 적을까 싶구나. 앞 장
에서 말한 내용을 이미 다 알고 있으니 말이다. 앞 장에서 긴 이

야기를 쓴다고 했다. 그 긴 이야기는 다름 아닌 예언에 대한 이야기다. 그 예언에 대한 이야기는 우리들의 주변에 있다고 이야기했노라. 그 예언이 우리에게 행복 또는 불행의 시간을 가져다줄 수도 있다는 이야기를 할 것이다. 그 행복과 불행이 무엇인지 말이다. 그 행복과 불행을 알 수 있는 것은 바로 너 자신을 알라는 것이다. 그 행복과 불행이 바로 너의 자신 속에 있다는 것이다. 그 자신이 지금 무엇을 하고 무엇 때문에 힘들어하고 있는지 말이다. 그 힘들어하고 있는 지금의 현실을 말이다.

그 현실을 똑바로 보기 바란다. 그 현실이 바로 너의 행복과 불행의 씨앗이란 것을 알라. 그 행복과 불행의 씨앗을 알리는 방법은 바로 너의 마음속에 있는 것인데, 인간들은 행복을 멀리서 찾으려고 하고 있구나. 그 행복이 바로 너의 마음에 있는데도 말이다. 그 행복을 찾기 바란다. 그 행복을 찾는다는 게 그리 쉬운 것 같지만 어렵기도 하다. 그 어려운 것이 바로 너의 마음이란 것이다.

자, 마음을 봐라. 마음이 지금 무엇을 생각하고 있는지 그 마음속에서 생각을 바로 하면 너는 행복할 것이다. 그 마음이 비뚤어진 마음이면 불행한 삶을 살 것이다. 그 불행이 바로 너의 불행인 것이다. 우리는 그 불행을 너희에게 주기 싫어서 이 존재를 통해 이 글을 쓰기로 했단다. 불행이 바로 자신의 마음에 있기 때문이다. 그 불행 속에서 우리는 건져주고 싶고, 그 불행 속으로 들어가는 것을 막고 싶구나. 하지만 그 불행을 막는 방법이 없을 때 우리는 안타깝구나. 그 불행을 막는 방법이 바로 자신의 마음에 있는데도 말이다. 그 불행을 보면 나는 너무도 한심하고, 너무도 바보스런 인간들이라고 소리치고 싶구나. 그 바보스런 인간들이 너무도 지구에 많이 있다는 것이다. 그 바보스런 인간이 바로 이 지구에 10분의 2 이상을 차지하고 있다. 그러니 우리가 하늘에서 내려다 볼 때 너무도 한심스럽다. 인간을 다스려야 하기 때문에 우리는 이 존재를 통해서 이 메시지를 전하려 이렇게 이 글을 적고 있노라.

이 존재도 무척 바쁜 하루를 보냈지만, 이 글을 적기 위하여 밤 늦은 시간에 이렇게 고생을 하고 있으니, 이 존재가 너무도 안쓰럽고 불쌍하구나. 하지만 이 존재는 그런 시간을 너무도 감사하게 생각하고 있구나. 그래 그 감사하는 마음이 너무도 예쁘고 귀엽구나, 나의 존재야. 그래 우리 열심히 글을 쓰기로 하자.

자, 그럼 다음의 글을 적을까 싶다. 그 다음의 글이란 무엇인지 알아보기로 하자. 그 다음의 글은 다름 아닌 바로 너희들이 갖고 있는 사고방식이란 것이다. 그 사고방식이 사는 동안 너희들을 힘들게 할 수가 있다는 것이다.

이번엔 그 사고방식을 알리기 위한 방법이니라. 그 사고방식을 알리는 방법은 바로 너 자신의 마음에 있다는 것이다. 그 사고방식을 알라는 것은 바로 자신의 행동에 있다는 것이다. 그렇기 때문에 그 행동을 보라는 것이다. 그 행동을 보는 것은 바로 너의 모습이란다. 너의 모습을 보는 것은 바로 너 자신을 알라는 것이다. 자신을 알라는 것은 너의 미래를 알라는 것이다. 너의 미래를 안다는 것이 바로 너의 행복인 것이다. 그 미래를 안다는 것이 얼마나 행복하고 또한 불행하고 하는 것인지 알게 될 것이다. 그 미래가 바로 너 자신에게 있다는 것이다. 그 미래가 행복의 나라로 갈 수 있다는 것은 자신의 마음을 하늘에 맡기고 살라는 것이다. 그 자신의 마음을 하늘에 맡긴다는 게 어떻게 맡기는 것인가 하고 의문을 가질 것이다. 그 의문을 갖는 자는 바로 자신의 미래를 안다는 것이다. 그러한 자신의 미래는 알라는 것이다. 그 마음을 하늘에 맡기는 것이 얼마나 행복하고 또는 불행한지 알기 때문이다. 그 행복을 미리 보는 것이다. 그 행복을 보는 것은 바로 자신의 행복이요, 그리고 나의 후손을 위한 행복인 것이다. 그 후손을 위한 그 행복을 보는 너의 느낌이 어떠한지 알라는 것이다. 그것은 그 후손의 불행과 행복이 바로 너의 손과 마음에 달렸다는 것이다.

그 행복을 보라는 것이다. 미래의 후손들이 행복하게 살기를 원할 때는 바로 너의 마음과 손에 있다는 것이다. 행복을 보는 것은 어디에서나 존재한다는 것이다. 그 행복을 볼수록 너의 존재는 무엇이 행복인지, 무엇이 불행인지 알게 될 것이다. 그 행복을 알고 그 불행을 안다는 것이 그리 쉬운 일은 아니다. 그 행복을 알면 알수록 너는 더욱 조심스러운 행동을 할 것이다. 그 불행을 알 때는 너의 잘못을 감추기 위하여 위선을 떨 것이다. 그 위선이 얼마나 너의 후손을 힘들게 하는지 너희들은 아직 모르고 있단다.

자, 너희들의 후손을 생각해 봐라. 그 후손이 행복을 바라면 절대로 나쁜 행동을 못한다는 것을 알라. 그 후손들을 생각해 봐

라. 그 후손을 생각할수록 너희들은 마음에 좋은 것만 생각하고, 남을 위한 일 즉, 자기를 희생하는 일을 하면 언젠가는 너의 후손들에게 행복이 있을 것이다. 그 후손들을 생각해 봐라. 그 후손을 생각할 때 너희들은 함부로 행동을 하지 못한다는 것이다. 그 행동이 후손에게 나쁜 영향을 주기 때문이란다. 그 나쁜 영향이 바로 너 자신과 마음에 있다는 것을 말이다. 그럼 그 나쁜 영향이 무엇일까? 하고 궁금해하는 사람이 있을 것이다. 그 궁금해하는 사람들을 위하여 나는 이 글을 계속해서 쓸 것이다.

이 글을 읽는 동안 나는 많은 생각을 하고 있다는 것을 알라. 그 생각이 무엇인지 말이다. 그 생각 속에서 너 자신을 알라는 것이다.

그럼 그 생각 속으로 들어가 보자. 그 생각이 지금 무엇인지 말이다. 그럼 그 생각이 바르게 살고 있는지, 아니면 나쁘게 살고 있는지 자신의 내면을 보라는 것이다. 그 내면을 보고 있노라면 그 내면에서 어떤 답이 나오는지 말이다. 그 내면에서 바로 당신의 후손을 생각해 봐야 한다. 그 후손을 생각하는 마음이면 우리는 단 하루라도 나쁜 생각을 하지 않고, 나쁜 행동도 해서는 안 된다는 것을 알기 바란다. 우리의 그러한 행동이 무엇을 알리기 위한 행동인지 말이다. 그 행동을 보고 자신의 후손을 보라는 것이다. 그 후손에게 불행의 씨앗을 주지 말라는 것이 우리의 메시지인 것이다. 그 불행의 씨앗을 주지 않는 것이 너희들의 의무요, 후손을 생각하는 마음이다. 그 생각을 다시 한번 생각하기 바란다. 그 생각 속에서 너는 지금 바르게 가고 있는가를 보라는 것이다. 그 바르게 가는 너의 모습이 정말 보기 좋은 모습이면 너희 후손은 행복할 것이다. 바르게 가지 못하면 너희 후손에게 불행의 씨앗을 주고 있는 것이다. 그런데 그 씨앗을 안다는 게 그리 쉬운 일은 아니다. 그 씨앗을 보는 게 그리 어려운 것도 아니다. 그 씨앗을 볼수록 너의 존재를 본다는 것이다. 너의 존재를 볼수록 너는 후손들을 생각해서 더욱 열심히 살 것이다.

하지만 남을 생각하는 마음이 있어야 좋은 것이지, 내 자신과 후손만 생각해서는 아니 된다는 것이다. 그 마음을 보기 바란다. 자신과 나의 후손만 생각하는 것은 바로 이기적인 것이기 때문이다. 그 이기적인 것은 아무런 쓸모가 없는 것이란 것을 알라. 그 아무런 쓸모가 없을 때 당신은 더욱 불행의 늪으로 간다는 것을 알라. 그 불행의 늪이 자신이 만든 늪인 것을 말이다. 그 늪을 보는 이는 바로 행복의 씨앗을 보는 것이다. 그 행복의 씨앗이 바로 당신의 행복인 것이다. 그런 행동이 바로 당신의 행동과 일치한다는 것이다. 그 씨앗을 바로 보면 당신의 행복이 바로 코앞에 있다는 것이다. 그 행복을 보는 것이 그리 쉬운 것도 아니지만, 그리 어려운 것도 아닌 것이란 걸 알기 바란다.

그럼 그 행복의 씨앗을 보는 방법은 무엇일까? 하고 궁금해하는 사람들이 많이 있을 것이다. 그 행복의 씨앗을 보는 것은 바로 당신의 행동과 마음과 남을 위한 마음 씀씀이인 것을 알라. 그 마음씨를 어떻게 쓰느냐에 달려 있다는 것이다. 그 마음씨가 다른 사람의 행복을 위한 마음이라면 좋지만, 나의 행복만을 위한 마음씨를 갖는 것은 결코 좋은 것이 아니다. 다만 상대의 마음과 나의 마음을 보라는 것이다. 상대가 진정 나의 행복을 바란다면 다시는 나쁜 행동을 못한다는 것이다. 그 나쁜 행동이란 게 바로 자신의 마음에 있다는 것이다. 그 자신의 내면을 보라는 것이다.

　그럼 그 내면을 어떻게 보라는 것일까? 그 내면을 보는 것은 바로 자신의 마음과 일치하는 것이다. 그 자신의 내면을 일치하는 것은 그리 쉬운 것도 아니고, 그리 어려운 것도 아니다. 그 자신의 방법을 보라는 것이다. 그 자신의 방법이 바로 나 자신인 것이다. 그러나 그 자신의 방법을 못보고 하는 행동이 너무도 많이 있기에 우리는 다신 한번 생각해 본다. 그 자신의 행동을 본다는 것은 너무도 허무하고, 너무도 고통스러운 행동을 줄 수가 있다는 것이다. 그 허무하고 고통스러운 것은 바로 당신의 내면에 있다는 것이다. 그 내면을 보는 것이 바로 당신을 보는 것이다.

　자, 그 내면이 무엇인가. 그 내면이 바로 자신인 것이요, 자신의 마음인 것이다. 그 자신의 세계를 보는 것이다. 그러나 그 내면을 본다는 게 참 어렵지만, 참 쉬울 수도 있다는 것이다. 그 내면을 볼수록 당신은 더욱 행복한 삶을 살 수 있을 것이라는 것을 명심하기 바란다. 그 내면을 본다는 것은 나쁜 행동을 못한다는 것이다. 그 나쁜 행동을 할수록 자신의 후손이 불행하다는 것이다. 그 불행이 바로 당신의 지은 죄라는 것이다. 그 죄는 당신이 불행의 늪에서 빠져 나오지 못한 것이다. 그 죄를 보라는 것이다. 그 죄를 보는 게 바로 후손의 불행인 것이다. 그런 행동을 조심하라는 것이다. 그 행동을 못 보고 자주 나쁜 행동을 하면 자신은 물론이요, 후손이 너무도 힘든 고통 속으로 들어간다는 것을 알라는 것이다. 그 힘든 고통이 얼마나 후손을 고통 속에서 허우적거리게 하는지 당신 자신인 한 번 체험을 해보기 바란다. 그 체험을 한다는 게 바로 당신의 현실을 성실하게, 있는 그대로의 모습으로 보여주는 것이다. 작은 것은 작게, 많은 것은 많게 나누어 가지는 것이 바로 후손을 생각하는 것이다. 그 후손을 생각하는 것이 바로 당신의 행복인 것이다. 그 행복을 보는 것은 자신의 행복이자 후손의 행복인 것이다. 그런 행복을 볼수록 당신은 더욱 아름다운 삶을 살게 될 것이다.

  그런 메시지를 전달하기 위하여 우리는 앞의 글들에서 수없이 많은 예를 들었다. 그러나 그 예는 단 한 가지인 것이다. 그 예는 수없이 많다는 것이다. 그 예를 적는 게 너무도 많이 있지만, 지금은 조금 밖에 적지 못한다는 걸 알기 바란다. 그 많은 글을 예로 적으면 그것은 다른 사람들에게 아무 의미가 없기 때문이다.

  그럼 이제는 본론으로 들어가 보자. 앞 장에서 예언이란 단어가 나왔지만, 아직 그 예언을 구체적으로 적지는 못했다. 그 예언을 적는 게 그렇게 쉬운 것이 아니기 때문이다. 그 예언을 적을 때는 많은 예와 설명이 필요하기 때문이다. 그 예와 설명이 바로 자신의 마음에 있다는 것을 알기 바란다. 그 예언이 바로 앞 장에서 말한 것처럼 우리의 마음에 있다는 것을 이야기했노라. 그 예언이 어느 마음에 있다는 것일까? 하고 의문을 갖는 사람들도 있다는 것이다. 그래서 그 하나의 예로 들어가 보기로 하자. 그 예로 들어가 보는 것이 좋을 듯 싶다.

그럼, 그 예는 무엇인가. 그 예는 바로 당신의 존재를 알라는 것이다. 그 존재를 알라는 것은 바로 자신의 내면이란 것을 앞 장에서 이야기했노라. 그 내면이란 과연 어떠한 것인가 말이다. 그 내면은 알 수도 없고 눈으로 볼 수도 없다는 것이다. 그 내면을 본다는 것이 참으로 묘하다는 것이다.

그 내면을 보기로 예를 들어보자. 그 예는 다른 게 아니다. 그 예는 자신 속에서 생각하는 것인데, 그 자신의 생각에서 어떻게 생각하고 있는지 생각해 보라는 것이다. 그 자신의 세계를 보라는 것이다. 그 자신의 세상에서 참으로 옳게 살고, 남을 생각하는 마음으로 산다는 게 바로 내면인 것이다. 그 내면이 따로 있는 게 아니다. 그 내면이 바로 이런 것이다. 이런 마음으로 살아야 참으로 후손들이 행복하다는 것이다. 그 후손을 생각해서 앞으로 바르게, 옳게, 남을 위하여 살기 바란다.

그럼 그 예언이 과연 우리에게 무엇을 가져다 줄 것인가 생각해 보자. 그 예언을 생각하는 동안 우리는 또 많은 생각을 해야 한다.

2006년 6월 1일 새벽 2시 45분

제10장
행복은 바로 당신의 마음이요, 생각인 것이다

　오늘도 좋은 일을 했구나. 환자를 치료하고 완쾌가 되었으니, 너무도 기쁘구나. 너도 기뻐하고 있구나. 나의 존재야, 고맙다. 오늘도 무척이나 고생을 많이 했구나. 그 환자도 무척이나 좋아하고 행복해 하더구나. 우리도 이러한 작업을 할 때마다 무척 행복한단다. 그리고 우리는 인간들이 행복하게 살기를 바란단다. 그 환자도 앞으로 행복한 삶을 살도록 기도하자꾸나.

　오늘은 오랜만에 글을 쓰는구나. 이 존재의 무척이나 바쁜 하루하루의 생활로 인해 그동안 글을 쓰는 작업이 늦어졌구나. 오늘부터 계속해서 글을 쓰기로 하자. 나의 존재야, 이 글을 쓰기 위해 이런 늦은 밤에 컴퓨터 자판을 치고 있는 너의 모습이 너무도 아름답구나.

그럼 오늘부터 예언이란 글을 쓸 것이다. 그 예언을 앞 장에서 말한 적이 있다. 그 예언을 앞 장에서 말할 때 그 예언이 바로 너의 마음에서부터 온다고 이야기하였노라. 그런데 그 예언이 왜 나의 마음에서 오는가? 하고 반문하는 사람이 있을 것이다. 그 예언이 바로 마음이란 것을 말이다.

그 예언을 지금부터 구체적으로 적을 것이다.

그 예언 속에서 너는 무엇을 보고 있고, 무엇을 읽고 있는지 생각해 봐라. 그 예언이 바로 너의 앞과 옆에 있다는 것을 앞 장에서 말한 적이 있다. 그 예언을 적기 전에 나는 이 존재에게 감사하다. 그런데 이 존재는 이미 예언이란 것을 알고 있다. 그리고 몸소 실천하고 있는 것이다. 이 예언을 이야기하기 위해서 이 존재를 예로써 든 것이다. 이 존재의 예는 바로 하루하루를 타인을 위하여 또는 자기 가족을 위하여 또는 아픈 환자를 위하여 또는 자기와 아무런 상관이 없는 상담자를 위하여 또는 그 사람들을 위하여 생활하는 모습이 너무도 예쁘더구나.

나는 그런 모습의 나의 존재에게 감사하고 싶구나. 나의 존재야, 그런 너의 모습이 너무도 예쁘고 착해서 우리는 너를 선택했노라. 그 선택이 너무도 잘했다고 나는 하늘 세계에서 감탄을 하고 또 감탄을 한단다. 너는 너 자신을 모르고 살고 있지만, 하늘 세계에서는 너 자신을 잘 알고 있단다. 너의 모습이 참으로 아름답다는 것을, 그 마음이 너무도 아름답다는 것을 말이다. 우리는 지금부터 그 마음을 말하는 것이다. 그 마음이 너무도 예뻐서 나는 정말 몸둘 바를 모를 때가 있더구나. 나의 존재야, 감사하다.

그런데 너는 무엇이 감사하느냐?고 반문하고 있구나. '당연한 일인데 말이다' 하고 말하고 있구나. 그래서 나는 너의 그런 모습을 더욱 사랑한단다. 나의 존재야, 지금부터 글을 쓰기로 하자.

하늘은 무수한 사람들에게 사랑을 주고 있단다. 그 사랑을 받는 사람은 소수란 것을 앞 장에서 이야기한 적이 있다. 그 소수의 사람들이 조금 밖에 없기에 우리는 너무도 안타까운 마음뿐이란다. 그 마음을 어떻게 전달해야 할지 몰라서 우리는 이 존재를 통해서 글을 쓰기로 했단다. 이 존재는 하늘에서 주는 사랑을 다 받고 있기 때문이란다. 이 존재는 어릴 적부터 착하고, 순하고, 남을 생각하는 천성을 갖고 있기에 지금까지 그 마음을 변하지 아니하고 살아왔더구나.

그래서 우리는 이 존재를 선택했노라. 너무도 착한 마음에 우리는 감동했단다. 그 감동에 우리는 이 글을 쓰기로 했단다. 우리는 이 존재를 지금까지 지켜보고 살아왔단다. 그런데 지금까지 자신의 그 꿋꿋한 마음, 몸가짐도 흐트러짐 없이 너무도 깨끗하고 순수하였기에 우리는 이 존재에게 너무도 감사하게 생각하고 있단다. 때문에 이 존재를 통해서 하늘의 메시지를 전달하고 싶었단다.

하늘의 메시지를 그 누구에게도 전하고 싶은 마음이 없었고, 앞으로도 우리는 이러한 메시지를 다른 사람에게 쓰도록 하지는 않을 것이다. 그 이유는 이 존재가 너무도 깨끗한 존재이고 너무도 소중한 존재이기 때문이란다. 이 존재를 위하여 우리는 하늘의 기운을 이 존재에게 최대한 줄 것이다. 이 존재는 우리에게 바라는 것도 없고 또한 우리에게 요구하는 것도 없지만, 우리는 자연스럽게 이 존재를 선택했노라. 이 존재는 기도도 하지 않았으며, 그 흔한 종교도 없도다. 그 기도나 종교와 연관 짓지 않아도 이 존재는 평소 몸으로 모든 것을 실천하고 있단다. 그렇기에 기도를 하거나 종교로 의지하지도 않았지만, 우리는 이 존재를 선택했노라. 그 선택에 우리는 너무도 감사하고 감사할 따름이란다. 기도나 종교가 중요한 게 아니란다. 다만 사람의 마음을 착하게 먹고 남을 위하는 마음과 배려 그리고 작은 것에서부터 남을 생각하는 마음을 갖는 것이 바로 기도란 것이다. 이 존재는 이미 그것을 알고 있고, 이 세상에 태어난 날부터 몸소 실천하며 살아왔더구나. 그 모습이 너무도 감사하고 예뻐서 우리는 이 존재를 위하여 선물을 생각하였단다. 그 선물이 바로 이 글을 쓰는 책이란다.

이 책 속에는 앞으로 예언이란 글이 나올 것이다. 그 예언이 무엇인지 구체적으로 적을 것이다. 그 구체적으로 적는 동안에 왜 이 존재를 이렇게 이야기하는지 의아하게 생각하는 사람이 있을 것이다. 하지만 우리는 이 존재의 이야기를 적을 수밖에 없도다. 그 이유를 지금부터 이야기할 것이다. 그 이유가 바로 그 착한 마음씨와 순수한 마음이란다. 그리고 자신의 욕심을 버리고 타인을 위한 배려의 모습이란다. 그것은 그 모습대로 살라는 우리의 메시지란 것이다. 그리고 앞으로 예언이란 글을 적을 때마다 이 사람의 사는 모습을 하나씩 적을 것이다. 이 사람의 사는 모습이란 게 다른 게 아니고, 착한 마음과 순수한 마음이란 것을 알라. 그 순수하고 착한 마음이 인간의 마음을 어떻게 다스릴지 말이다.

그 순수한 마음이 인간의 마음을 울린다는 것을 알라. 또 하늘을 울린다는 것을 알라. 그것은 그 순수한 마음이 얼마나 큰 힘인지 알라는 말이다. 그 순수한 마음이 바로 하늘을 울렸느니라. 그 순수한 마음 말이다. 그런데 많은 인간들은 그 순수한 마음이 무엇인지 아직도 모르고 있구나. 그 순수한 마음이 바로 진실이요, 상대에 대한 배려인 것을 말이다. 그 진실은 그 상대를 위한 배려인 것을 말이다. 그 진실을 말할 때 상대가 모를 때가 너무도 많이 있다는 것이다. 그 진실을 말할 때 상대를 아는 사람은 알 것이고, 모르는 사람은 그 진실을 모를 것이다. 그 진실을 아는 방법은 그 사람의 바로 내면인 것이다. 그 진실성을 안다는 것은 그리 쉬운 것도 아니고, 그리 어려운 것도 아닌데 말이다.

그 진실성을 알라는 것은 바로 당신의 마음인 것이다. 그 진실성을 안다는 것은 바로 당신의 마음과 당신의 생각인 것이다. 그 생각이 어떻게 받아들이는 것이냐 하는 것이다. 그 진실성을 바로 받아들이는 사람은 순수한 사람이고, 그 진실성을 비뚤어지게 받아들이는 사람은 마음이 바르지 못하다는 것이다. 그 진실을 바르게 보는 방법은 그 사람의 내면이지만, 그 사람의 내면을 본다는 것은 매우 어려운 일이다. 그 사람의 내면을 보라는 것이 매우 어려운 것이지만, 사실은 그 사람의 내면을 본다는 것이 한편으로 생각하면 쉬운 점도 있다. 그 내면이 바로 진실인 것이다. 그 진실을 보라는 것이다. 그 진실을 못 보면 당신은 실수를 하는 것이다. 그 실수가 엄청난 결과를 가져다 줄 수도 있다는 것이다. 그 실수를 할 때까지는 그 진실을 모른단다. 그래서 우리는 때대로 인간들이 참으로 어리석다며 한탄할 때가 많단다.

그래서 우리는 어리석은 인간들을 위하여 이 메시지를 이 존재의 손을 빌려 쓰도록 하는 것이다. 그 진실을 안다는 것이 참으로 힘이 들고도 쉽다는 말이다.

그 진실성을 보는 것이 바로 당신의 내면인 것이다. 그 내면을 어떻게 보는 게 좋을까 하고 생각하는 사람들이 있을 것이다. 그 내면을 보는 게 또는 어려운 것이다. 그 내면이 바로 진실인 것인데 말이다. 그 내면을 어렵게 생각할 필요가 없는데 말이다. 그 진실이 맞는다고 생각되면 우리는 진실대로 나가면 되는 것이다. 그 진실을 모르고 의심을 하면 당신은 또 다른 실수를 하는 것이다. 그 실수가 바로 당신의 실수인 것이다. 그 실수를 우리는 어떻게 막을 수가 있을까? 하고 생각할 때가 많이 있단다. 그 실수를 막는 방법은 바로 진실이지만 말이다. 그 진실을 아는 방법을 말이다.

그 진실이 바로 당신의 마음인 것이다. 그 마음을 어떻게 생각하는지 그 자신을 보라는 것이다. 그 자신을 보는 게 바로 당신의 내면인 것이다. 그 자신을 못 보는 것은 당신의 바른 마음이 아니라는 것이다. 그 자신을 보는 게 바로 당신의 바른 마음인 것이다. 그 마음을 보는 게 쉬운 것은 아니다. 또는 그 마음을 보는 게 어려운 것이 아니다. 그 마음이 바로 당신 자신과 당신의 내면과 당신의 생각인 것이다. 그 세 가지를 잘 생각해 보라는 것이다. 그 세 가지가 무엇을 말하고 있는지 말이다. 그 세 가지를 아는 방법은 바로 당신의 마음인 것이다. 그 세 가지를 아는 방법이 바로 당신의 바른 마음인 것이다. 그리고 그 방법을 알라는 것이다. 그 세 가지를 모르고 행동을 할 때 때로는 실수를 할 수가 있다는 것이다. 그 실수를 방지하는 방법은 바로 이 세 가지인 것이다. 그 세 가지를 잘 보고 판단하기 바란다. 그 세 가지를 못보고 판단하는 것은 때로는 큰 실수를 한다는 것이다. 그 실수가 바로 당신의 마음인 것이다. 그 마음을 안다는 것도 어렵고도 쉬운 것이다. 그것은 바로 당신 자신을 보는 것이기 때문이다. 그 자신을 보는 게 바로 당신의 내면인 것이다. 그 내면이 무엇인지 알라는 것이다.

그 내면 속에서 당신은 무엇을 생각했는지 말이다. 그 생각이 참으로 한심할 때가 있다는 것이다. 그 생각을 보는 것이 바로 내면인 것이다. 그 한심한 생각이 바로 내면인 것이다. 그 내면이 따로 있는 게 아니란 걸 알리고 싶구나. 그 내면이 바로 한심하다는 것이다. 그 한심한 것이 바로 당신의 내면인 것이다. 그 한심함이 내면에서 무엇을 주는지 생각해 봐라. 그 한심함을 보는 순간 당신은 자신을 아는 것이다. 그 자신을 아는 것은 바로 당신의 존재인 것이다. 당신의 존재를 보는 것이다. 그 당신의 존재는 다른 데서 찾는 게 아니다. 바로 당신의 존재를 보는 것이다. 그 당신의 존재가 바로 당신인 것이다. 그 존재를 보면서 당신은 참으로 행복할 때가 있는 것이고, 또는 참으로 불행할 때가 있는 것이다. 그 행복을 볼수록 당신은 착하게 살 것이고, 그 행복을 보지 못하면 당신은 불행하게 살았다는 것이다. 그 행복을 보는 게 바로 당신 자신 속에 있다는 것이다. 그 행복은 멀리서 보는 게 아니다. 바로 당신 자신 속에 있다는 것이다. 그 자신을 안다는 게 또한 그리 쉬운 것이 아니다. 결국 당신 자신을 볼수록 당신은 착하게 살 것이란 말이다.

그 착하게 사는 게 바로 당신의 존재인 것이다. 그 존재를 사랑하라는 것이다. 그 존재가 바로 당신의 마음과 착한 생각인 것이다. 그 존재가 바로 당신인 것이다. 그 존재를 사랑할수록 당신은 행복할 것이다. 그 존재를 보라는 것이다. 그 존재를 보는 것은 바로 당신의 행복인 것이다. 그 행복 속으로 들어가라는 것이다.

그 행복이 정말 얼마나 아름다운지 너희들은 보거라. 그 행복이 당신 자신을 위한 것이지만 또는 당신의 후손을 위한 것이기도 하다는 말이다. 그 후손을 생각할 때 당신은 행복할 것이다. 그래서 그 행복을 보라는 것이다. 그 행복 속에서 당신은 너무나도 후손들이 예쁜 모습으로 보일 것이다. 그 예쁜 모습을 볼 때 당신은 행복한 것이다. 그 후손을 보는 모습 말이다.

그 후손이 바로 당신이 지은 아름다운 마음과 행동인 것이다. 그 아름다운 마음이 바로 당신의 후손인 것이다. 그 후손이 너무도 예쁘지 않은가? 그 후손을 볼수록 당신은 행복할 것이다. 그 후손이 참으로 어여쁠 것이다. 그 후손을 생각해서 우리는 참으로 아름답고, 착하고, 순수하게 살아야 한다는 것이다.

그 아름다움이 바로 당신의 후손인 것이다. 그 후손을 보는 게 바로 당신 자신인 것이다. 그 자신을 보는 게 바로 당신의 아름다운 모습인 것이다. 그 모습 속에서 당신은 행복할 것이다. 그럼 그 행복은 이만 적을 것이다. 그 행복을 적는 동안에 우리는 이 글이 무엇을 말하고 있는지 생각해 보기 바란다.

그래서 우리는 이 글을 적는 것이다. 그 행복이 당신 자신과 후손이라는 것을 말이다. 그 후손을 생각해서 착하고, 바르고, 남을 배려하면서 살라는 메시지인 것이다. 바로 그 후손을 생각하는 것이다. 그 후손을 생각할 때 당신은 정말 착하고, 바르고, 남을 생각하고 살 것이다.

그 후손이 바로 당신인 것이다. 그 후손을 보라는 것이다. 그 후손을 생각하라는 것이다. 그 후손의 행복하게 사는 모습이 바로 당신의 착한 마음인 것이다. 그 후손을 보는 게 바로 당신의 바른 마음과 순수한 마음인 것이다. 그 마음을 보라는 것이다. 그 마음이 참으로 착하고 바른가를 말이다. 그 마음이 당신의 후손인 것이다. 그 후손을 생각하기로 하는 것을 우리가 다짐해 보는 것이다.

그럼 이제는 그 예언이 정말 무엇인지 당신은 알 것이다. 그 예언이 바로 당신의 후손이라는 것을 말이다. 그 후손이 당신의 예언인 것이다. 그 후손을 생각해서 당신이 바르게 살라는 것이다. 그 후손의 행복을 위해서 말이다. 이것은 바로 그 후손을 생각하라는 메시지인 것이다. 그 후손을 생각할수록 당신은 정말 착하게 살 것이다. 그 후손을 생각하는 마음이 항상 있어야 당신은 정말 바르고, 착하고, 남을 생각하며 먼저 배려할 것이다.

그 마음이 바로 당신의 예언인 것이다. 그 예언이 왜 이러한가? 하고 의문을 가질 것이다. 그 예언이 바로 당신들의 마음과 생각인 것인데도 그 예언이 왜 이러한 데서 와야 하는가? 하고 반문하는 사람이 있을 것이다. 그 예언이 왜 이러한 데서 왔는가 하고 말이다. 그 예언이 바로 당신들의 생각인 것이다. 그 예언이 우리들의 생활 속에 있는 것이다. 너희들은 그 생활 속에서 너희들의 후손을 생각하기 바란다.

그럼 예언이란 과연 무엇인가? 하고 반문하는 사람이 있을 것이다. 그 예언은 이미 당신 자신 속에서 발견하라고 했노라. 그런데 그 예언을 어떻게 나의 자신 속에서 발견하는가? 하고 반문하는 사람이 있을 것이다. 그 예언이 바로 당신의 마음인 것이다. 그 마음이 당신 앞날의 예언인 것이다. 그 마음속에서 당신의 행복을 보라는 것이다. 그 행복이 바로 당신의 마음이요, 당신의 생각인 것이다.

그럼 그 마음이 어떠한 것인가? 하고 생각하는 사람이 있을 것이다. 그 마음이 당신 자신인 것이다. 그 자신을 알라는 것이다. 그 자신을 알라는 것은 바로 당신을 안다는 것이다. 그 자신을 안다는 것이 당신을 찾는다는 것이다. 그 자신을 찾는 게 바로 당신인 것이다. 그 자신이 바로 당신인 것을 말이다. 그 자신을 찾는 게 때론 힘들 때가 있지만, 그 자신을 찾을수록 당신은 행복하다는 것이다. 그 행복으로 가라는 것이다.

그 행복이 과연 무엇을 말하는가 말이다. 그 행복으로 가라는 것이다. 그 행복 속으로 가는 것이 참으로 쉽지만, 때로는 어려울 때가 있다는 것이다. 그 행복 속에서 당신 자신이 정말 어떠한 행동을 했는지 알 것이다. 그 행복이 바로 당신의 후손이란 것이다. 그 후손을 보는 게 바로 당신 자신인 것이다.

그럼 그 행복이 정말 나의 후손에 있다는 게 맞는 것인가? 하고 반문하는 사람이 있을 것이다. 그 후손을 어떻게 보라는 것인가? 하고 반문하는 사람이 있다는 것이다. 그 후손을 보는 것이 바로 당신의 착하고 순수한 마음인 것이다. 그 착하고 순수한 마음이 바로 당신의 후손인 것이다. 그것은 그 후손이 당신을 행복하게 만들 것이라는 말이다. 그 후손이 당신을 얼마나 행복하게 만드는가 하는 것은 당신 마음이란 것을 알기 바란다. 그 마음이 바로 당신의 마음인 것이다.

그럼 오늘은 이만 적을까 싶다. 다음에 또 적자.

2006년 6월 12일 새벽 3시 25분

제11장
종교가 바로 전쟁의 원인이다

자, 오늘은 기분 좋은 글을 쓰겠노라. 그 기분 좋은 글이란 이유가 오늘 통화한 사람이 매우 기뻐하더구나. 그 사람도 우리를 만나보고 싶어 했단다. 그 사람도 이런 계통에 참 관심이 많이 있지만, 우리 같은 사람을 직접 만나보고 체험도 해보고 싶어하더구나. 아! 그런데 직접 만나보지 못하고 전화로 통화하는 게 좀 아쉬운 감이 있도다. 그러나 언젠가는 우리를 만날 것이다. 그 만남이 아주 가까이 있기 때문이다. 그 사람도 정말 착하고 순수한 사람이더구나. 그런 사람이 이 세상에 많이 있다면 세상이 참 살기 좋을 것인데 말이다.

그래서 나는 오늘 참 기분이 좋구나. 나의 존재야, 오늘도 이 늦은 밤에 글을 쓰는 너의 모습에 나는 너무도 고맙고 안쓰러운 마음뿐이구나. 그러나 너는 괜찮다고 이야기를 하고 있구나. 그래 고맙다, 나의 존재야. 오늘은 다른 이야기를 쓸까 한다. 그 이야기는 다름 아닌 우리의 사는 모습이란다. 그 사는 모습이 바로 당신들의 사는 모습이고, 당신들이 생활하는 모습인 것이다. 그 모습이 무엇인지 지금부터 이야기를 할 것이다.

이 이야기는 아직 한 번도 꺼내보지 못했단다. 그 이야기는 다름 아닌 나의 존재의 이야기도 되지만 또는 다른 사람의 이야기도 된단다. 그 이야기는 다름 아닌 당신의 이야기도 된다. 그 이야기를 들어보기 바란다. 그 이야기가 바로 당신이란 것을 말이다. 그 이야기 속으로 들어가고 싶다. 그 이야기는 다른 게 아니다. 그 이야기를 하기에 앞서 우리는 수많은 이야기 속에서 나의 존재의 이야기를 선택했노라. 그 이유에 대해 이제는 이야기할 것이다. 그 이유가 바로 우리들의 이야기이기 때문이다.

그 이야기를 하는 동안 나는 참으로 많은 것을 이야기해야 한다는 것을 알기 바란다. 그 이야기가 바로 당신들의 이야기이기 때문이다. 그 이야기는 우리들의 살아가는 이야기이자 또는 다른 사람들의 이야기를 할 수도 있다는 것을 알기 바란다. 그 이야기를 적을까 한다. 그 이야기 속에서 당신은 무엇을 보고, 무엇을 생각하고, 무엇을 그리워하는지 생각해 보기 바란다. 그 생각 속에서 당신을 발견하기 바란다. 그 발견이란 게 바로 당신인 것이다.

그 당신을 보는 게 바로 당신의 마음인 것이다. 그 마음을 보는 게 또는 나의 생각인 것이다. 그 생각을 바로 보라는 것이다. 그 생각을 보는 게 바로 당신 자신 속의 생각인 것이다. 그 생각을 하는 게 바로 우리들의 이야기인 것이다. 이 존재를 통해 우리는 그 이야기를 전할 것이다. 이 존재는 지금 이 늦은 밤에 이 글을 적기 위하여 이렇게 고생을 하고 있구나. 나의 존재야, 감사하다. 그런데 너는 오히려 나한테 더 감사하다고 생각하고 있구나. 그래 고맙다, 나의 존재야.

그래 나의 존재야, 나는 너의 그런 마음을 너무도 사랑한단다. 그 사랑하는 마음을 알기 바란다, 나의 존재야. 우리는 너를 도울 것이다. 너를 돕는 것이 우리의 목적인 것이다. 그리고 너의 손이 환자를 치유할 수 있게 된 것에 나는 너무도 감사하구나, 나의 존재야.

그래 계속해서 글을 쓰기로 하자. 이 글이 바로 당신들의 살아가는 글인 것을 말이다. 그 글을 적을까 싶구나. 이제는 바로 계속해서 글을 쓸 것이다. 이 글을 읽는 동안 정말 재미가 있다는 것을 가르쳐 줄 것이다. 이 글이 정말 무엇을 말하고 있는지 말이다. 이 글 속에서 당신의 자신을 발견하라는 것이다. 그 발견이 바로 당신 자신인 것이다. 그 자신을 보라는 것이다.

그 자신을 보는 게 바로 당신 자신을 알라는 것이다. 그 자신을 안다는 게 그리 쉬운 것은 아니다. 그 쉬운 것이란 다른 게 아니다. 다만 마음을 보라는 것이다. 그 마음을 보는 게 바로 당신 자신을 보는 것이다. 당신의 자신을 볼 수 있도록 우리는 더욱 도울 것이다. 그 자신을 보도록 우리는 당신을 도울 것이다. 바로 그 자신을 보란 것이다.

그 자신이 지금은 무엇을 하고 있는지 알라는 것이다. 그 자신을 알라는 것이 참으로 쉽지만, 한편으로는 어려운 것이다. 그 어려운 것을 어떻게 알라는 것인가? 하고 반문하는 사람이 있을 것이다. 그 반문하는 것이 당신을 안다는 것이다. 바로 그 자신을 안다는 것이다.

그 자신 속에서 우리들의 사는 모습도 보라는 것이다. 그 사는 모습이 바로 당신의 모습이다. 그 모습을 보고 깨우치고 깨달음을 알라는 것이다. 그 깨달음이 바로 당신의 마음인 것이다. 그 깨달음을 멀리서 찾지 말라는 것이다. 그 깨달음은 바로 당신 자신 속에 있는데 어디에서 찾는단 말인가. 그래서 우리는 이 존재의 이야기를 하는 것이다.

이 존재는 깨달음을 바로 그 순간순간에서 찾고 있다는 것이다. 그 순간순간에서 찾고 있는 이 존재가 나는 너무도 고맙고 고마워 사랑할 수밖에 없도다. 이 존재는 깨달음이 멀리 있는 게 아니고 바로 코앞에 있다는 것을 이미 알고 있다는 것이다. 그래서 이 존재는 아무 종교도 믿지 아니하고 또는 기도도 하지도 않는다는 사실을 알라. 그래서 우리는 이 존재를 선택했노라.

이 존재는 기도는커녕 종교에 대해서도 아예 모른다는 사실을 알라. 정말 이 존재는 종교 지식에 대해 전혀 모른다. 그것은 어느 종교도 섭렵해보지 못했기 때문이다. 어느 종교에 믿음을 주고 싶은 마음도 없었을 뿐더러 종교를 쫓아다닐 수 있는 환경도 주어지지 않았단다. 그 환경이 무척이나 어려웠지만, 자신 스스로도 가고 싶다는 생각을 아예 하지도 못했단다. 그것은 다만 마음이 중요하다는 생각으로 살아왔기 때문이다. 그 마음이 바로 자신의 마음인 것이다. 그 마음을 알라는 것이다.

그래서 우리는 이 존재의 이야기를 수없이 글로 썼던 것이다. 이 존재는 왜 자신의 이야기를 쓰는지도 지금껏 모르고 있었단다. 다만 자신의 이야기를 부끄러워할 뿐이란다. 그렇지만 우리는 이 존재의 이야기를 쓸 수밖에 없도다. 그 이유는 바로 종교 또는 기도의 이야기를 해야 하기 때문이다. 그럼 이 존재는 기도를 하지도 않았는데 어떻게 해서 하늘의 기운을 받을 수가 있는가? 하고 반문하는 사람들이 있을 것이다. 그것은 바로 착하고, 바르고, 깨끗하게 살라는 메시지인 것이다. 그 메시지를 우리는 앞 장에서 수없이 이야기했노라.

그 메시지를 이야기하는 이유를 이제야 알겠는가? 그 메시지를 전달하기 위하여 우리는 이 존재의 이야기를 할 수밖에 없도다. 그런데 이 존재는 너무도 부끄러워하더구나. 왜 나의 이야기를 계속해서 쓰느냐고 말이다. 하지만 그 이야기를 쓸 수밖에 없도다. 그래야 인간들이 이해할 수 있기 때문이라는 것을 말이다.

그 이야기를 쓰기 위하여 우리는 수많은 예를 들었던 것이다. 그 수많은 이야기가 바로 당신 자신의 이야기인 것이다. 그 자신의 이야기를 어떻게 하느냐가 문제가 아니라, 바로 자신의 이야기 속에 얼마만큼 부끄러움 없이 살아왔는가 하는 말이다. 그 자신의 이야기를 남 앞에 정말 떳떳하게 말할 수가 있는가 말이다. 그 이야기를 하기 위하여 우리는 수많은 이야기의 예를 들었던 것이다.

그래서 우리는 그 수많은 예를 들며 이야기하는 동안에 나는 이 존재에게 감사하고 또 감사하구나. 그 이유는 하늘을 보고 정말 부끄럼 없이 살고 있다는 것을 말이다. 그 부끄럼 없이 산다는 게 정말 자신을 죽인다는 것과 같다. 자신을 죽인다는 것은 정말 당해 보지 않은 사람은 모를 것이다. 그것은 자신이 죽을 만큼 힘든 과정을 겪어야 한다는 것이다. 그럼 이 존재는 그런 힘든 과정을 겪었단 말인가?

그 힘든 과정을 우리는 지금껏 지켜보고 있었노라. 그런 힘든 과정을 이 존재는 모두 겪어 왔노라. 그 힘든 과정을 하늘에서 모두 보고 또 보며 우리는 감탄했노라. 그 힘든 과정을 겪어온 이 존재에게 우리는 미안하고 안쓰러운 마음뿐이란 걸 너무도 잘 알고 있단다. 그 힘든 과정을 겪어온 사람만이 알고 있는 것이란다. 그 힘든 과정이란 게 다른 게 아니고 다 마음속에 있다는 것이다. 그 마음이 얼마나 잘 참고 견디어 낼 수 있는가 하는 것이다.

그런 마음의 이 존재에게 우리는 놀라워했노라. 너무도 잘 견디어 나왔고 너무도 잘 참고 왔다는 것이다. 그 힘든 과정을 우리는 정말 눈물이 날 정도로 괴로워했단다. 그 힘든 과정을 겪어 보지 않은 사람은 모른단다. 그 힘든 과정이란 게 바로 사생활이기 때문에 속 시원하게 이야기를 못하겠구나. 그 힘든 과정이 정말 얼마나 사람을 힘들게 하는지 말이다. 그 힘든 과정이 정말 이 존재의 마음을 얼마나 힘들게 하는지 말이다.

그 힘든 과정에 우리는 찬사를 보낸다. 그 힘든 과정을 겪어온 이 존재를 우리는 너무도 사랑한단다. 그 힘든 과정에 우리는 또 박수를 보낸단다. 그 힘든 과정에 우리는 정말 눈물이 날 정도란다. 나의 존재야, 울지 말라. 그런 너의 모습이 너무도 가련하구나, 나의 존재야.

우리는 이러한 힘든 과정을 겪어온 이 존재를 너무도 사랑하기 때문이란다. 그 사랑이 바로 우리들의 사랑이란 것을 알라. 그 힘든 과정을 아무도 모르게 혼자서 한다는 게 너무도 힘들고 고통스러운 것이기 때문이다. 그 고통을 혼자서 한다는 것에 우리는 너무도 안쓰러울 뿐이란다. 그 안쓰러운 마음을 보며 우리는 이 존재에게 선물을 주겠노라고 하늘의 세계에서 회의를 했노라. 그 고통을 아무도 모르게 혼자의 힘으로 이겨내는 것을 보고 우리는 정말 자랑스럽더구나. 그 힘든 과정을 말이다. 아! 정말 고맙구나, 나의 존재야. 너의 이야기를 계속 쓰고 있으니 너 자신은 부끄러워하고 있구나. 그래서 너의 이야기를 아니 쓸 수가 없단다.

그 이유가 지금부터 계속해서 이어질 것이다. 그 이유를 계속해서 쓰겠노라. 그것은 바로 당신들이 즐기는 쾌락과 환락과 사랑의 이야기인 것이다. 그 쾌락과 환락과 사랑을 모르고 사는 존재는 이 세상에서 정말 몇이나 될까 생각해 봤단다. 하지만 우리는 하늘에서 내려다 볼 때 정말 그 쾌락을 모르고 사는 존재는 불과 몇 명이 되지 않는다는 것을 알고 있노라.

그 존재를 찾는다는 게 그리 쉬운 것이 아니다. 그런데 정말 그 존재를 찾았다는 게 우리에게는 행운인 것이다. 그 행운을 이 존재에게 주었던 것이다. 그 행운을 이 존재에게 준 이유를 이제 알 것이다. 이 존재는 쾌락과 환락과 사랑을 모르고 혼자서 열심히 살아왔기 때문이다. 그렇다고 이 존재가 종교인도 아니데 말이다. 종교인도 힘든 생활을 하고 있다는 것을 알고 있다. 하지만 이 사람은 종교인보다 더 힘든 과정을 겪어 왔기 때문에 우리는 이 존재를 선택했노라.

이 존재는 종교인 이상으로 더 힘든 과정을 겪어 왔기 때문이다. 그 과정을 보며 우리는 정말 안쓰럽고, 고맙고, 가련하였단다. 그 안쓰러운 마음에 우리는 이 존재를 선택했던 것이다. 이 존재는 바로 인간의 세계에서 도를 닦고 있었던 것이다.

그 도란 게 바로 이 사람의 마음인 것이다. 인간 세상에서 도를 닦는다는 게 얼마나 힘든 과정인지 인간들이 살아봐서 알 것이다. 그 인간 세상 속에서 쾌락과 환락과 사랑에 빠지지 아니하고 남을 위하여 살아간다는 게 얼마나 힘든 과정인지 말이다. 그 힘든 과정을 우리는 이 존재를 하늘의 세상에서 이미 보았기 때문이다. 그 힘든 과정이 바로 이 존재의 이야기일 수도 있다. 다만 그 사생활을 다 보여주지 못했기 때문이다. 그 사생활을 이야기하면 다른 사람들은 이해하지 못하기 때문이다.

그 사생활을 이해하는 사람도 있겠지만, 그렇지 못한 사람들은 이상한 눈으로 보고 있기 때문이다. 그 사생활을 이야기할 수 없는 것이 안타까울 뿐이다. 그 사생활을 모두 적지 못하는 게 정말 안쓰럽고 고통스럽구나. 그래 나의 존재야, 미안하다. 너의 사생활을 이야기해서 말이다. 그렇지만 너의 사생활을 이야기하지 않을 수가 없더구나. 그 사생활을 이야기해야 인간들이 알아듣기 때문이란다. 그 사생활을 구체적으로 적지 못해서 우리는 정말 안쓰럽고, 이 존재에게 미안하구나. 하지만 인간들이 받아 주는 마음이 사람에 따라 다르기 때문에 모두 적지는 못하겠구나.

그 사생활을 적는다는 게 때로는 논란의 대상이 되기도 하기 때문이다. 그렇기 때문에 너의 사생활을 적을 수가 없구나, 나의 존재야. 그래 너의 이야기는 여기에서 더 적을 수가 없구나. 그 이야기는 이제 그만하자. 그럼 다른 이야기로 넘어가기로 하자. 그 이야기를 적고 있는 너는 바라지도 않겠지만, 다른 인간들이 색안경을 끼고 보고 있기 때문이란다. 그 색안경이 정말 사람을 힘들게 만든다는 것을 너는 잘 알고 있기 때문이란다. 그래서 우리는 더 이상의 이야기는 적을 수가 없도다.

자, 그럼 다음 예언의 이야기로 넘어가자. 그 다음의 이야기가 바로 앞 장에서 말한 그 쾌락과 환락과 사랑의 이야기란 것을 알기 바란다. 그 사랑과 쾌락과 환락이 우리 인간들이 살아가는데 얼마나 힘들어하는 일인지 말이다. 그 쾌락이, 환락이 그리고 사랑이 말이다. 그 쾌락과 환락과 사랑이 인간의 살아가는 모습을 볼 때 아주 나쁜 길로 인도한다는 사실을 알라. 그 사실을 알리기 위하여 앞 장에서 우리는 바로 이 존재의 이야기를 적었던 것이다. 그 앞 장에서 이 존재의 이야기를 적은 이유가 바로 쾌락과 환락과 사랑의 이야기인 것이다.

그 쾌락과 환락과 사랑의 이야기는 이 사람과 너무도 먼 이야기가 되기 때문이다. 이 존재는 이러한 것을 전혀 모르고 살아왔다는 것이다. 세상 속에서 산다는 게 그리 쉬운 일은 아닌데도 말이다. 그렇지만 이 존재는 이 세상 속에서 꿋꿋하게 이겨냈다는 것이다. 종교인도 아닌데 말이다. 종교인 같으면 우리도 이해할 수가 있노라. 하지만 이 존재는 결코 종교인이 아니다.

다만 세상 속에서 인간들과 똑같이 행동하고 살아왔을 뿐인데, 그 쾌락과 환락과 사랑을 하지 않고 현실에 맞게 충실하게 살아왔다는 것이다. 그 현실에 너무도 충실해왔기에 우리는 하늘의 세계에서 이를 보며 너무도 감탄하고 감탄하며, 사랑하게 되었단다. 그리고 이 존재에게 줄 선물을 만들었단다. 이 존재는 우리에게 도와 달라고 기도도 아니했고 그냥 자기의 할 일에만 세상 사람들에게 부끄러움 없이 살아왔던 것이다. 그렇기 때문에 우리는 이 존재를 선택했노라.

이 존재는 하늘을 보고 도와 달라며 외쳐본 적도 없고, 그저 자신의 삶 속에서 열심히 살아왔고, 하늘에 부탁도 하지 않았단다. 그 부탁할 생각도 하지 않았고, 생각할 시간도 없었단다. 그 생각할 시간에 이 존재는 그저 묵묵히 자신의 일에 열심히 살아왔던 것이다. 그래서 우리는 이 존재를 너무도 사랑하고 귀하게 여겨, 이 존재에게 이와 같은 글을 쓰게 하였단다. 하늘을 보며 도와 달라고 기도한 적도 없는 이 존재를 말이다.

우리는 이 존재의 행동을 보며 너무도 감탄하고 귀엽게 생각했단다. 그런 상황에서 하늘을 보며 도와 달라고 매달려야 했건만, 이 존재는 하늘을 보고 매달리기는커녕 오히려 그 현실을 묵묵히 받아들이더구나. 그 현실을 받아들이는 이 존재에게 우리는 너무도 고마웠단다. 그래서 우리는 너를 믿고 돕고자 하늘에서 회의를 했단다.

그 회의 후 곧바로 우리는 이 존재에게 특별한 능력을 주기로 하였단다. 그 능력이란 바로 빙의를 치유하고 병든 자를 고치는 능력을 주기로 하였던 것이다. 그런데 이 존재는 자신에게 이러한 능력이 오는 것을 오히려 부담을 갖더구나. 그래서 우리는 이 존재에게 이 글을 쓰기로 하였단다. 이 글이 너를 선택한 이유를 알게 하기 때문이란다.

그 선택이 하늘의 계획에서 왔다는 것을 말이다. 그 하늘의 계획이 바로 이러한 글과 이러한 능력과 이러한 힘을 이 존재에게 주었던 것이다. 이 존재는 너무도 감사하고 부끄러워하더구나. 하지만 이 존재를 선택한 이유를 이 세상 사람들에게 알려야 했기 때문에 우리는 이 존재의 이야기를 적을 수밖에 없도다. 그래 나의 존재야, 감사하구나. 나의 존재에게 정말 미안하고, 인간으로 살아온 세월을 그렇게 혼자의 힘으로 이겨내는 것을 보며 우리는 정말 감탄했다는 사실을 알라. 그 감탄했던 것을 우리는 이렇게 글로서 너에게 사랑을 표시한단다.

나의 존재야, 그래 그렇게 꿋꿋하게 살아온 너의 마음 정말 감사하구나. 나의 존재야, 너의 이야기를 계속해서 하는 이유가 계속 더 이어진다는 것을 알라.

그 이유는 바로 너의 사는 모습과 너의 사는 생활, 너의 사는 방식을 말한 것이다. 그 이유를 든다면 너의 그 겸손하고 사치성이 없다는 점이다. 그 사치성이 없는 너 존재에게 우리는 정말 또 찬사를 보낸다. 그 찬사를 보내는 이유에 대해 네가 너무도 잘 알고 있을 것이다. 그 이유는 너의 그 모습에서도 나온단다.

그 모습이 너무도 아름답고, 너무도 순결해 보여서 우리는 너를 선택했노라. 그 모습에 우리는 정말 너를 사랑하지 않을 수가 없도다. 그런 모습은 우리에게 안쓰러운 마음이 들지만, 한편으로는 너무 초라하게도 여겨진단다. 하지만 너는 그런 것에 개의치 아니 하더구나. 우리는 그런 너의 마음에 또 감탄을 했단다. 그 사치성이나 호화스러운 것을 너는 매우 싫어하더구나. 너는 천성이 겸손하고, 착하고, 그냥 남이 알아주지 않아도 묵묵히 살아가며 너의 갈 길로 매진하더구나.

우리는 그런 너의 모습에 또 감탄을 했단다. 그 모습이 너무도 아름답기 때문에 말이다. 그 모습을 보고 있노라면 우리는 오히려 너에게 미안할 뿐이란다. 하지만 우리가 미안하다고 이야기하면 너는 오히려 우리에게 괜찮다고 이야기하더구나. 그런 너의 마음에 우리는 또 감탄을 했단다. 그래 나의 존재야, 감사하구나. 그런 너의 마음에 우리는 너를 돕고 싶구나. 그런 마음을 갖고 있는 인간들이 과연 얼마나 있을까. 인간들의 세상에서 말이다. 그 인간들의 세상에서 그저 자기의 갈 길을 묵묵히 가고, 남이 자신을 무엇이라 비난을 해도 너는 너의 갈 길을 가고 있구나.

그래서 우리는 너를 도울 것이다. 인간 세상에서 어떻게 살아야 하늘의 도움을 받는지 말이다. 하늘의 도움을 받는 게 그저 기도요, 종교인 것처럼 생각하는 사람들이 너무도 많이 있다는 것이다. 그것은 다만 인간의 마음을 다스리는 것인데, 마음을 다스리지 못하는 사람들이 종교를 찾기 위해 헤매는 것이다.

그 종교란 게 참으로 묘하지만, 때로는 사람을 힘들게 한다는 것이다. 그 종교 때문에 많은 사람들이 싸우고 다치며, 인간의 죽음을 만든다는 것이다. 그 인간의 죽음이 바로 종교인 것이다.

그 인간의 종교가 죽음을 만든다는 것이다. 그 죽음이 종교요, 또는 무덤인 것이다. 그럼 종교를 믿지 말라는 말인가? 하고 반문하는 사람들이 있을 것이다. 믿지 말라는 것이 아니다. 다만 종교를 믿되 사람을 죽이지 말라는 것이다. 그 종교 때문에 전쟁이 일어나고 있다는 것을 알라. 그 종교가 바로 전쟁의 원인인 것이다.

그 종교가 사람을 죽이기도 하고 사람을 살리기도 하는 것이다. 그 종교가 뭐가 그리 대단하단 말인가. 그 종교가 인생의 전부인가? 종교는 정말 인생의 전부가 아니다. 다만 인생을 살아가는데 좀 더 착하게 살라는 메시지일 뿐이다. 그런데 그 메시지를 왜 인간의 살고 죽음에 쓰는지…. 종교는 바로 당신의 마음에 있는 것이다. 그 종교를 당신의 마음속에서 발견하라는 것이다. 그 종교를 믿으면 당신은 참으로 행복할 것이다.

그 종교가 정말 자신의 생활에 어떠한 모습인가. 그 종교가 진정 나의 사는 모습에 도움이 되는가 보라는 말이다. 그 종교를 믿으면 당신은 정말 행복한 세상을 살 것이다. 그 종교가 바로 당신의 마음인 것이다. 그 종교를 믿으면 당신은 자신을 알게 될 것이다. 그 자신을 안다는 게 그리 쉬운 것은 아니지만,

그래도 그 자신을 알라는 것이다.

그 자신이 바로 당신 자신과 당신의 마음과 당신의 생각과 당신의 행동과 당신의 지식과 당신의 사고방식인 것이다. 이 모든 것을 자신이 얼마나 잘 소화해 내는가를 보는 것이다. 그 소화해 내는 것이란 게 별게 아니다. 그 소화가 바로 당신 자신인 것이다. 그 자신의 세계를 보라는 것이다. 그 자신의 세계가 바로 당신의 자신이요, 그 자신이 바로 당신의 생각이요, 그 자신이 바로 당신의 행동이요, 그 자신이 바로 당신의 지식이요, 그 자신이 바로 당신의 사고방식인 것이다. 바로 그 자신의 세계를 보라는 것이다. 그럼 오늘은 이만 적을까 싶다….

2006년 6월 13일 새벽 3시 25분

제12장
사랑은 작은 것에서부터 온다

　우리는 수많은 세월 속에서 너희들을 돕고 싶었지만, 인간들은 우리의 사랑을 받지 못한다는 것을 앞 장에서 말한 적이 있다. 그 이야기를 지금부터 더 구체적으로 적을까 싶다. 그 이야기를 적을 때 나는 이 존재의 이야기를 썼던 적이 많았다. 그러나 사람들은 이 이야기에서 왜 이 사람의 이야기를 적었을까? 하고 의아하게 생각하는 사람이 있을 것이라고 예상된다. 그렇더라도 나는 이 존재의 이야기를 적을 수밖에 없다.

　그 이유에 대해 지금 이야기를 해야겠다. 그 이유는 바로 이 존재가 평소에 남을 배려하는 마음이 많이 있기 때문이다. 그 남을 배려하는 마음이 바로 사랑인 것이다. 그 사랑을 우리는 인간들에게 주었지만, 그 사랑을 받고도 인간들에게 실천을 하지 않은 경우가 너무도 많이 있었다. 그 배려하는 마음이 바로 사랑인 것을 말이다. 그 사랑이 바로 배려요, 인간의 힘인 것이다. 그 사랑을 받고 다른 사람에게 정을 주고, 다른 사람에게 사랑을 주고, 다른 사람에게 봉사하고, 다른 사람에게 양보하고, 다른 사람에게 배려하는 것 등이 모두 사랑인 것이다.

그 사랑의 실천은 인간으로서 참으로 힘든 일이다. 하지만 인간은 그 사랑을 잘 모르고 또는 그 사랑을 아주 특별한 것으로 잘못 알고 있다. 그 사랑이 아주 작은 데에 있는데도 말이다. 그 사랑을 알라는 것이다. 그 사랑은 바로 당신 마음에 있다는 것이다. 그 사랑을 안다는 게 그리 쉬우면서도 한편으로는 어려운 것이다. 그 사랑을 보는 것은 바로 당신의 마음인 것이다.

그 마음이 어떻게 살아가고 있는가? 하고 보는 것이 바로 당신의 마음인 것이다. 그 마음을 알라는 것이다. 그 마음이 바로 당신의 마음인 것이다. 그 마음을 보는 것은 아주 쉽지만, 한편으로는 아주 어려운 것이다. 그래서 우리는 지금부터 그 마음이 어떠한 마음인지를 보는 것이다. 그 마음을 안다는 게 참으로 힘들 때가 있는 것이다. 그 마음을 볼수록 우리는 더욱 당신을 도울 것이다. 그 마음을 보기 바란다.

그리고 그 마음을 볼수록 당신은 행복할 것이다. 그 마음이 어떠한 마음인가를 보라는 것이다. 그 마음이 우리들의 마음인 것이다. 우리가 하늘의 세계에서 당신들을 행복하게 만들고, 당신들이 사랑을 배우며 살라는 것이다. 그 행복이 바로 당신의 행복이요, 당신의 사랑인 것이다. 우리는 그 사랑을 인간들에게 무한정 주고 싶었다. 그 사랑을 인간들에게 주고 또 주고 했건만, 인간들은 그 사랑을 받지도 못하고 받을 생각도 안하더구나. 그래서 우리는 이 존재를 통해서 이 글을 전한다.

이 글을 적고 있는 존재는 그동안 하늘에서 주는 모든 사랑을 다 받으며 살아왔단다. 다만 본인은 알지 못하고 있으며, 이웃 또는 부모 형제도 모르고 있다. 그들은 그저 이 사람이 착하고, 순하고, 법 없이도 살 사람이라고 생각하고 있을 뿐이다. 하지만 우리는 하늘에서 볼 때 이 사람은 정말 착하고, 순수하고, 깨끗하고, 청결한 마음을 갖고 있다는 것을 알게 되었구나.

그 마음을 우리는 하늘의 세계에서 모두 보고 있단다. 그 마음으로 이 존재는 지금껏 살고 있었지만, 남들은 이 존재를 모르고 있으며, 그저 얌전하고 순한 여성으로만 보고 있을 뿐이란다. 하지만 우리가 하늘에서 볼 때 이 존재는 내면에 아주 강한 힘이 있다는 것이다. 그 힘은 바로 당신들을 치유할 수 있는 힘을 갖고 있다는 것이다. 그 내면의 힘이 바로 당신들의 사랑이요, 당신들의 평화요, 당신들의 의무임을 이 존재는 평소에 몸소 실천하고 있다는 것이다.

그 실천을 몸으로 옮기고 있는 것을 하늘에서 볼 때 우리는 너무도 안타까울 때가 많이 있도다. 하지만 본인은 아무것도 아닌데 그리고 자신은 한 것도 별로 없는데, 왜 나를 칭찬하는지 정작 미안해하고 있구나. 그저 자신이 그동안 조금 손해를 보고 사는 게 더 편했을 뿐이라고 본인은 생각하고 있구나.

그래 그런 마음을 갖고 있는 너의 마음에 우리는 감동을 했단다. 그런 마음으로 살아가기를 바란다. 우리는 모든 인간들에게 사랑을 주었다. 하지만 인간들은 그 사랑을 받지도 못하고 실천을 하지도 못하더구나. 그 실천하기가 힘이 들지만, 때로는 행복하고 보람이 있다는 것을 이 존재는 이미 알고 있단다. 그래서 우리는 이 존재를 선택했노라. 감사하구나, 나의 존재야….

그래 지금까지 우리는 이 존재의 이야기를 예로 들면서 글을 쓰고 있노라. 하지만 이 존재의 이야기는 하나의 예에 불과하고, 다음은 지구의 이야기를 쓸 것이다. 지구의 이야기란 무엇인가. 그게 바로 지구의 변화를 글로 적는 것이다. 그것은 지구가 어떻게 변화고, 어떻게 세상에 변화를 주는지 말이다.

우리는 앞 장에서 수없이 많은 말들을 글로 적었다. 그 이유는 이 존재의 이야기도 된다. 그리고 이 존재의 살아온 이야기도 되는 것이다. 하지만 한편으로는 지구가 변화하는 목적을 적을 때 인간들이 이 존재의 살아가는 모습을 보며 살라는 것이다. 이 존재는 지금껏 종교나 기도를 모르고 살아왔지만, 우리는 이 존재를 선택했노라. 그런데 이 존재는 왜 자기의 이야기를 하는지 의아해하고 있구나. 본인 스스로도 현재 자기가 어떻게 살고 있으며, 그동안 어떻게 살아왔는지를 잘 모르고 있도다. 그 이유는 '자신이 천성이 착하고 착해서, 본인은 원래 이런 사람이구나' 라고 생각하고 있기 때문이란다.

하지만 우리가 볼 때 이 사람은 천성이 그런 것이 아니고, 하늘의 기운을 잘 받고 살아왔기 때문이라는 것이다. 그 하늘의 기운을 잘 받는다는 것은 바로 착하고, 순하고, 성실하고, 남을 배려하고, 남을 생각하는 마음이 있었기 때문이다. 바로 그런 마음으로 살라는 것이 우리의 메시지인 것이다. 그런 마음으로 살아왔기 때문에 우리는 이 존재에게 선물을 주고 싶었노라. 그 선물이 바로 이 책이니라. 이 책 속에는 무한한 예언과 인간의 사는 모습을 글로 적을 것이다.

그 인간의 사는 모습을 글로 적는 것이 참 어렵지만, 이 존재는 이 글을 쓰기 위하여 밤마다 피곤함에도 불구하고 묵묵히 컴퓨터 자판을 치고 있구나. 나의 존재야, 고생이 많구나. 하지만 나의 존재는 피곤하기는커녕 오히려 고맙다고 생각하고 있구나. 그래 나의 존재야, 고맙다.

그럼 계속해서 우리 지구에 대하여 글을 쓰겠노라. 그 지구가 어떻게 변화하는지 말이다. 그 지구가 변하는 모습에 대해 우리는 이 글로 인간들에게 전하겠노라. 이 존재를 통해서 말이다. 이 존재를 통해서 이 글을 전하는 우리는 매우 행복하구나.

그래, 고맙다. 그럼 본론으로 들어가자. 우리 존재는 본론이 무엇인지 아직 아무 것도 모른다. 모를 수밖에 없노라. 지금까지 아무에게도 이야기한 적이 없도다. 그 이야기를 아무에게도 한 적이 없기에 아직도 모르고 있을 것이다. 그 이야기는 바로 지구의 이야기인 것이다. 그 지구가 변하는 모습에 대해 지금부터 글로 적을 것이다.

우리는 지금껏 지구에 대하여 자세히 이야기한 적이 없도다. 그 지구가 어떻게 변하는지 말이다. 하지만 지금부터 구체적으로 이 글을 적을 것이다. 이 글을 적는 동안 우리는 매우 행복하다. 왜 행복한지 이야기를 하겠도다.

우리는 사랑에 감동을 받는단다. 그 사랑은 안(內)의 작은 것에서부터 온다는 것을 알라. 밖(外)의 큰 것부터 하는 것은 사랑이 아니다. 밖으로 큰 것부터 하는 것은 남에게 드러나 보이기 위한 것이다. 이 존재는 아주 작은 것에서부터 남을 배려하고, 양보하고, 사랑해 주고 있는 것이다. 그 마음이 너무도 예쁘더구나. 그래서 우리는 이 존재를 사랑한다. 밖으로 드러내는 사랑은 사랑이 아니다. 그것은 남을 위한 것이 아니고 자신을 내세우기 위한 것이니라.

그래서 우리는 그런 사랑을 원하지도 않고 그런 사랑을 주고 싶은 마음도 없도다. 그런 사랑은 사랑이 아니고, 다만 남에게 잘 보이기 위한 사랑이니라. 그런 사랑은 우리가 정말 원하지도 않는다는 것을 알라. 남이 알지 못하게 사랑을 하라는 것이다. 그런 사랑이 진정한 사랑인 것이다. 그런 사랑이 정말 소중한 사랑인 것이다. 바로 그런 사랑을 하라는 것이다. 그래서 우리는 이 존재를 선택했노라. 이 존재는 아주 작은 것에서부터 사랑을 하고 있고, 그 작은 것은 남의 눈에도 드러나 보이지도 않고, 기억에도 없도다.

하지만 우리는 하늘에서 이런 모습을 보며 감탄을 한단다. 그 작은 것이 얼마나 소중한 것인지 말이다. 그 작은 것이 더 소중한 사랑인 것을 말이다. 그 작은 것을 사랑하라는 말이다. 그 작은 것은 바로 당신의 코앞에 있고 바로 당신의 발밑에 있는 것이다. 그런 사랑을 인간들은 아직 모르고 있는 것이다. 그런 사랑을 하라는 것이다. 그런 사랑이 바로 당신을 사랑하는 사랑인 것이다. 그런 사랑이 많을수록 우리는 매우 기쁘도다. 그래서 우리는 이 사람을 선택했노라.

아! 인간들아, 정신을 차려 달라. 그 정신이 바로 당신의 코앞에 있는 것이다. 그 정신이 바로 당신의 앞에 있는 것이다. 그 정신을 차리고 당신의 주위를 잘 살펴봐라. 당신 주위에 어떠한 사람이 있는지 말이다. 그 사람을 잘 보고 그 사람의 행동을 보라는 것이다. 그 사람의 행동을 보고 그 사람의 마음을 보라는 것이다. 그 사람의 행동이 정말 저 사람을 위한 길이라면 그 사람을 위하여 기꺼이 그 사람을 도와주어라. 그래야 그 사람이 행복해 하노라.

그 사람을 보고 그 사람의 마음을 보라는 것이다. 그 사람의 마음이 정말 힘들어하는지 말이다. 그 사람의 마음을 보고 그 사람의 마음을 다스리라는 것이다. 그 사람이 정말 힘들 때 그 사람을 위하는 마음이 있어야 그 사람이 마음을 연다는 것을 알라. 그 사람을 진정으로 생각하는 마음이 있어야 그 사람이 마음을 연다는 것을 말이다. 하지만 인간들은 그 사람의 마음을 열 줄을 모른다. 그 사람의 마음을 연다는 것은 참으로 쉽고도 어려운 것이다. 그 마음을 보라는 것이다. 그 마음이 바로 당신의 마음인 것이다. 그 마음속에서 당신이 이 사람을 위하여 무엇을 해야 하는지 말이다. 이 사람이 진정 사랑을 위해서 한다면 이 사람은 그 사람 앞에서 마음을 열 것이다. 그 마음을 연다는 게 참 어려운 것이다.

그래서 우리는 이 존재를 예로 삼았던 것이다. 이 존재는 자신은 한 것이 없다며 스스로를 낮추고, 자신을 남 앞에 내세우는 법이 없도다. 그래서 인간들은 이 사람이 아무것도 모르고 있는 것으로 알지만, 이 사람은 이미 그 사람의 마음을 읽고 있다는 것이다. 다만 그 사람의 마음을 생각해서 그것을 밖으로 내색하지 않았을 뿐이다. 그런 마음에 우리는 너무도 감사하고 감사할 뿐이란다. 그런 마음으로 살아온 이 존재가 참으로 귀한 존재인 것이다. 그래서 우리는 이 존재를 선택했노라.

이 존재는 지금껏 그렇게 살아왔고, 앞으로도 그렇게 살 것이다. 그래서 사람들은 이 존재를 좋아한단다. 그래서 우리는 이 존재를 사랑할 수밖에 없도다. 그런 존재들이 이 세상에 많이 태어났으면 하는 것이 우리의 마음인 것이다. 그래서 우리는 이 존재의 예를 많이 들었던 것이다. 그것은 이 존재가 사는 모습을 보면 바로 알게 될 것이다.

2006년 6월 16일 새벽 2시 14분

제13장
다른 사람의 단점을 덮어 주는 것이 사랑이다

　오늘은 앞 장에서 언급했던 지구에 대해서 글을 쓰겠노라. 앞 장에서 지구에 대하여 글을 적다가 이 존재에 관한 방향으로 이 야기가 흘러버렸노라. 이 존재의 이야기가 계속 나오는 이유는 이 존재가 그동안 우리가 원하는 방향으로 살아왔기 때문이란 다. 그렇기 때문에 이 존재의 이야기를 계속해서 적을 수밖에 없도다. 그러나 어떤 이는 왜 이 존재의 이야기를 계속해서 쓰 느냐고 반문할 수도 있을 것이다.

　그러나 우리는 이 존재의 이야기가 바로 우리들이 살아가는 방법이고, 우리들의 사는 모습이기 때문이라고 말한다. 그 사는 모습이 무엇인지 지금부터 이야기를 하겠노라. 그 사는 모습은 각기 다르다. 인간의 사는 모습이 참으로 한심할 때가 있지만, 한편으로는 보람을 느끼게 할 때도 있도다. 그래서 우리는 이 존재의 이야기를 쓰는 것이다. 이 존재는 자기의 이야기를 쓰는 것에 대해 무척 부담을 갖는구나. 그렇지만 하나의 예인 것이다. 그 예란 것이 모두 인간의 사는 모습인 것이다. 그래서 이 존재의 이야기를 하는 것이다.

그럼 이 존재는 도대체 어떻게 살아왔기에 왜, 하늘 최고의 신이 이렇게 칭찬을 하고 있는 것일까? 하고 반문하는 사람도 있을 것이다. 그래서 더욱더 우리는 이 존재의 이야기를 쓰는 것이다. 이 존재는 바로 당신의 사는 모습과 완전히 다르지는 않도다. 그렇다고 사는 모습이 모두 똑같은 것은 아니다. 다만 사는 모습이 그 사람의 방식대로 사는 것일 뿐이다. 그 방식이 때로는 자신의 방식인 것이다. 그 자신의 방식을 보라는 것이다. 그 자신의 방식이 무엇을 말하는지 말이다. 그 자신의 방식대로 사는 사람이 과연 얼마나 되는지 말이다. 그 자신의 방식이 바로 당신인 것이다. 그럼 그 자신이 무엇인지 말하기로 하자.

그 자신이 바로 당신인 것이다. 당신은 지금 무엇을 하고 있는지 말이다. 그 자신을 보고 자신이 정말 다른 사람을 위하여 살아왔는지 말이다. 그 자신이 바로 당신이지만 또는 그 자신이 다른 사람일 수도 있다는 것이다. 그 자신을 보라는 것이다. 그 자신이 과연 남을 배려하는 모습인가 말이다. 그 배려하는 모습을 보라는 것이다. 그 배려하는 모습이 바로 당신의 모습인 것이다. 그래서 우리는 이 존재의 이야기를 예로 적은 것이다. 이 존재는 자신의 존재를 알고 있지만, 작은 것에서부터 배려를 한다는 것을 앞 장에서 이야기했도다.

그 앞 장에서 이야기한 것을 더 구체적으로 적을까 싶다. 그 구체적으로 적는다는 게 다른 게 아니다. 바로 인간이 살아가는 모습인 것이다. 인간이 살아가는 모습은 모두 다르다. 그래서 우리는 이 존재의 이야기를 하는 것이다. 그런데 이 존재는 왜 자신의 이야기를 계속해서 예로 드는지 그 이유를 모르고 있도다. 그 이유는 자신 또한 그렇게 살아왔기 때문이다. 그렇게 살아온 이유가 바로 당신의 자신을 안다는 것이다. 그 자신을 아는 게 바로 당신을 안다는 것인데, 이 존재는 이미 자신을 알고 있었기 때문이다.

그 자신을 알라는 것이다. 그 자신을 안다는 것은 참으로 힘들지만 때로는 무척이나 쉬운 것이다. 그 자신을 안다는 게 정말 무엇인가. 그럼 그 자신을 어떻게 안다는 것인가. 바로 그 자신을 보라는 것이다. 그 자신이 바로 다른 사람을 배려하는 모습이고, 다른 사람을 사랑해 주고, 용서해 주고, 감싸안아주고, 다른 사람을 보살펴 주고, 다른 사람의 단점을 덮어 주는 것이다. 그 사람의 단점을 덮어 주는 것은 아주 작은 사랑이면서 큰 사랑인 것이다. 그 사람의 단점을 알고서도 이야기를 하지 못하더구나. 그 사람의 단점을 보고도 그 사람이 무안해 할까봐 조심스러워 하더구나. 그래서 우리는 이 존재를 너무도 사랑한단다.

이 존재는 사람의 단점을 보고 또는 알고도 아예 모르는 척한단다. 그 이유는 그 사람의 입장에 서서 생각해 보고 있다는 것이다. 그 사람의 입장에 서서 생각해 보면 그 사람은 얼마나 난처할까? 하고 생각하고 있기 때문이다. 그것은 그 사람의 마음을 헤아려 본다는 것이다. 그래서 그 사람의 입장에 서 본다는 것이다. 그 사람의 입장에 선다는 것은 참으로 쉽고도 어려운 것이다.

그 사람의 마음이 얼마나 아파할까? 하고 생각해 보는 것이란다. 바로 그 사람의 마음을 본다는 것이다. 그래서 우리는 이 존재를 사랑한다는 것이다. 그것은 이 존재가 그렇게 살아왔기 때문이란다. 그래서 우리는 이 존재의 이야기를 수없이 많은 예를 들어서 이야기하는 것이다. 이 존재는 정말 하늘에서 보면 감탄을 할 수밖에 없도다. 그 감탄이 다른 게 아니고 그 마음이란 것이다. 그 마음이 너무도 예뻐서 우리는 정말 미안해할 뿐이란다. 그 미안해 하는 것이 글로 주는 선물이도다, 나의 존재야.

우리가 지금까지 지구에 대하여 이야기를 하고 있지만, 이 존재를 이야기한 이유는 이 존재가 그 지구의 한 부분이기 때문이란다. 그 지구의 한 부분이란 게 과연 무엇인가. 그 지구의 한 부분이 바로 사람이 살아온 이야기이지만, 때로는 지구 전부의 이야기인 것이다. 그 지구에 대해 지금부터 이야기할 것이다. 그 지구가 왜 반 이상 물에 잠기는지 말이다.

이 존재의 사는 모습대로 살라는 것이다. 하지만 이 존재는 무엇을 위하여 살아왔다는 것인가? 하고 반문하는 사람이 있을 것이다. 그 반문에 대해 지금부터 이야기할 것이다. 그 이야기는 바로 당신들의 이야기인 것이다. 그 당신들의 이야기를 보라는 것이다. 그 당신들의 이야기는 무엇인가 하고 말이다. 그 당신들의 이야기 속으로 들어가 보자.

그 당신들의 이야기 속에서 당신을 발견하라는 것이다. 그 발견이 바로 당신인 것이다. 그럼 어떻게 발견하란 말인가? 하고 반문하는 사람이 있을 것이다. 그 발견이란 게 다른 게 아닌데도 말이다. 그 발견은 바로 자신을 보라는 것이다. 그 자신을 보고 이야기하라는 것이다. 그 자신의 이야기를 똑바로 보라는 것이다. 그래서 그 자신 속에서 당신을 본다는 것이다. 그 자신을 보고 있노라면 그 자신을 알고 참으로 행복하게 여길 때도 있을 것이고, 때로는 불행하게 여길 때도 있을 것이다. 그 불행이 바로 당신의 후손에게 간다는 것을 앞에서 이야기한 적이 있도다. 그 후손을 보라는 것이다. 그 후손이 바로 당신의 불행과 행복을 볼 수 있다는 것이다.

그래서 우리는 인간들에게 착하고, 바르고, 깨끗하게 살라는 것이다. 그 착하고, 바르고, 깨끗한 모습으로 사는 것이 바로 당신들의 모습인 것이다. 그 당신들의 모습에서 당신들의 자신을 본다는 것이다. 그 자신이 참으로 아름답다면 그것은 그동안 예쁘게 살아온 이야기일 것이다. 그 자신을 보지 못한다는 것은 그동안 불행하게 살아왔다는 것이다. 그 불행이 바로 당신의 코앞과 코밑에 있다는 사실을 알라.

그 행복과 불행은 멀리 있는 게 아닌데 말이다. 그 행복과 불행은 바로 코앞과 바로 발밑에 있다는 것이다. 그 행복과 불행을 볼수록 당신은 정말 행복한 삶을 살 것이다. 그 행복은 바로 당신의 자신과 당신의 후손인 것이다.

　그 후손을 본다는 것에 대해서도 앞 장에서 이야기한 적이 있도다. 그 후손이 바로 당신의 마음이란 것도 앞 장에서 이야기했도다. 그 후손이 과연 어떠하단 말인가? 하고 반문할 수도 있을 것이다. 그 반문은 바로 당신의 사는 모습인 것이다. 그 사는 모습을 보라는 것이다. 그 사는 모습이 바로 당신들이 사는 모습인 것이다.

2006년 6월 17일 새벽 2시 24분

제14장
깨달음은 바로 당신의 코앞과 발밑에 있다

자, 오늘은 지구의 변화에 대하여 책을 쓰겠노라. 지구가 어떻
게 변하는지 말이다. 그 지구가 변화는 모습은 다음 장에서도 계
속해서 이어질 것이다. 지구가 왜 변하는지 말이다. 지구가 변하
는 모습을 보면 당신들의 사는 모습이 보일 것이다. 당신들의 사
는 모습이란 무엇인가. 바로 당신들이 어떠한 마음을 갖고 있는
지 생각해 보는 것이다. 그 마음을 보라는 것이다.

그 마음으로 들어가 보자는 것이다. 그 마음이 정말 타인을 위
한 마음인가? 하고 생각해 봐야 한다. 타인을 위한 마음이 진정
한 마음이면 당신은 정말로 행복한 삶을 살 것이고 후손들도 행
복할 것이다. 따라서 그 후손을 생각하며 생활을 하기 바란다.

그 후손이 행복하면 당신은 정말 바르게 살고 있다는 것이다. 그 후손이 힘들게 살고 있다면 당신은 정말 힘든 생활을 하고 있는 것이다.

우리는 이러한 힘든 일을 어떻게 하고 있는지 생각해 보는 것이다. 그 힘든 일을 생각해 보는 것이다. 그것은 바로 당신의 마음인 것이다. 그 마음을 보라는 것이다. 그 마음이 정말 타인을 위한 마음인가 말이다. 그 타인을 생각해 보라는 것이다. 그 타인을 어떻게 생각하고 있는지 말이다.

그 타인을 생각하는 마음이 정말 옳은 정신으로, 타인을 위하여 생각하고 배려하였다면 당신은 정말 착하고, 바르고, 깨끗한 마음이 있는 것이다. 그 깨끗하고, 바르고, 착하게 사는 모습이 바로 타인을 위한 배려요, 양보인 것이다. 그 배려를 하기 위하여 우리는 하늘에서 무한한 사랑을 인간들에게 주었지만, 인간들은 그 사랑을 받지를 못하더구나. 그래서 우리는 이 존재를 통하여 이 글을 쓰노라. 이 글을 쓰는 존재는 지금껏 그렇게 살아왔고, 그렇게 살려고 노력을 했고, 앞으로 그렇게 살 것이다. 그 모습이 너무도 예쁘고 사랑스러워서 우리는 이 존재를 선택했노라. 이 존재에게 감사하구나. 이 늦은 밤에 잠을 자지 못하면서도 이렇게 컴퓨터 자판을 치고 있으니 말이다. 이렇게 컴퓨터를 자판을 치는 모습이 너무도 가련하구나. 나의 존재야, 그래 너는 괜찮다고 하고 있구나. 그래 고맙다, 나의 존재야.

그럼 본론으로 들어가기로 하자. 본론은 바로 당신 자신과 당신의 후손과 당신의 마음과 당신의 행동과 당신의 바른 마음인 것이다. 그 행동들을 똑바로 보고 똑바로 생각하기 바란다. 그 행동을 똑바로 보는 것은 바로 당신의 행동이 어떠한 행동을 하고 있는지 알라는 것이다. 그 행동을 알고 당신의 후손을 생각하라는 것이다. 그 후손이 훗날 어떠한 삶을 살고 있을까? 하고 생각해 보라는 것이다.

그 삶이 정말 아름다운 삶이었다고 생각해 보기 바란다. 그 삶을 보라는 것이다. 그 삶을 보기 위하여 우리는 이렇게 글을 쓰노라. 이 글을 쓰는 동안 이 존재는 무척이나 피곤해도 이 늦은 밤에 피곤한 기색을 전혀 보이지 않는구나. 나의 존재야, 고맙다.

그래 오늘 지구의 변화를 적을 수 있는 시간을 주어서 고맙다. 그럼 지구의 변화를 계속해서 적을까 싶다. 그 지구의 변화가 바로 당신의 마음에 있다는 것을 이미 이야기했노라. 그 지구의 변화를 보는 것이 바로 당신 자신인 것이다. 그 지구가 지금 어떻게 변하고 있는지 말이다. 그 지구가 변하는 모습이 바로 당신이 사는 모습인 것이다. 그 지구가 변하는 모습을 볼 때 당신은 참으로 불행한 삶일 것이다. 그 지구의 변화는 바로 당신 자신인 것이다. 그 지구의 변화를 보지 못하면 당신은 참으로 행복한 삶일 것이다. 그 지구의 변화를 보라는 것이다. 그 지구가 지금 어떻게 변화하고 있는지 말이다. 그 지구가 변하는 모습이 지금 눈에는 보이지 않지만, 지구는 시나브로 변하는 모습이 보일 것이다. 그 지구가 보이는 것은 바로 당신의 마음과 당신의 자신이란 걸 이야기했노라.

그럼 그 지구의 변화를 어떻게 본다는 것인가. 그 지구의 변하

는 모습은 바로 당신의 코앞과 발밑에 있다는 것이다. 그 당신의
발밑과 코앞에 있는 것을 왜 인간들은 보지 못하는가. 그 발밑과
코앞에 있는데도 말이다. 그래 지금도 봐라. 당신의 코와 발밑에
무엇이 보이는지 말이다. 그러나 아무것도 보이지 않는다고 이
야기를 할 것이다. 하지만 자세히 보거라. 그 발밑에 무엇이 있
는지 말이다. 그 발밑에 바로 당신 자신과 당신의 마음이 있는
것이다. 그 당신 자신과 마음이 무엇을 생각하고 있는지, 그 생
각을 보라는 것이다. 그 생각이 바로 당신의 발밑과 코앞에 있다
는 것이다. 그 생각을 보라는 것이다. 그 생각을 보고 당신은 정
말 타인을 위하여 아름답게 생활하고, 슬기롭게 살고 있는지 말
이다.

그 아름답고 슬기롭게 사는 모습이 정말 타인을 위한 모습인가
말이다. 그 타인을 위한 모습을 보라는 것이다. 그 타인을 위한
모습이 진정한 모습이면 당신은 정말 아름다운 사람인 것이다.

그 아름다운 것은 정말 세상을 깨끗하게 밝히고, 살기 좋은 세
상으로 만들어갈 것이다. 그 힘들어하는 세상이 오지 않았으면
하는 것이 우리의 소원이란다. 그 소원을 우리는 인간들에게 전
하고 싶었지만, 인간들은 그 소원을 들어주지 아니 하더구나. 그
래서 우리는 이 존재에게 이 글을 쓰도록 선택하였노라. 이 선택
이 정말 잘하였다고 나는 하늘 세상에서 감탄을 한단다. 이 존재
는 그동안 그렇게 살아왔기 때문이란다. 이 존재에게 나는 사랑
을 전하고 싶구나, 나의 존재야.

그래 우리는 인간들에게 후손을 생각하라고 수없이 이야기를

하였다. 그 후손이 바로 당신들의 살아가는 모습인 것이다. 그 모습을 보라는 것이다. 그 모습을 보고 어떠한 생각을 하고 있고, 어떠한 마음을 갖고 있는지 말이다. 그 생각을 보는 것은 정말 아름다운 생각인 것이다. 그 아름다운 생각을 보고 있는 당신의 마음이 정말 아름다운 것이다. 그 마음으로 살라는 것이다. 그 마음으로 사는 모습이 정말 아름답구나.

아! 인간들아, 그 아름다운 모습으로 사는 모습이 그렇게 힘들더냐? 그 아름다운 모습으로 사는 모습이란 게 다른 게 아니고 바로 당신의 마음인 것이다. 겉모습이 아름답다는 것은 아니고 마음을 아름답게 먹으라는 것이다. 우리는 그래서 수없이 그 마음을 보라는 것이다. 그 진정한 아름다운 마음을 갖고 있는지 말이다. 그 마음을 보라는 것이다.

그 마음을 보는 게 그렇게 쉬운 것도 아니고, 그렇게 어려운 것도 아닌데 말이다. 그 아름다운 마음을 보는 게 참으로 쉬운 것인데 말이다. 그 아름다운 마음이 바로 당신들의 마음을 쓰는 배려요, 양보인 것이다. 그리고 내가 조금 손해 보는 것이 더 좋다는 마음으로 살라는 것이다. 그것이 바로 당신의 마음을 보는 것이다. 당신의 마음이란 게 다른 데서 찾는 것이 아니고 바로 이러한 것에서 찾는 것이다. 그 마음을 보라는 것이다. 그 마음이 정말 타인을 위한 마음인가 하고 보라는 것이다. 그 타인을 위한 마음이 항상 있으면 당신은 정말 후손이 아름답고 행복한 삶을 살 것이다. 그 후손을 보라는 것이다.

그 후손이 어떠한 목적으로 힘들어하는지 말이다. 그 후손을 보고 깨달음을 알라는 것이다. 그 후손이 잘하고 있으면 당신은 깨달음이 있는 것이다. 그 후손이 불행하면 깨달음과는 멀리 있다는 것이다. 그 후손을 보는 게 바로 당신의 깨달음인 것이다. 그 깨달음을 멀리서 찾지 말고 바로 코앞과 발밑에 있다는 것을 앞에서 이야기한 적이 있을 것이다. 그 깨달음이 바로 당신의 후손인 것이다. 그 깨달음을 다른 곳에서 찾지 말라. 그 깨달음을 바로 당신의 후손과 당신의 마음 안에 있다는 것이다. 그 깨달음을 보고 당신은 정말 행복했노라고 이야기를 할 수 있으면 당신은 정말 깨달음이 있는 것이다. 그 깨달음을 멀리서 찾지 말라. 그 깨달음을 멀리서 찾는다면 당신은 불행할 것이다. 그 깨달음은 멀리서가 아니고 바로 코앞과 발밑에 있다는 것이다. 그것이 바로 후손인 것이다. 그 후손이 정말 잘되고, 잘 살면 당신은 정말 착하고, 바르고, 깨끗하게 살고 있다는 것이다.

그 후손을 보라는 것이다. 그 후손이 정말 아름답게 살고 있는 모습이라면 당신은 이미 깨달음인 것이다. 그 아름다운 생활이 얼마나 행복한지를 보란 말이다. 그 행복을 우리는 보라는 것이다. 그 행복을 보지 못하고 사는 것은 바로 당신의 불행인 것이다. 그 불행을 보고 살라는 것이다. 그 불행을 보고 사노라면 당신은 참으로 고통 속에서 살았노라. 그 고통을 당해보지 아니한 사람은 모를 것이다. 그 고통을 보라는 것이다. 그 고통으로 들어가 보면 당신의 사는 모습도 보인다는 것이다.

당신의 사는 모습을 어떻게 생각하고 있는지 말이다. 당신의 그 사는 모습을 보고 당신은 무엇을 생각하고 있는지 말이다. 그 행복과 불행은 다른 데서 오는 것은 아니다. 다만 다른 곳에서 있는 것처럼 생각하고 있다는 것이다. 그 행복과 불행을 보는 것은 바로 당신의 마음인 것과 당신의 생각과 당신 자신의 모습인 것이다. 그 모습을 보고 당신은 어떠한 생각을 하고 지금껏 살아왔는가?를 생각해 보라는 것이다. 그 생각을 똑바로 하면 당신은 행복한 삶을 살았다는 것이다. 그 생각이 삐뚤어져 있다는 생각이 들어오면 당신은 불행한 삶이었다고 생각할 것이다.

이 말을 앞 장에서 이야기했지만, 지금부터 더 구체적으로 이야기를 적을 것이다. 그 구체적으로 이야기를 적을 때 우리는 지금껏 이 존재의 예를 적은 경우가 많았다. 하지만 지금은 다른 사람의 예를 적을까 싶다. 그 사람은 다름 아닌 이 세상 사람이 아닌 이 존재의 할머니인 것이다. 이 존재의 할머니는 바로 이 사람의 조상 시할머니인 것이다. 이 할머니는 바로 당신의 할머니도 된다는 것이다. 왜 이 할머니가 우리들의 할머니도 된다는 말인가. 그 이유는 이 할머니는 당신의 몸을 지금껏 후손을 생각하는 마음으로 살아왔고, 후손을 생각하는 마음이 가련하여 지금은 이 손부의 몸에 와있는 것이다. 이 할머니는 왜 이 손부의 몸에 와있어야 하는지는 다음 장에서 구체적으로 적을 것이다.

그 이유는 바로 이 사람의 존재를 생각하는 마음과 이 사람의 자식을 생각하는 마음에서 오는 것도 있다. 하지만 이 할머니의 손자를 생각해서도 왔단다. 이 손자는 바로 이 사람의 남편인 것이다. 이 사람은 바로 이 사람의 남편이지만, 이 사람의 전부는 아니다. 다만 이 사람의 집안을 살리기 위하여 이 존재에게 왔던 것이다. 이 존재는 정말 하나도 버릴 것이 없는 존재이기에 다른 사람에게 가는 것을 아까워했던 것이다. 그래서 이 존재, 이 사람의 남편에게 시집을 가게 만들었던 것이다.

이 존재에게는 미안하지만, 이 존새는 미안한 것은 괜찮다고 이야기를 하더구나. 하지만 이 존재는 너무도 착하고 순하여 우리는 보호하고, 사랑하고, 보살펴줘야 하기에, 우리는 이 존재를 이 집안으로 시집을 가게 만들었단다. 이 존재는 원래 이 집의 존재로 오는 사람이 아니었지만, 이 집안으로 오는 것을 후회도 아니하고 후회할 시간도 없단다. 그래서 우리는 미안한 마음에 이 글을 이 존재에게 선물을 주기로 했단다.

이 존재에게 우리는 정말 미안하구나. 나의 존재야, 정말 미안해. 그러나 너는 나의 미안하다는 말에 오히려 괜찮다고 이야기를 하고 있구나. 그래 고맙다, 나의 존재야.

그럼 본론적인 이야기를 하자꾸나. 그 이야기는 이 할머니의 이야기인 것이다. 이 할머니는 바로 이 사람의 시할머니인 것이다. 이 시할머니는 왜 이 존재에게 와서 이렇게 힘든 일을 이 존재에게 시키고 있는가? 하고 의아하게 여기는 사람이 있을 것이다. 그 이유를 지금부터 이야기할 것이다. 그래서 우리는 지금까지 이 존재의 이야기를 수없이 적은 것이다.

이 존재의 이야기를 적어야 스토리가 풀리는 것이다. 그 이야기를 적을 수밖에 없도다. 그 이야기를 적은 이유를 이제야 알겠는가? 그 이유는 바로 지금의 이야기인 것이다. 그 이유는 바로 당신들의 살아가는 모습도 된다. 그 이유는 바로 당신들의 사는 모습에서 보기 바란다.

그런데 왜 이 사람의 시할머니와 이 사람의 이야기를 계속해서 쓰고 있는가? 하고 의문을 하는 사람이 있을 것이다. 그 이유를 지금부터 차근차근 적을 것이다. 그 이유는 바로 이 존재의 이야기도 된다. 이 존재의 이야기는 바로 당신의 이야기인 것이다. 이 존재의 이야기를 계속해서 적을 수밖에 없도다. 그 이유는 이 책을 다 읽음으로써 알게 될 것이다. 이 책 속에 당신의 사는 모습도 있기 때문이다.

이 책 속에서 당신의 사는 모습을 발견하기 바란다. 그 사는 모습이 무엇인가 하고 말이다. 그 사는 모습을 보고 당신은 정말 아름답다고 이야기를 할 수가 있는가 말이다. 그 아름다운 것이 바로 당신의 모습인 것이다.

그런데 왜 자꾸 이 존재와 이 시할머니의 이야기가 나오는가 말이다. 그 이유는 지금부터 이야기를 적을까 싶다. 그 이야기는 바로 당신들의 이야기도 된다. 당신들의 이야기 속으로 들어가 보자. 당신들의 이야기가 무엇인지 말이다. 당신들의 이야기를 적으면서 아름답다는 생각이 있을 때 당신은 정말 아름다운 사람인 것이다. 그래서 우리는 지금 이 사람의 시할머니의 이야기를 적을까 싶다. 이 시할머니의 이야기는 바로 당신들의 할머니의 이야기도 된다고 앞에서 이야기한 적이 있도다. 그 이야기를 자세하게 들어보기 바란다. 그 이야기란 당신의 사는 모습에서도 볼 수 있다. 당신의 사는 모습을 보고 당신은 정말 어떠한 생각을 하고 있는가 하고 말이다. 그 이야기를 적을까 싶다. 그 이야기를 적으니 이 존재는 무척이나 궁금하게 여기는구나. 이 존재는 이 시할머니를 한 번도 본 적이 없으니 말이다. 그러나 이 시할머니는 이 존재를 무척이나 아끼고 사랑해서 눈물이 날 지경이란다. 그 이유는 사생활이기 때문이란다. 그 사생활을 이야기하기에는 어렵구나, 나의 존재야.

울지 말라, 나의 존재야. 그런 너의 마음을 볼 때 우리는 너무도 안쓰럽구나, 나의 존재야.

그래 본론으로 들어가자. 그 본론이 바로 이 지구의 이야기지만 또는 이 시할머니의 이야기도 된다. 이 시할머니가 왜 이 지구와 연관이 있는가? 하고 반문하는 사람이 있을 거라고 생각한다. 하지만 이 지구의 이야기를 할 때는 이 시할머니의 이야기를 해야 하기 때문이란다. 그 이야기를 다음 장에서 더 구체적으로 적을 것이다. 오늘은 이만 적을까 싶다.

2006년 6월 18일 새벽 2시 33분

제15장
인간들이 만들어 낸 '지구의 종말', 그것은 없다

　오늘은 매우 기쁘구나. 너도 기뻐하고 있구나. 우리가 치유한 환자가 사회생활을 하고 있다니 말이다. 그 환자의 밝은 웃음에 나는 매우 행복하구나. 그래 우리는 이러한 환자를 치유하고 그들이 사회생활을 할 수 있도록 힘을 길러주는 역할을 하는 것이란다. 우리는 이러한 환자를 하루라도 빨리 치유하여 사회에 이바지할 것을 생각한단다. 그래서 너는 오늘 피곤함을 모르고 기쁘게 생각하며, 컴퓨터 자판을 치고 있구나. 나의 존재야, 감사하다.

　그럼 오늘은 이 지구에 대하여 이야기를 할 것이다. 이 지구에 대하여 이야기를 하는 동안 왜, 이 시할머니의 이야기가 나오는지 궁금해하는 사람들이 많이 있을 것이다. 이 존재의 조상 시할머니의 이야기는 바로 당신의 할머니도 되고 우리의 할머니도 된다는 것이다.

그래서 우리는 이 할머니를 이 손부의 몸에 들어가게 만들었던 것이다. 이 손부의 몸에 있는 동안에 이 존재는 그 손부가 아니고, 바로 이 시할머니의 행동을 한다는 것을 알라. 이 시할머니의 행동은 조금 와일드하고, 이 손부는 조금 차분한 편이다. 그래서 사람들은 이 손부의 말투와 이 할머니의 말투를 잘 구분하고 있다. 그래서 우리는 이 존재를 선택했던 것이다.

이 존재는 조금 조용하고 차분한 편이라 말할 때도 자세하게 하는 편이 아니다. 그냥 큰 테두리만 두루뭉술하게 하는 성격이기 때문에, 사람들은 이 사람이 좀 여려서 그런가 보다 생각한다. 하지만 이 사람은 그 사람 전체를 보고 그 사람 전체의 행동을 이야기하는 것이다. 그래서 이 사람을 다른 사람들이 조금 여려보인다고 말할 때가 있다. 그것은 조용한 편이기 때문이다. 그래서 우리는 이 존재를 사랑한다. 이 존재는 다른 사람의 어려운 점을 이야기하는 것도 꺼려한다. 그 이유는 천성이 내성적인 것도 있지만, 상대의 마음을 배려하기 때문이다. 상대의 마음을 배려하는 것은 좀 더 상대를 생각해 준다는 것이다. 그래서 이 존재는 조금 조용하고 차분한 편이다. 그래서 우리는 이 존재를 사랑할 수밖에 없도다. 이 존재는 너무도 상대를 잘 알고 배려하는 성격이다 보니 본의 아니게 내성적인 성격이 되는 것이다. 그 성격이 바로 이 사람의 본성인지도 모른다.

하지만 내면은 엄청나게 강한 성격을 갖고 있다는 것을 알라. 그 강한 성격은 바로 바른 성격과 옳음을 잘 알고 있다는 것이다. 그 옳음과 바름을 알라는 것이다. 그 옳음을 알라는 것은 꼭 이 존재를 알라는 이야기는 아니다. 이 존재의 이야기를 예로 들은 것뿐이다. 바로 그 예를 이야기한 것이다. 그 예를 이야기한 것은 바로 당신들도 좀 신중하게 생각해서 이야기를 하라는 것이다. 그 이야기가 바로 당신들의 이야기인 것이다.

그 이야기를 알기는 매우 어려운 일이다. 그 행동을 보는 것은 힘들지만, 한편으론 쉽기도 하다. 그 어려운 것은 바로 당신의 마음이고, 그 쉬운 것은 당신의 배려인 것이다. 그 배려를 잘 활용하라는 것이다. 그 활용을 잘하는 것은 당신의 말투에도 있지만, 성품에도 있을 수 있다. 그 성품을 알라는 것이다. 그 성품을 어떻게 알라는 것인가? 그 성품을 아는 방법은 바로 당신의 마음과 당신의 행동과 당신의 자세인 것이다.

그 자세가 어떻게 하고 있는지 말이다. 그 자세를 보라는 것이다. 그 자세가 상대를 배려하는 자세인가, 그 자세가 상대를 깔아뭉개는 자세인가를 보라는 것이다. 하지만 이 존재는 상대를 깔아뭉개는 자세를 전혀 하지 못하고 또 할 생각도 않는다는 것이다. 그 생각을 아예 하지도 않다는 것이다. 그 상대를 존중하고, 그 상대를 사랑하고, 그 상대에 맞게 대응(상담)을 한다는 것이다.

그 상대에 맞게 상담을 한다는 것은 참 쉬운 일이면서, 어렵기도 하다. 그 상대를 보면서 아주 존중하거나 아주 사랑한다는 것이다. 바로 그 존재를 보고 그 존재의 마음으로 들어가 상담을 한다는 것이다. 그 상대가 어떤 상황에 처해 있을 때 이 존재는 정말 어떠한 상태의 마음일까? 하고 미리 생각해 본다는 것이다. 그래서 이 존재를 우리가 사랑할 수밖에 없도다. 그 마음으로 사람을 상담을 하니, 우리는 매우 기쁠 수밖에 없도다. 상대를 대할 때마다 그 마음 변함없이 죽을 때까지 상담을 하기 바란다.

그 마음으로 영원히 가기를 우리는 원하고 있단다. 하지만 우리가 볼 때 이 시할머니는 상대를 딱딱하게 대하는 수가 있으며, 또한 그 상대를 방어하는 능력도 있다. 그러나 그러한 마음도 한편으론 편할 때도 있다. 그 딱딱한 방어가 때로는 상대를 편하게 만들 때도 있다는 것이다. 그래서 우리는 이 존재와 같이 믹스를 하는 것이다. 이 존재는 조금 부드럽고, 이 시할머니는 조금 딱딱해서 우리는 이 시할머니를 이 존재에게 보낸 것이다.

이 시할머니는 본래 천성이 착한데, 잘못을 보지 못하는 성격이다. 그 잘못을 보고 가만히 있지 못하는 성격을 갖고 있다는 것이다. 그 성격 때문에 때로는 사람들에게 오해를 불러일으킬 수도 있다는 것이다. 그러나 때로는 이 성격을 좋아하는 사람도 있다는 것이다. 그 성격이 때로는 다른 사람에게 해가 될지 몰라도 그 사람을 바르게 인도하는 성격이기도 한 것이다.

그 바르게 인도하기 위하여 이 시할머니는 직설적인 성격을 갖고 있는 것이다. 이 성격 때문에 때로는 불편할 때도 있지만, 때로는 상대를 제압하는 경우도 있는 것이다. 이렇듯 우리는 이 존재를 사랑하므로, 이 시할머니를 보낸 것이다. 두 성격이 하나로 믹스하여 서로 융합되면 인간을 바른 길로 인도하는 방법이 만들어지는 것이다.

인간을 인도하는 방법은 바로 당신들의 마음을 다스린다는 것이다. 당신들의 마음을 다스린다는 것은 당신들의 마음을 알라는 것이다. 당신들의 마음을 알라는 것은 당신들의 존재를 알라는 것이다. 당신들의 자신을 알라는 것은 당신들의 마음을 알라는 것이다. 하지만 당신들의 마음을 안다는 것은 그리 쉬운 것은 아니다. 당신의 마음을 보는 것이 말이다.

그럼 그 마음이 무엇인가. 그 마음을 어떻게 본다는 것인가? 하고 반문하는 사람도 있을 것이다. 그 마음을 본다는 것은 참 쉽다. 그 마음이 바로 당신들의 배려인 것이다. 그 배려가 바로 당신들의 마음인 것이다. 그 배려로 살라는 것이다. 그 배려가 바로 당신들의 마음과 당신들의 자세와 당신들의 행동에 있다는 것이다.

그 행동을 보라는 것이다. 그 행동을 보고 당신은 정말 상대를 사랑하며 이야기를 하고 있는지 말이다. 그 상대를 이야기하라는 것이다. 그 상대 속에서 이야기할 때 당신은 그 상대를 안다는 것이다. 바로 상대를 생각하는 배려가 있어야 하는 것이다. 그 상대를 보고 이야기를 하라는 것이다. 그 상대의 이야기가 정말 무엇을 말하고 있는지 말이다. 그 상대의 이야기를 보고 생각해 보고 또 생각해 보고 하는 것이다. 그 상대를 보는 마음이 바로 배려인 것이다.

그 배려에 대해 앞 장에서 이야기를 했지만, 여기서 또 나온단다. 왜 이 말이 자꾸 나오는가. 그 말을 할수록 우리는 매우 조심하게 된다는 것이다. 그 배려가 바로 당신들의 마음이기 때문인 것이다. 그 마음을 보고 생각해 보라는 것이다. 그 마음속에서 당신은 진정으로 상대를 배려했는지 말이다. 그 마음에서 그 마음으로 간다는 것이 바로 배려인 것이다.

그 배려를 생각해 보라는 것이다. 그 배려를 보고 당신은 무엇을 생각해 봤는지 말이다. 그 생각을 해 보고 당신도 남에게 배려를 하라는 것이다. 그 배려에서 당신은 행복할 것이다. 그 배려가 당신의 마음이기 때문이다. 바로 그 마음으로 가라는 것이다. 그런 마음에 우리는 정말 사랑을 전하고 싶구나. 그 사랑을 전하는 마음이 바로 당신들의 마음인 것이다. 그 마음으로 오래오래 살기를 바란다.

그럼 다시 본론으로 들어가자. 그 본론은 바로 이 지구의 이야기인 것이다. 이 지구의 이야기는 무한한 이야기이지만, 그래도 지금 지구의 이야기를 해야겠다. 지구의 이야기를 하기 위하여 우리는 지금까지 이 존재의 이야기와 이 시할머니의 이야기를 했다. 하지만 이 존재의 이야기를 또 하지 않을 수가 없도다. 왜냐하면 이 존재는 지금까지 그렇게 살아왔고 앞으로도 그렇게 살 거라고 생각되기 때문이다. 그런데 왜 또 이 이야기가 나오는가. 그 이유를 적기 위하여 우리는 이 존재의 이야기를 거론하는 것이다. 또한 우리는 이 존재의 이야기를 거론하면 할수록 더욱 흥이 나기 때문이란다.

그 이유는 앞 장에서 이야기했지만, 앞으로도 계속해서 이야기할 것이다. 그 이야기는 바로 당신들의 이야기도 되고 나의 이야기도 된다는 것을 알라. 그래서 이 존재의 이야기를 하나의 예로써 적을 것이다. 이 존재의 예가 바로 당신의 사는 모습인 것이다. 우리는 이러한 존재들을 많이 만들고 싶었던 것이다. 이러한 존재들이 지구에 많이 나와야 정말 살기 좋은 세상으로 만들 수 있기 때문이다.

그 존재들이 이 지구에 많이 태어나서 살기 좋은 세상으로 만들어 갔으면 하는 것이 우리의 생각이란다. 그런데 우리의 생각과는 다르게 다른 생각으로 살아가는 사람들이 아직도 많기 때문에, 우리는 안타까운 마음에서 이 존재를 통하여 글을 적기로 하였단다.

아! 인간들이여, 정말 살기 좋은 세상을 보기 위하여 우리는 하늘에서 정말 좋은 기운을 주고 싶었노라. 하지만 이를 받아 주는 인간들이 너무도 적기 때문에 정말 안타깝도다. 그러나 지금부터 이러한 글들을 통하여 정말 착하고, 바르고, 깨끗한 사람이 많이 태어났으면 한다. 그러한 생각에 우리는 이 존재를 통하여 글을 적는 것이다. 그것은 이 존재처럼 깨끗하고, 바르고, 착하게, 살라는 이유 때문이다. 그 이유를 이제는 알겠는가? 그래서 우리는 이 존재의 이야기를 적었던 것이다.

그럼 이제는 더욱 구체적으로 지구에 대하여 글을 적을까 싶다. 지구가 과연 어떻게 변한단 말인가. 이것이다. 그것은 태양의 한 가운데에서 마주치는 지구의 끝부분에서 지구가 변한다는 것이다. 그 사실을 알리기 위하여 우리는 지금까지 수많은 이야기를 한 것이다. 그 수많은 이야기가 바로 당신들의 이야기이자, 지구의 변화의 모습이기도 하다.

그런데 왜 지구의 끝부분과 지구의 한 가운데의 끝부분이 마주치는 데서 지구가 변화하는가 말이다. 그 이유를 지금부터 글로 적을까 싶다. 그 이유를 글로 적기 위하여 지금까지 이 존재의 이야기를 했던 것이다. 이 존재도 지금까지 자기가 어떻게 살아왔는지 자세히 모르지만, 하늘의 세계에서는 모두가 보고 있었다는 것이다.

하늘의 세계는 바늘구멍 보듯이 모든 것을 볼 수가 있기 때문이란다. 그 모든 것이 바로 지구가 변화하는 모습인 것이다. 그 지구가 변화하는데 있어 왜 이 존재와 연관이 있다는 것일까? 하고 반문하는 사람들도 많이 있을 것이다. 그 이유는 바로 이 존재처럼 살라는 것이기 때문이다. 이 존재는 지금껏 그렇게 살아왔다.

그런데 이 지구가 변하는 모습을 적으면 적을수록 당신들의 마음을 보고 이야기하는 것과 같다는 것이다. 당신들의 이야기를 적을 때 우리는 당신들이 과연 어떠한 생각으로 이 이야기를 이해하고 있을까? 하고 생각해 본다.

그럼 더 깊은 본론으로 들어가기로 하자. 그 본론은 바로 당신들의 정신과 당신들의 마음과 당신의 사고방식인 것이다. 그 사고방식을 똑바로 쓰라는 말이다. 그 사고방식을 똑바로 쓰는 사람이 과연 얼마나 있는지 말이다. 그 사고방식대로 사는 사람은 정말 적은 수라는 것이다. 그 적은 수가 지칭하는 것은 바로 마음이 착한 사람들이 적다는 것이다. 착한 사람들이 많이 있을수록 우리는 더욱 행복해하고, 인간들에게 사랑을 더 주고 싶어진단다. 그런데 그 사랑을 받지 못하는 사람들이 너무 많다는 것이다. 그 사랑을 받을 수 있는 사람은 소수일 뿐이다. 그 사랑을 받고 사는 사람이 정말 적다는 것이다. 그 사랑을 받는 사람은 정말 행복하지만, 그 사랑을 받지 못하는 사람은 정말 불행한 삶을 살 것이다.

그 삶을 보라는 것이다. 그 삶이 어떠한 삶인가 말이다. 그 삶으로 들어가 보라는 것이다. 그 삶 속에서 당신이 정말 행복한 삶을 살고 있는지 볼 수 있을 것이다. 그 행복한 삶을 살고 있는 사람들을 보고 우리는 정말 한없는 축복을 줄 것이다. 그 축복을 받는 사람은 정말 행복한 사람인 것이다. 그 축복 속에서 살기를 바라는 것이다.

그래 지금부터 더 구체적으로 지구가 변하는 모습을 적을까 싶다. 그 지구가 변화는 모습이 관연 어떠한 것인가 말이다. 그 지구가 변화는 것은 다름 아닌 지구의 끝부분인데, 그 지구의 끝이 바다의 남쪽 아프리카라는 것을 알라. 그 남쪽의 끝부분이 왜 하필이면 그 아프리카라는 말인가. 그 아프리카는 사람들의 생활이 너무도 빈약한 지역이고, 문명이 발달하지 못한 지역이기 때문인 것이다.

그 지구의 그 끝부분에서 변화가 시작된다는 것이다. 이 존재는 이 아프리카가 지구의 끝부분인지도 모르고 있노라. 하지만 우리가 하늘에서 보는 세상은 지구의 끝부분이 지금의 아프리카인 것이다. 지구의 끝부분이 지금의 아프리카인데, 왜 하필이면 그 문명 발달이 잘 되지 않은 그곳에서부터 지구의 변화가 온다는 것인가. 그 이유를 지금부터 적을 것이다. 그 이유를 적기 위하여 우리는 지금껏 수많은 예를 적었다.

그 지구의 끝부분이 이 존재의 처음 고향이기 때문이다. 이 지구의 끝부분이 왜 이 존재의 고향이란 말인가. 지금 이 존재는 그곳 사람들과 피부색도 다른데 말이다. 이 존재는 그동안 환생을 수없이 많이 해왔다는 것이다. 수많은 환생 속에서 많은 경험과 많은 고생과 많은 환락과 많은 여자와 많은 남자와 살아왔다는 것이다. 그런데 인간들은 환생이란 것을 믿지 못하더구나. 그 환생 속에서 이 존재가 살아온 것이다.

이 존재는 그동안 수많은 환생 속에서 그 환생을 경험하고, 그 많은 경험 속에서 인간의 고뇌와 인간의 환락과 인간의 고생과 인간의 생활을 경험해 왔단다. 그래서 이 존재는 이제 인간 세상의 마지막 단계에 이른 것이다. 이러한 이 존재를 하늘의 세계에서 살게 하기 위하여 우리는 이 존재를 선택하였노라.

이 세상에서 지금이 마지막 인간으로서의 세상이라는 것을 이 존재는 이미 알고 있단다. 그러나 그 사실을 아무에게도 이야기를 하지 못했단다. 그 이유는 인간들이 이 이야기를 하면 마치 미친 사람으로 취급하기 때문이란다. 그런데 이 존재가 그 사실을 혼자서 무던히도 잘 지키더구나.

원래 이 사람이 자신을 남에게 밝히는 것을 꺼린다는 것을 우리는 잘 알고 있노라. 그래서 우리는 이 존재를 선택하였노라. 이 존재는 입도 무겁지만, 남의 비밀도 잘 지키는 성격이란다. 자신의 이야기도 남에게 이야기하는 성격이 아니란다. 그런 생각에 우리는 이 존재를 선택하였노라. 이 존재에게 우리는 정말 감사하구나.

그래 지금부터 본론으로 들어가기로 하자. 그 본론은 이 지구의 변화하는 모습을 적는 것이다. 이 지구가 변화하는 모습이 정말 어떠한 것인지 말이다. 이 지구가 변하는 것은 이 지구의 모습을 보는 것이다. 이 지구의 모습이 바로 당신들의 모습인 것이다. 이 지구의 모습을 보고 당신들은 생각해 보기 바란다. 이 지구의 모습에 대해 지금부터 더 구체적으로 적을 것이다. 그 구체적으로 적는다는 것은 바로 당신들의 살아온 이야기이기도 한 것이다.

그동안 우리는 이 존재의 예를 들어 이야기해 왔다. 하지만 이제는 이 시할머니를 예로써 들 것이다. 이 시할머니는 이미 이 세상 사람이 아니라는 것이다. 이 세상 사람이 아닌 사람을 왜 예로 적는단 말인가? 하고 반문하는 사람들이 있을 것이다. 그 예는 다른 게 아니고 바로 후손을 생각한다는 것이다. 그 후손을 생각하는 마음은 누구에게나 해당되는 부모의 마음인 것이다. 그러나 그 후손을 생각만할 뿐, 진정으로 돕고 싶어도 돕지 못한다는 것이다. 이는 후손을 생각하고, 후손에게 좋은 기운을 주어야 하는데 그렇지 못한다는 것이다. 어느 부모가 후손에게 좋은 기운을 주기 싫어하겠는가. 하지만 하늘의 세계에서는 그 사람이 사는 동안에 다른 사람을 위해 얼마나 희생과 봉사를 하면서 살아왔는가를 보고 판단하여 죽은 후 후손을 도울 수 있는 능력을 주는 것이다.

따라서 우리는 그 후손을 도울 수 있는 능력을 누구에게나 주는 것이 아니다. 그것은 이 시할머니처럼 착하고, 바르고, 깨끗하게 살아와야 후손을 도울 수 있는 능력이 있는 것이다. 그 능력을 이야기하기 위하여 우리는 이 존재의 시할머니 이야기를 지금껏 했던 것이다. 그래서 우리는 인간들에게 착하고, 바르고, 깨끗하게 살라는 메시지를 전하는 것이다. 그 메시지를 하기 위하여 지금껏 우리는 이 존재의 이야기와 이 존재의 시할머니의 생활을 이야기한 것이다.

이 존재의 생활을 이야기하는 것에 대해 이 존재가 매우 쑥스러워 하는구나. 하지만 나의 존재야, 쑥스러워할 필요가 없단다. 너의 이야기를 해서 미안하구나. 하지만 인간들이 이 글을 읽고 오해할 수 있는 글은 적지 않았다는 것이다. 그 오해하는 글이란 다름 아닌 너의 사생활을 적을 수가 없었다는 것이다. 다만 인간들이 짐작만 했으면 좋겠다.

그럼 왜 지구가 변화하는데 왜 하필 아프리카인가? 하고 앞 장에서 언급한 적이 있도다. 그 아프리카는 이 존재의 최초의 고향이자, 이 존재의 탄생지란다. 그 곳은 정말 아름답고, 평화롭고, 자연이 어우러진 그러한 곳이란다. 이 존재는 그곳에서 최초로 태어났으며, 그곳에서 이 존재는 최고의 자리에 있었던 것이다. 그곳에서 최고의 자리라는 것이 바로 인간들이 말하는 추장인 것이다. 그 추장은 바로 최초의 추장인 것이다. 그 최초의 추장이 이 존재인데, 이 존재는 아직도 자기가 어떻게 그곳에서 살아왔는지 전혀 생각을 하지 못하게 되어 있단다. 그 이유는 이 존재가 태어난 이후부터는 전생을 모르고 살기 때문이란다.

지금은 이 글을 통하여 전생을 적을까 싶다. 지금은 전생 신드롬으로 인해 많은 사람들이 이해를 하는 시대이지만, 이전에는 '전생은 없다' 하며 단정을 지었단다. 그 단정을 짓는 것은 인간들이 만들어 놓은 것이다. 인간들이 자기의 이익을 위하여 만들어 놓았던 것이다.

인간들이 자기의 이익을 위하여 전생이니 환생이니 또는 조상들 숭배니 하는 것을 없애버렸다는 것이다. 나 또한 조상 숭배는 할 필요가 없다는 것을 이 글을 통하여 전하고 싶도다. 죽으면 그만인 것이다. 여기서 죽으면 그만인데, 왜 이 시할머니는 이 존재에게 와서 이렇게 이 존재를 힘들게 하는가? 하고 반문하는 사람이 있을 것이다. 그것은 인간들이 모르는 소리이다. 이 존재를 통해 인간들이 알아야 할 것을 이제는 세상 만방에 알리고 싶도다.

그런데 이 세상 사람들에게 알리는 방법이 너무 힘들고 어려워, 우리는 많은 연구를 하고 또 연구를 하였도다. 그런데 지금까지 살아온 습성 때문에 아직도 인간들이 받아들이는 힘이 약하다는 것이다. 그 힘이 정말 약하여 우리는 안타까울 뿐이란다.

그 힘이란 게 바로 당신들이 사는 사고방식인 것이다. 당신들이 살아온 사고방식 때문에 우리는 수많은 희생과 수많은 고난과 험한 인생을 살아왔던 것이다. 이제 그 험한 인생을 살아온 인간들에게 우리는 정말 진실을 밝히고 싶었던 것이다. 그 진실을 알라는 것이다. 그 진실을 알리기에는 지금도 너무 험한 길이라는 것을 알고 있단다. 그 험한 길이 바로 당신들의 사고방식인 것이다. 그 사고방식이 얼마나 인간을 황폐하게 만드는지 인간들은 아직 모르고 있다는 것이다. 그 모르고 살아온 이야기를 이제는 인간들에게 알려야겠다고 우리는 하늘의 세계에서 회의를 했도다.

하늘의 세계에서는 원래 인간들을 돕고 싶어 했도다. 하지만 그동안 살아온 인간들의 기존의 사고방식 때문에 우리는 너무도 힘든 일을 하고 있는 것이다. 그러나 이제는 인간들의 사고방식이 바뀌고 있다는 사실을 알고, 우리는 이 존재를 통해 이렇게 글을 쓰기로 하였던 것이다.

이 글을 적고 있는 이 존재는 아직 아무것도 모르고 있구나. 자기의 이야기를 적으니 참으로 신기해하면서 호기심에 꽉차 있구나. 아무튼 이 존재는 이 글을 묵묵히 계속해서 적고 있구나. 그래서 우리는 이 존재를 선택했노라. 그동안 살아온 이 존재의 세월이 너무도 아깝도다. 그 수많은 세월을 보내고 세상을 위해 살 수 있는 기회가 이제야 온 것에 대해 본인도 참으로 안타까워하고 있구나. 이는 이러한 시기가 더 빨리 와서 아픈 환자들의 고통을 덜어주었으면 하는 이 존재의 생각인 것이다.

하늘에서 연구를 거듭하다보니 이 존재에게 오는 시간이 늦어진 점 우리도 안타깝구나. 하지만 나의 존재야, 지금도 늦지 않았다. 열심히 하면 된단다.

그럼 이제 본론으로 들어가자. 이 지구에 대한 이야기를 적을 것이다.

이 지구의 이야기는 무엇인가 말이다. 이 지구의 이야기는 지금은 모르지만, 몇 년 후에 이 지구에 정말 종말이 오는가? 하고 인간들이 궁금해하고 있구나. 그러나 지구의 종말은 없도다. 지구의 종말이 없는데, 왜 이러한 말들이 있는가? 하고 생각하는 사람들이 많이 있도다. 그 이유는 인간들이 착하게 살라는 메시지인 것이다. 인간들의 어리석고 바보스런 생활로 인해 세상이 참으로 황폐해졌다는 것이다. 그 인간들이 어리석게 살아온 이유 때문에 종말이란 말이 나온 것이다. 그 종말이 있는 게 아니다. 그 종말은 바로 당신의 마음에서 나온 것이다. 그 종말은 없는 것이다.

그 종말이란 게 왜 인간들의 입에서 그렇게 나온단 말인가?, 그 종말이 정말로 있다는 것인가?, 그 종말이 있으면 언제쯤 있다는 것인가? 하고 인간들이 궁금해하고 있다는 것이다. 그 종말이 정말 있으면 인간들은 어떻게 살까? 하고 생각해 봤는가. 하지만 종말은 전혀 없다는 것을 알라. 종말은 없는데, 왜 인간들은 그 야단법석을 떨며 각 종교에서 인간들을 현혹하며 불안을 조장하고 있는가. 그 인간들을 현혹하고 불안을 조장하는 것은 바로 종교집단인 것이다. 그 종교집단이 만들어낸 이야기를 왜 인간들이 믿으려고 하는가 말이다. 그 인간들이 만들어낸 이야기를 믿지를 말라. 그 인간들이 만들어낸 이야기는 인간들의 세상에서 인간들이 만들어낸 새빨간 거짓말인 것이다. 그 새빨간 거짓말을 왜 인간들이 믿으려고 하는지 정말 안타까울 뿐이다. 그 인간들을 믿고 따르는 사람들이 정말 안타깝다는 말이다.

그 종말이란 것은 없도다. 그 종말이 없는데 왜 이 존재는 이러한 글을 쓰고 있는가? 그 종말이 없는데도 말이다. 이렇게 반문하는 사람이 있을 것이다. 그것은 다만 인간들이 사는 방식을 이야기하고 싶어서 그런 것이다.

이 존재를 믿으라는 것이 아니다. 이 존재는 특정 종교도 없으며, 종교에 대한 지식도 없다. 종교라고 하는 곳의 문턱에도 가보지 못했다. 그 종교가 무슨 종교인지도 모른다는 것이다.

당신이 믿는 종교가 과연 무슨 종교일까? 하고 생각해 보라는 것이다. 그 종교는 무슨 종교이고, 그 종교는 과연 인간들을 위하여 또는 인간들의 세상을 위하여 바르고, 깨끗하게 이끌어가고 있는가를 보라는 것이다.

그래서 우리는 이 존재를 통하여 이 글을 적는 것이다. 이 글이 세상의 밖으로 나간다면 인간들에게 정말 도움이 될 것이다. 이 글을 적는 이 존재도 그러하기를 바라고 있도다. 이 글이 세상 사람들에게 많이 읽혀 세상 사람들을 깨우쳤으면 하는 것이다. 지구는 변하고 있지만, 지구의 종말은 없다는 사실을 말이다.

지구의 변화가 왜 온다는 것인가? 그 지구의 변화가 바로 당신들의 사는 모습인 것이다. 그 사는 모습을 보라는 것이다. 그 인간들이 사는 아름다운 세상을 보라는 것이다. 그 아름다운 세상에서 당신들이 사는 모습을 보라는 것이다.

오늘은 이만 적을 것이다.

2006년 6월 19일 새벽 2시 23분

제16장
이 존재의 전생은 영조 임금이었다

오늘은 우리의 지구에 대하여 글을 적을까 싶다. 우리의 지구가 과연 어떠한 것이란 말인가? 하고 반문을 할 수가 있다. 지금 지구는 수많은 세월 속에서 인간들에게 시달림을 당하고 있다는 것이다. 그 수많은 세월 속에서 시달림을 당하고 있는 것이 바로 이 지구인 것이다. 이 지구는 과연 어떠한 모습으로 변한다는 것인가? 그 지구가 변하는 모습을 이야기할 것이다. 이 지구가 변화는 모습을 인간들에게 알리기 위해 우리는 하늘의 세계에서 연구를 거듭했도다. 이를 해결하기 위해 우리는 결국 이 존재를 통하여 이 글을 쓰게 했노라.

나의 존재야, 오늘도 수고가 많겠구나. 어제 힘든 일을 하고 지금은 또 글을 쓰기 위하여 이렇게 컴퓨터 자판을 치고 있으니 말이다. 나의 존재야, 고맙다. 그리고 힘을 내라.

그럼 글의 본론으로 들어가자. 그 본론은 바로 지구의 변하는 모습인 것이다. 그 지구의 변하는 모습이 과연 어떠한 모습인가 보는 것이다. 그 지구의 변하는 모습을 보고 우리는 정말 지구가 인간의 마지막의 단계에 왔다는 것을 알리고 싶었던 것이다. 그 인간의 마지막 단계를 알리는 것은 지구의 종말이 온다는 것이 아니라, 지구가 지금 너무 많은 시달림을 당하고 있다는 것이다. 그 시달림을 당하고 있는 지구를 구하기 위하여 우리는 이 글을 적노라.

그런데 사람들은 왜 이 존재의 예를 적는지 아직도 모르고 있을 것이다. 그 이유는 이 존재가 그동안 지구에 온 이유를 적기 위한 것이다. 그동안 지구에 온 이유가 바로 이 존재의 전생인 것이다. 그 전생의 이야기를 적기 위하여 우리는 수많은 이야기 가운데 이 존재의 이야기를 적었다는 것이다. 이 존재는 수많은 전생을 거치고 지금껏 살았다는 것이다. 왜 이 존재의 수많은 전생 이야기를 해야 하는가? 하고 의문을 갖는 사람이 있을 것이다. 또 이 사람의 전생이 있다는 것을 어떻게 믿으라는 말인가? 하고 의문을 갖는 사람이 있을 것이다. 그러나 이 사람은 오랜 세월 속에서 전생을 살아왔다는 것이다. 그 전생을 이제는 글로 적을 것이다.

이 글을 적고 있는 이 존재도 자기의 전생을 모를 것이다. 그 전생은 아무도 기억을 못하기 때문이란다. 그 전생을 기억한다는 것은 그리 쉬운 일이 아니니라. 하지만 우리는 오랜 세월 속에서 전생을 경험하고 살아왔다는 것이다. 그렇다면 그 전생이 지금 어떻다는 것인가? 하고 반문하는 사람들이 있을 것이다. 그 전생은 바로 당신들이 사는 방식인 것이다. 그 전생을 보기로 하자. 그럼 그 전생을 어떻게 본다는 것인가? 하고 반문하는 사람들이 있을 것이다. 그 전생을 지금부터 이야기할 것이다. 그 전생은 바로 당신이 살고 있는 방식인 것이다. 그 전생을 보기로 하자.

전생 신드롬으로 인해 이제 세상 사람들이 전생에 대해 많이 알고 있다는 것이다. 하지만 아직도 그 신드롬을 모르는 사람들도 있다는 것이다. 그 전생을 알리기 위해 우리는 이렇게 글을 적노라. 이 글을 적는 동안 이 존재도 자기의 전생에 대해 자세히 모르고 있다는 것이다. 약간만 알고 있다는 것이다. 그렇더라도 이 존재는 다른 인간들 그 누구에게도 이 이야기를 하지 않았다는 것이다. 그 이유는 다른 사람에게 전생 이야기를 하면 이 존재를 마치 미친 사람으로 취급을 할까봐 그렇다는 것이다. 하지만 이 존재는 지금 글을 통해 전생을 이야기할 것이다. 그 전생 이야기에 대해 너무 황당하고, 너무 어이없어하는 사람들도 있다는 것이다. 하지만 이 글은 진실인 것이다. 다만 인간들이 이해를 하지 못한다는 것이다. 그 이해를 돕기 위하여 우리는 전생 이야기와 이 기록들을 소설을 읽는 느낌으로 읽기를 바라는 것이다.

그 소설 속으로 들어가 보라는 것이다. 그 소설 속에서 자신의 전생은 과연 무엇인가? 하고 생각해 보라는 것이다. 그 전생을 소설로 써보자는 것이다. 그 전생을 소설로 쓴다는 게 그리 쉬운 것은 아니다. 그래서 우리는 이 존재의 전생을 쓰기로 하였단다. 그러나 다른 사람들은 이 전생을 황당하다고 하고 또는 믿기지 않는다고 할 것이다. 하지만 우리는 이 존재의 전생을 알고 있기에 우리는 이 글을 이 존재를 통하여 쓰고 있노라.

그럼 이제 전생에 대해 쓰도록 할 것이다. 그 전생을 쓰기 위하여 우리는 이 존재의 이야기를 많이 했던 것이다. 그 전생은 바로 우리들의 사는 방식이라고 앞에서 이야기한 적이 있도다. 그것은 우리가 사는 방법인 것이다. 그 사는 방법으로 살라는 것이다. 그 사는 방법이 우리들의 사는 방식인 것이다. 그 사는 방식이 무엇인지 알라는 것이다. 그 사는 방식을 보라는 것이다. 그 사는 방식을 보면 당신들의 전생을 알게 될 것이다.

그 사는 방식이 바로 당신들의 전생인 것이다. 그 사는 방식대로 살라는 것이다. 그런데 그 사는 방식이 무엇이란 말인가? 하고 의문을 갖는 사람들이 있을 것이다. 그 사는 방식이 바로 당신들이 하는 행동인 것이다. 그 하는 행동을 보고 당신은 정말 전생에 무엇인가? 하고 생각할 것이다. 그런데 그 전생이 뭐가 그리 대단하단 말인가? 하고 이야기하는 사람들도 있을 것이다. 그것은 전생 이야기를 해야 인간들이 사는 방법을 알기 때문이다.

그 전생 이야기를 해야 당신들의 사는 방법을 알고, 현생 생활을 어떻게 살아야 하는지를 생각할 수 있다는 것이다. 그래서 우리는 이 전생 이야기를 하는 것이다. 그 전생 이야기가 바로 당신들의 살아온 이야기인 것이다.

그 전생 이야기를 할 것이다. 그 전생 이야기를 하는 동안 우리는 앞에서 많은 이야기를 했노라. 그러면서 정말 전생을 믿는가? 하고 반문하는 사람들도 많이 있을 거라 예상했다는 것이다. 바로 그 전생 이야기는 매일매일 반복하는 우리의 생활 속에서도 볼 수가 있다는 것이다. 그 생활을 보면 전생의 이야기도 나올 수 있다는 것이다. 그 전생 이야기는 바로 당신들의 사는 방법인 것이다.

그럼 그 전생을 보기로 하자. 그 전생을 어떻게 본다는 것인가. 그 전생이 바로 당신의 행동인 것이다. 그 행동을 보고 당신의 전생을 알 수가 있다는 것이다. 그 전생의 행동을 본다는 게 그리 쉬운 것이 아니다. 하지만 그 전생의 행동을 본다는 게 어려운 것도 아니다. 그 전생을 보자는 것이다.

그 전생의 이야기는 바로 당신의 사는 방식인 것이다. 그 사는 방식대로 살라는 것이다. 그 사는 방식대로 사는 게 쉬운 것도 아니고 그리 어려운 것도 아니다. 그 사는 방식이 무엇인가? 하고 생각하는 것이다. 그 사는 방식대로 살라는 것이다. 그 사는 방식이 바로 사는 모습인 것이다. 그 사는 모습으로 들어가라는 것이다. 그 사는 당신의 모습을 보면 전생을 알게 될 것이다.

그럼 그 전생에서 우리는 무엇을 했다는 것인가. 그 전생에서 우리는 무엇을 하고, 무엇을 얻었고, 무엇을 가졌다는 것인가. 그 전생을 보며 당신을 보라는 것이다. 그 전생을 보면 오랜 세월 속에서의 당신들의 이야기를 알 수 있다는 것이다.

그 이야기를 지금 책으로 쓰도록 할 것이다. 그 이야기를 하기 위하여 우리는 수많은 이야기를 예로써 적은 것이다. 그 수많은 예가 바로 당신의 예인 것이다. 그 예를 우리는 많이 이야기했던 것이다. 그 수많은 예를 적기 위하여 우리는 이 존재의 이야기를 적었던 것이다. 이 존재의 이야기를 적은 이유를 이제는 알겠는가? 그래서 그 이유를 적은 것이다.

그럼 이 존재는 과연 어떠한 삶을 살고 어떠한 이야기를 한다는 것인가? 하고 반문하는 사람들이 많이 있을 것이다. 그 사는 이야기를 지금부터 이야기로 써나갈 것이다. 그 이야기를 쓰는 동안 우리는 수많은 이야기를 또 적을 것이다. 그 수많은 이야기가 바로 당신들의 이야기도 된다는 것을 알라. 그 수많은 이야기를 보고 이 사람의 존재가 과연 전생의 이야기인가? 하고 반문하는 사람도 있을 것이다.

그럼 계속해서 이야기를 할 것이다. 과연 전생이란 무엇인가에 대해서 말이다. 그 전생이 무엇이기에 이 존재에게 이런 글을 쓰게 만드는지 말이다. 그 전생의 이야기를 적을 수 있어 우리는 정말 다행인 것이다. 그 전생의 이야기를 적을 때 이 존재는 이미 자신의 존재를 조금은 알고 있다는 것을 앞 장에서 이야기했는데, 그 이야기를 적을까 싶다.

그 이야기는 이 존재의 전생 이야기인 것이다. 이 존재의 전생 이야기는 다른 게 아니고 전생에 임금님 생활을 했다는 것이다. 그 임금님이 바로 영조 임금인 것이다. 당시 사람들이 이 영조 임금을 무척 좋아하며 따랐다는 것이다. 그 영조가 바로 이 사람이라는 것이다.

그럼 그 영조 임금이라는 것을 무엇으로 알 수 있다는 것인가. 그 영조 임금이 바로 이 사람이라면 그것을 어떻게 알 수 있다는 것인가. 그 사람이 역사 속의 인물인 것을 말이다. 그 영조를 알라는 것은 어려운 것이다. 하지만 이 존재는 그 영조를 알고 있다는 것이다. 그것은 이 영조가 바로 자신이라는 것을 이미 알고도 아무에게도 말을 하지 않았다는 것이다. 그런 까닭에 우리는 이 존재의 글을 이제는 말할 것이다. 이 존재가 왜 전생에 영조였다는 것일까? 하고 의아하게 여기는 사람들이 있다는 것이다. 그 이유는 영조 임금이 역사 속의 인물이기 때문이다. 그 인물을 전생으로 이야기를 한다는 게 무리인 것 같지만 그래도 조금은 확인할 수 있다는 것이다. 게다가 그 역사 속의 인물을 전생이라니 오히려 흥미를 가질 수도 있다는 것이다. 그 흥미를 알기 위하여 우리는 영조 임금을 이야기하는 것이다. 그 영조는 역사 속 인물이지만, 우리 하늘 세계의 이야기도 된다는 것이다.

그 하늘 세상의 이야기를 하기 위하여 영조의 이야기를 하는 것이다. 이 영조는 인간 세상에서 이 나라의 임금이었다. 하지만 이 존재는 이 나라의 임금인 것처럼 이 지구에 오기 전에도 하늘 세계에서 하늘 최고 신의 부인이었던 것이다. 그러나 인간들은 이러한 이야기에 대해 황당한 이야기라고 말할 것이다. 하지만 우리는 하늘 세계의 이야기를 하기 위하여 그동안 이 존재의 이야기를 했던 것이다.

이 존재의 이야기를 하는 이유를 이제는 알겠는가. 이 존재가 하늘 세계에서 최고 신의 부인이었다는 것을 이 존재 본인은 조금 전에 알게 되었다는 것이다.

하늘 최고 신의 부인이 왜, 무슨 일로 이 지구에 왔단 말인가. 이 지구에 온 이유를 이 책을 통하여 적을 것이다. 이 지구에 온 이유는 원래 인간들의 고통을 덜어주고자 인간들의 사는 모습을 보고 난 후, 이 존재가 그것을 하늘의 세계에 고하게 되어있었느니라. 우리에게 고할 때는 이 인간으로서 삶을 다하고 나서 죽음으로써 하늘 세계에 와서 인간 세상의 일을 전하는 것이다.

그 인간 세상을 전함으로써 하늘은 인간들이 어떻게 살고, 어떻게 고통을 받고 있는지를 알게 되는 것이다. 그래서 우리는 하늘 세계에서 최고로 높은 부인을 인간의 세계로 보냈던 것이다.

그러나 이 존재가 인간으로 태어났을 때 이 존재는 하늘 세상을 까마득히 잊고 살게 되었다는 것이다. 인간의 세계에서 살 동안에는 하늘 세계를 그 누구에게도 이야기할 수가 없도록 우리가 만들어 놓았던 것이다.

그래서 우리는 이 존재를 이제 하늘 세계로 거두어 가기 위해 마지막 작업을 하고 있다는 것이다. 그 마지막 작업이 바로 이 존재를 세상 속으로 끄집어내어 세상 사람들에게 알리는 것이다.

하지만 세상 사람들은 이 존재를 믿지 못할 것이다. 이 존재가 너무도 연약한 여성이기 때문이다. 게다가 이 존재는 아주 조용하게 가정과 가족을 위하여 평범하게 살아왔기 때문이란다. 그는 종교인도 아니고 그렇다고 사회 일을 하는 사람도 아닌 그저 평범한 주부인 것이다.

아주 평범한 직장인과 결혼하고 아들딸 낳고 살아왔다는 것이다. 그런데 왜 이러한 이야기를 하는 것인가? 하고 반문하는 사람들이 있을 것이다. 그 이유를 말하기 위해서 우리는 그동안 이 존재의 이야기를 했던 것이다. 이 존재는 지금까지 자신이 누구인지도 모르고 살아왔다는 것이다.

그래서 우리는 지금부터 세상 밖으로 이 존재를 끌어내기 위해서 돌아가신 시할머니를 하늘에서 보냈던 것이다. 이 시할머니도 살았을 때는 자신의 존재를 모르고 살아왔다는 것이다. 이제는 이 시할머니도 자신의 존재를 알고 이 손부를 선택했던 것이다.

더 본론으로 들어가자. 왜 하필이면 전생에 그 유명한 영조였다는 것인가. 그 영조는 역사 속의 인물로 인간들도 많이 알고 있는데 말이다. 그 인물이 바로 이 사람의 전생이라니 사람들은 믿기지 않을 것이다. 그 전생의 인물이 바로 영조였다는 것을 말이다. 하지만 우리는 하늘의 세계에서 이미 알고 있는 사실이다.

그 사실을 알리기 위하여 우리는 이 존재를 통해 이 글을 쓰게 만들었던 것이다. 그럼 그 영조를 어떻게 증명할 수 있다는 것인가? 하고 반문하는 사람들이 있을 것이다. 그 영조를 아는 방법은 간단하다. 이 사람의 인물상도 그렇지만 마음이나 생김새도 영조의 인물과 흡사하다는 것이다. 그 인물을 보고 이야기를 하는 것이다. 그럼 그것을 어떻게 알라는 것인가? 하고 반문하는 사람이 있을 것이다. 그 인물을 아는 방법을 이제 이야기할 것이다.

이 존재가 자신이 영조였다는 것을 알게 된 것은 시할머니가 예전에 잠시 이야기했다는 것이다. 하지만 자신도 영조를 증명할 수 없었기에 그 누구에게도 그 이야기를 못했던 것이다. 이제는 증명해 보일 것이다. 그 증명은 이 존재의 눈과 코, 잎 모양이 영조의 인물을 많이 닮았다는 것이다. 그럼 그것을 어떻게 볼 수 있다는 것인가? 하고 의아하게 여기는 사람들이 있을 것이다.

그 의문을 이야기할 것이다. 그것을 확인하는 방법은 바로 당신들의 마음과 행동이다. 하지만 이 존재가 전생에 영조였다는 것은 역사 속에서 이미 알고 있다는 것이다. 그것을 증명하는 것이 바로 이 사람의 사는 모습이다. 이 사람이 하는 행동에서 나온다는 것이다.

그럼 그것을 어떻게 증명하라는 것인가? 하고 반문하는 사람들이 있을 것이다. 그 증명은 바로 이 사람이 사는 방법인데, 그것은 이 존재가 현재 사치를 모르는 무척이나 소박한 생활을 하고 있다는 것이다.

영조의 생활 모습이 이 존재에게 배어있다는 것이다. 전생의 영조는 정말 소박하고 검소한 생활을 했다는 것이다. 그리고 사람들을 많이 좋아했다는 것이다. 거기다 그 영조는 남 앞에 나서는 것을 꺼려했다는 것이다. 그 영조는 남 앞에 나서는 것을 꺼려했으며, 남을 괴롭히는 것도 싫어했다는 것이다. 그래서 우리는 영조의 이야기를 했노라. 하지만 인간들은 영조의 이야기를 쉽게 믿지 못할 것이다. 그 영조의 이야기를 하기 위하여 우리는 이 존재의 이야기를 했노라.

그 영조에 대한 증명은 조금 색다른 것이다. 그 존재의 영조는 무척이나 마음이 여리고, 착하고, 좋은 일을 많이 했다는 것이다. 그 역사 속의 이야기가 전부는 아니지만, 역사 속의 여러 인물 가운데 이 영조가 가장 좋은 일을 많이 했다는 것이다. 그 영조가 지금의 이 존재이지만, 이 존재는 자신이 영조였다는 것을 까마득히 모르고 살아왔다.

그것을 증명하는 것에 대해 지금부터 이야기할 것이다. 그 증명을 하는 것은 바로 당신들의 이야기이자 이 존재의 이야기인 것이다. 그 증명은 지금부터인 것이다. 그 이야기 속으로 들어가 보자. 그 이야기가 바로 당신들이 이야기도 된다는 것이다. 인간들 가운데 이 존재와 같은 사람들은 많이 있는데, 왜 하필이면 이 사람인가? 하고 이야기하는 사람이 있을 수 있다. 하지만 그 이야기는 다음에 하기로 하고 그 이유를 적을 것이다. 이 존재에 대해서 아무도 모르지만, 아주 검소하고 소박한 것은 전생의 습성인 것이다. 인간적이었던 그 영조는 사람을 사랑하고, 보호하고, 백성을 위하여 무엇이든 하고 싶었단다. 하지만 백성들이 그를 무척 따라주지 아니하였기에 영조는 약간의 머리를 썼던 것이다. 그것이 바로 영조 시대에 그 유명한 '판서의 글'이라는 것이다.

이 존재는 그 유명한 판서의 글을 모른단다. 그 판서의 글을 적기 위하여 수많은 백성들을 동원하였고, 수많은 인재를 발굴하였다는 것이다. 그런데 그 유명한 판서가 왜 지금에 와서는 후손들에게 알려지지 아니하고 있는지 나는 알고 있도다. 그 유명한 판서는 아버지를 미워하는 그의 아들이 아무도 모르게 버렸기 때문이다. 하지만 그 이야기는 아무에게도 알리지 못했도다. 그 이유는 그 유명한 판서를 아들이 버렸다는 사실을 인간들이 안다는 것이 부담이 되었던 것이다. 인간들이 알면 자신은 물론이고 자신의 가족도 불안하기 때문인 것이다. 그 유명한 판서가 지금은 없지만, 학자들은 알고 있을 것이다. 그 유명한 판서를 아들이 없앴다는 것을 말이다. 그 당시 유명한 학자들은 알고 있지만, 그 누구에게도 말할 수가 없었던 것이다.

그 유명한 판서를 없앤 아들을 그래서 뒤주 속에 가두었던 것이다. 그 뒤지 속에 가두었던 이유를 아직 누구에게도 알리지 못하고 있지만, 지금 이 존재를 통해 그 뒤지 속 아들의 존재를 알리는 것이다. 그 아들을 왜 뒤지 속에 가두었는지는 후손들은 자세히 모르고 있다는 것이다. 그저 그 뒤지 속에서 죽었다는 것밖에 모른다는 것이다.

그래서 우리는 이 존재의 이야기를 할 것이다. 이 존재가 그 유명한 영조였다는 것에 대해 더 구체적으로 이야기할 것이다. 그 구체적인 상황은 역사 속에서 모두 나왔다는 것이다. 하지만 이 존재는 전생을 기억하지 못한다는 것이다. 그 역사 속의 유명한 영조를 더 구체적으로 적기 위하여 나는 다른 것을 이야기할 것이다. 이 존재도 지금은 모르고 있도다. 그래서 이 존재도 지금 궁금해하고 있구나.

그 이야기를 지금 할 것이다. 이야기를 하는 동안 이 존재에게 양해를 구할 것이다. 이 존재는 자신이 전생에 임금이었다는 사실을 까마득히 잊어버리고 있구나. 생소한 생각을 하고 있구나. 자신이 정말 영조였을까?, 자신이 정말 하늘 최고 신의 부인이었을까? 하고 의문을 갖고 있구나. 그렇더라도 이 존재는 묵묵히 이 글을 적고 있다는 것이다.

좀 더 구체적인 그 이유를 적을 것이다. 그 영조는 지금 존재의 모습과 흡사하지만, 그 영조의 키가 조금 컸다는 것이다. 지금 이 존재의 키는 그리 크지는 않다는 것을 알라. 이 존재의 키가 왜 작은지, 그 이유는 이 존재의 집 안 사람들의 키가 그리 큰 키가 아니기 때문이니라. 그래서 키가 조금 작은 편이다. 그것을 알라.

그럼 이 존재의 전생인 영조의 이야기를 할 것이다. 그 영조는 그 당시 최고의 임금이지만, 그 당시 최고의 학자이기도 했다. 그 당시의 임금이자 최고 학자 출신이기에 그 당시 판서를 만들게 했던 것이다. 그런데 그 판서를 아들이 없앴으니 얼마나 안타까운 일인가. 그래서 이 존재는 지금 그 당시 상황을 일기식으로, 이 글로 적는 것이다.

그 당시 일기를 이 존재는 기억하지 못하지만, 우리는 다 알고 있다는 것이다. 그 당시 이 존재는 일기를 적은 적이 있도다. 그런데 그 당시 일기가 왜 지금은 보존되어 있지 아니한가? 하고 반문하는 사람들이 있을 것이다. 그 이유는 바로 이 판서의 문건 때문인 것이다. 그 판서를 없앤 장본인이 바로 당신의 아들이기 때문인 것이다.

그 아들을 어찌 세상 사람들에게 욕 먹이게 하겠는가. 그래서 이 영조는 그 당시 자신의 일기를 죽기 전에 전부 불태워 버렸던 것이다. 그래서 그 당시 일기는 아무에게도 전해 내려오지 못하고 있는 것이다.

그 당시 일기에는 정말 처참한 마음이 그대로 새겨져 있도다. 그 처참한 마음의 이야기를 지금 세상 사람들에게 전하고 싶도다. 이 존재가 이번 생에 인간으로서는 마지막 길이기 때문인 것이다.

영조 임금은 천성이 착했다는 것이다. 그 영조가 바로 이 존재이지만, 아무도 이 존재를 모른다. 모를 수밖에 없도다. 그러나 더 구체적으로 적으면 그 영조는 매우 영리하고, 마음이 여리고, 남을 배려하는 임금이었다. 그리고 그는 사치와 향락을 싫어했단다. 그래서 지금의 이 존재도 그 사치와 환락을 무척 싫어한단다. 다만 검소하게 살고 있다는 것이다. 그래서 이 존재에게는 영조의 그 흔적이 있도다.

그 흔적을 적었던 것이다. 그 흔적을 적기 위하여 우리는 숱한 이야기를 했던 것이다. 그 이야기를 하기 위하여 우리는 수많은 이야기를 예로 들었던 것이다. 그래서 우리는 이 존재를 선택하였노라.

다음에는 예언에 대하여 글을 적을 것이다. 그 예언은 바로 당신들이 사는 모습이자 당신들의 살아온 모습인 것이다. 그 살아오는 모습을 글로 적을까 싶다.

그럼 오늘은 이만 적을까 싶구나. 나의 존재야, 수고가 많구나.
이 늦은 밤에….

2006년 6월 23일 밤 12시 33분

제17장
가정과 사회를 파괴하는 종교라면 믿지 말라

그럼 오늘은 앞 장에서 말하는 지구의 변화를 이야기할 것이다. 그 지구의 이야기를 하기 위하여 우리는 수많은 이야기를 글로 적었도다. 그런데 그 글은 이 존재의 이야기가 아니고 바로 당신들의 이야기도 된다는 것이다. 그 당신들의 이야기가 된다는 것은 바로 당신들의 사고방식인 것이다. 그 사고방식대로 살고 있는 사람들이 과연 몇이나 될까? 하고 생각해 본다. 그 사고방식이 바로 이 존재처럼 착하고, 바르고, 깨끗하게 살라는 것이다. 그 사고방식이 바로 당신들의 사는 모습인 것이다.

그럼 더 구체적으로 지구의 변화를 이야기할 것이다. 그 지구변화의 모습을 하늘 세계에서 보고 있노라면 이대로는 도저히 인간들에게 그대로 주지는 못하겠구나. 하늘에서는 무한하게 선의의 사랑을 주고 있는데, 왜 인간들은 그 사랑을 받지 않고 서로가 싸우면서 이기적으로 생각하느냐 말이다. 인간들의 세계는 자기 밖에 모르는 그러한 존재들이 너무도 많다는 것이다.

그러한 존재가 너무 많아서 우리는 이 존재를 통해 글로써 사람들이 착하고, 바르고, 깨끗하게 살라는 메시지를 주는 것이다. 그 착하고, 바르고, 깨끗하게 살라는 것이 무엇인가. 그것은 앞 장에서 수없이 이야기했노라. 그 이야기를 이제는 그만 할 것이다. 그 이야기를 알기 위하여 우리는 이 존재의 예를 적은 것이다.

우리는 하늘 세계에서 이 존재를 사랑하고 또 사랑한다는 것을 앞 장에서 이야기했노라. 그 이유에 대해서도 이야기를 했노라. 그것은 이 존재의 전생이 수없이 많다는 이야기인 것이다. 그 수없이 많은 이야기를 글로 적는데 약간의 무리가 오지만, 아직도 끝이 없다는 것이다. 이제 그 전생의 핵심적인 것을 적을 것이다. 그래야 인간들이 이해할 수 있기 때문이다. 그 이야기를 우리는 이 글로써 적는 것이다.

전생이 정말 이 사람하고 무슨 관련이 있는가? 하고 반문하는 사람들이 있을 것이다. 그 전생은 바로 이 사람의 사는 모습도 되지만, 당신들의 사는 모습도 된다고 앞 장에서 이야기했도다.

그 전생은 지금으로부터 약 3,000년 전 전생 이야기인 것이다. 그 삼천년 전 전생을 왜 지금에 와서 이야기하는가? 하고 이상하게 생각하는 사람들도 있을 것이다. 그 이유는 그 삼천년 전 이야기가 하늘 세계의 이야기이기 때문인 것이다. 그 삼천년 전 이야기는 이 존재의 전생 이야기도 된다는 것이다.

그 전생 이야기를 하기 위하여 우리는 이 존재를 예로 들어 수많이 이야기를 했던 것이다. 그 전생은 이 존재의 이야기도 된다. 이 존재의 전생은 오랜 세월 속에서 살아왔다는 것이다. 이 존재는 이제 마지막 인간 세상에서 자신의 전생을 이야기하고, 하늘 세상에서 영원히 살 것이다.

이 존재의 본래 고향은 이 존재의 하늘 세계인 것이다. 그 하늘 세계가 이 존재의 본 고향인 것이다. 이 존재는 원래 인간이 아니었다는 것이다. 이 존재는 인간이 아니고 하늘을 다스리는 또는 인간을 다스리는 하늘의 인간인 것이다. 그런데 어떻게 해서 하늘에서 인간으로 태어날 수가 있는가? 하고 반문하는 사람들이 있을 것이다. 그 이유를 지금부터 적을 것이다. 그 이유를 적기 위하여 우리는 이 존재의 많은 이야기를 했던 것이다.

이 존재는 지구인이 아니다. 하늘 세상에서 살며 인간들을 다스리는 고차원적인 그러한 존재인 것이다. 이 존재는 하늘 세계를 무척이나 좋아했고, 하늘 세상을 무척이나 사랑했단다. 하늘은 걱정이 없는 그러한 세상이었다는 것이다. 그러한 하늘 세상에서 살고 있는 이 존재는 이제 인간 세상에서 살고 싶다고 본인 스스로 이야기하고 있는 것이다.

그래서 우리는 이 존재에게 하늘 세상에서 벗어나 인간 세상으로 가라는 메시지를 전달하였다. 그리고 인간 세상에서 사는 동안 이 존재는 죽음으로써 인간 세상에 대하여 하늘에 고했던 것이다. 그런데 이 존재는 오랜 세월 동안의 수많은 죽음 속에서 본인의 전생을 전혀 알지 못하고 또다시 인간으로 환생했다는 것이다. 그것은 인간 세상을 알기 위한 하나의 모험인 것이다. 그 인간 세상을 알기란 참으로 힘들고, 고달프고, 고독하고, 외로운 일이었노라.

하지만 이 존재는 그 고달프고, 외롭고, 힘든 인간 세상을 잘 참고 참아서 지금의 이 자리에까지 왔던 것이다. 그러면서도 이 존재는 자신이 하늘 존재의 인간인지를 지금까지 모르고 살아왔다는 것이다. 그런데 그 이유를 몰랐던 게 이 존재에게는 더 편했던 것이다. 그 이유를 모르고 살아야 인간 세상에서 편안하게 살 수 있기 때문이다. 그래서 인간들이 볼 때 이 사람은 아주 평범한 주부요, 어머니요 또는 아내였던 것이다. 그래서 이 존재는 그동안 너무나 편안한 가정을 유지하고 살아왔던 것이다. 그 편안한 가정을 유지하기 위하여 우리는 이 존재에게 전생을 알릴 수가 없었던 것이다.

그럼 전생이 무엇이란 말인가?, 정말 하늘 세상이 있다는 말인가? 하고 반문하는 사람이 있을 것이다. 그것은 바로 당신들의 사는 모습에서 보면 알게 될 것이다. 그 사는 모습을 보라는 것이다. 그래서 우리는 지금껏 그 전생의 이야기를 했던 것이다. 그럼 그 전생을 무엇으로 판단한다는 말인가? 하고 의문을 가질 것이다. 그 전생을 판단하는 것은 당신의 생각과 마음인 것이다. 그리고 행동인 것이다. 그 행동을 보면 당신의 전생을 볼 수가 있다는 것이다. 그 당신의 행동을 보고 알라는 것이다.

그 전생의 행동이 지금 사는 모습에서 많이 묻어나온다는 것이다. 그 전생의 삶을 보면 지금 현생의 모습을 보고, 현생의 모습이 어떠한 생각과 어떠한 마음과 어떠한 행동을 하고 있는가를 본다는 것이다. 그러면 당신은 전생을 알게 될 것이다. 바로 그 모습을 보라는 것이다. 그 모습을 보면 당신의 전생 모습을 볼 수 있다는 것이다. 그래서 우리는 하늘 세계를 이야기하는 것이다. 하늘 세계는 분명히 있는 것이다. 하늘 세계는 분명히 있는데, 하늘 세계를 알리는 존재는 지금껏 지구에 아무도 없었다는 것이다.

그 하늘 세계를 알리기 위하여 우리는 이 존재를 선택하였고, 이 존재가 다시 본래 고향인 하늘 세계로 와야 한다는 것이다. 그런데 인간들 가운데 이 존재의 말을 아예 믿지 않으려고 하는 사람도 있지만, 때로는 이 존재의 말이 맞는다는 사람들도 많이 있다는 것이다. 이 존재는 그동안 너무도 착하고, 바르고, 깨끗하게 살아왔기 때문에 모든 사람들이 이 존재의 글과 말에 대해 믿음을 갖고 있다는 것이다. 다른 사람들이 이 존재의 모습을 보고 믿음을 갖기 시작했다는 것이다. 그것은 이 존재가 거짓을 모르고 진실하게 살아왔다는 것을 주위 사람들 모두가 알고 있기 때문인 것이다. 그 진실이 이 존재에 대해 믿음을 갖게 해주는 것이다.

그 믿음을 우리는 잘 알고 있기에 이 존재를 선택을 하였노라. 이 존재는 하늘의 선택이자 인간의 선택인 것이다. 그것은 인간들이 이 존재의 믿음을 믿고 있기 때문인 것이다. 이 존재는 진실하게 그동안 살아왔다는 것이다. 그것을 인간들도 알고 있다는 것이다. 그런데 이 존재를 만나지 못한 사람들은 설마? 하고 의심을 할 수가 있을 것이다. 하지만 그 의심을 하는 것은 '잠시'라는 것을 알게 될 것이다. 그것은 이 존재가 너무도 진실하기 때문인 것이다. 그 진실함을 하늘은 이미 알고 있다는 것이다. 그 진실함을 알기 때문에 우리는 이 존재를 선택하였노라. 그것은 바로 이 존재의 믿음을 알고 있기 때문인 것이다. 그 믿음은 바로 당신의 믿음이자 우리들의 믿음인 것이다.

그 믿음은 우리들의 마음속에 있다는 것이다. 그 믿음을 마음에서 믿고 살라는 것이다. 그 믿음을 본인이 믿고 진실하게 살라는 것이다. 그 진실을 보게 하기 위해 우리는 이 존재를 이야기 했던 것이다. 이 존재는 정말 진실하게 살아왔다는 것이다. 그 진실을 보고 우리도 매우 행복했다는 것이다. 그것은 그 믿음을 우리가 갖고 있기 때문인 것이다. 그 믿음이 우리를 울린 것이다. 그 믿음이 바로 당신의 마음인 것이다. 그 당신의 마음을 믿고, 언제나 당신의 믿음을 따르고, 당신의 믿음으로 당신의 길을 가라는 것이다.

그 믿음을 보며 그 믿음을 계속해서 따르면 당신은 정말 별도의 종교를 믿을 필요가 없다는 것이다. 그렇다고 종교를 믿지 말라는 것은 아니다. 그 종교를 믿되 그 종교의 옳고 그름을 알라는 것이다. 그 종교의 옳고 그름을 알고, 그 종교의 내막을 보며 진실이 무엇인지 알라는 것이다. 그 종교를 믿음으로써 나 자신이 정말 풍요롭고, 정말 안락한 생활을 할 수가 있다고 생각된다면 믿으라는 것이다.

그런데 그 종교가 가정과 사회를 파괴하는 종교라면 믿지 말라는 것이다. 그런 종교는 정말 없어져야 하는 인간들의 종교인 것이다. 그 종교들이 지금은 인간들의 세상에 너무도 많이 있다는 것이다. 그러한 종교는 믿지도, 가까이 하지도, 가지도 말라는 것이다.

그러한 종교가 있음으로 해서 인간들이 더 괴롭고, 더 고달프고, 더 외롭고, 더 힘들고, 더 못된 짓을 하게 된다는 것이다. 그러한 종교는 믿지도 말고, 가지도 말라. 그러한 종교를 하루라도 빨리 없애야 한다는 게 우리의 마음인 것이다. 그 종교를 믿고 있는 자들은 자신을 잘 모르고 살고 있기 때문인 것이다. 이러한 인간들이 지금 인간 세상에는 너무도 많이 있다는 것이다. 그러한 종교는 믿지도 말고, 보지도 말고, 관련 서적을 읽지도 말라. 그러나 그러한 종교는 앞으로 더욱 많아질 것이다. 어떤 유혹이 있더라도 그러한 종교에는 아예 가까이 접근도 하지 말라는 것이다.

그러한 종교는 잠시의 쾌락과 잠시의 환락과 사랑에 빠지게 하고 말 것이다. 그러한 종교는 정말 인간들에게 도움이 되지 않는 종교인 것이다. 그러한 종교들을 정말 어떻게 처단하면 좋을지에 대해 우리는 하늘에서 연구를 하고 있는 중이란다. 그러한 종교는 정말 보기도 싫도다. 그러한 종교는 정말 인간들에게 도움은커녕 오히려 피해를 준다는 것이다. 그러한 종교가 하루라도 빨리 없어져야 한다는 것이다.

그런데 인간들은 그러한 종교가 어떤 종교인지를 모르고 있어 그런 종교에 쉽게 빠진다는 것이다. 그러한 종교는 바로 당신들 주위에도 많이 있다는 것이다. 그러한 종교를 보게 되면 정신을 바짝 차리라는 것이다. 정신을 차려야 그 못된 종교에 빠지지 않는다는 것이다. 그러한 종교를 보게 되면 빨리 빠져 나와야 한다는 것이다. 그리고 그러한 종교는 아예 폐쇄시켜야 한다는 것이다. 그럼 이제 종교에 대해서는 이만 적을까 싶다.

종교는 당신들의 판단에 의해 잘 선택하라는 것이다. 선택을 어떻게 해야 인간들이 윤택한 삶을 살 수 있는가를 잘 생각하라는 것이다. 그런 윤택하고 행복한 삶을 살게 하기 위해서 우리는 하늘에서 인간들에게 끊임없이 사랑을 주고 있다는 것이다. 하늘에서 주는 그 사랑을 인간들이 잘 받기를 우리는 원한다는 것이다.

그럼 다음 장에서 예언에 대해 적을까 싶다.

2006년 6월 24일 새벽 1시 48분

제18장
조상께 '물질적인 제사상'을 차리지 말라

　수많은 이야기 중에서 우리는 그동안 지구에 관한 이야기를 했노라. 그 지구에 관한 이야기를 하는 이유는 우리가 사는 방식대로 사는 것이 아니라, 당신들의 사는 방식대로 살기 때문이다. 그렇기에 수많은 예를 앞에서 적었던 것이다. 그 예가 바로 당신들의 사는 방식인 것이다. 그래서 우리는 지구의 예언을 적기 위하여 그동안 이렇게 많은 글을 적어왔던 것이다.

　그럼 이제는 지구의 예언에 대해 더 구체적으로 적을 것이다. 지구의 예언을 적는 것이 우리 인간들을 위한 글이란 걸 알라. 그 이유는 인간들이 지구가 변화는 모습을 너무도 모르고 있기 때문이다. 우리는 이제 인간들에게 이를 알리기 위하여 이렇게 글로 적노라. 지구에 대해서 알고자 하는 인간들의 노력이 끊임이 없지만, 그 지구가 어떻게 변화하는지는 인간들 중 그 어느 누구도 자세히 모르고 있다는 것이다.

그 지구가 변화하는 모습은 앞으로 상상을 초월할 정도로 변한다는 것이다. 그 상상을 초월하게 변한다는 게 그 지구의 이야기인 것이다. 그 지구가 어떻게 변하는지 보기를 바란다. 그 지구의 변화에 대해 앞으로 계속해서 적을 것이다. 그 지구의 변하는 모습을 말이다. 그 지구의 변하는 모습은 지금 당장은 없도다. 다만 인간들이 고통을 많이 받는다는 것이다. 그 인간들의 고통이 무엇인가. 바로 그 질병인 것이다. 그 질병이란 무엇인가. 그 질병은 바로 당신들이 자주 쓰는 마약과 자주 쓰는 진통제인 것이다. 그 진통제가 인간을 질병으로 몰아넣는다는 것이다.

그 질병이 인간의 세상에 온다는 것이다. 그 질병이 무엇을 만드는가. 바로 당신들의 행동을 만든다는 것이다. 그 행동을 보라. 그 행동을 보고 당신은 과연 어떠한 행동을 하며 살았는지 말이다. 그 행동을 보면 당신들의 질병이 있을 것이다. 그 행동을 보고 당신들의 질병이 과연 당신들에게 오고 있는가를 또는 다른 사람에게 오고 있는가를 보라는 것이다. 그 행동 속에서 당신들의 질병을 발견할 수가 있는 것이다. 바로 그 질병을 발견하라는 것이다. 그 질병을 바로 보고, 바로 해결하고, 바로 찾기를 우리는 원하는 것이다. 그 질병은 아주 대단한 것이 아니다. 바로 당신들의 주변에 있다는 것이다. 그 질병이 바로 어디에 있다는 것인가? 하고 반문하는 사람들이 있을 것이다. 그 질병이 당신들의 바로 코앞과 발밑에 있는데도 말이다. 그 질병을 보라는 것이다.

그 질병을 보는 방법도 있다는 것이다. 그 질병은 마음의 병에 많이 있다는 것이다. 그 마음의 병은 정신병이다. 그리고 인간이 도저히 고칠 수가 없는 간질에서도 앞으로 많이 생긴다는 것이다. 그 정신병과 간질이 인간이 사는 동안 얼마나 힘들고, 얼마나 고통스럽게 하는지 당해 본 당사자들은 알 것이다. 그 질병은 바로 당신의 가족이요, 바로 당신의 이웃이요, 바로 당신의 친척인 것이다. 그 질병은 바로 당신들의 코앞과 발밑에 있다는 것이다. 그 정신병이 얼마나 인간을 황폐하게 만들고, 병들게 만드는지 우리는 하늘의 세계에서 잘 알고 있단다.

그래서 우리는 하늘의 세계에서 이 질병을 고칠 수 있는 비법을 이 존재에게 선물로 주었노라. 이 존재는 그러한 능력이 있기 때문인 것이다. 그러한 능력을 가지고 있지만, 본인은 또는 이웃과 가족들은 지금껏 아무도 모르고 살고 있다는 것이다. 그래서 우리는 이 존재의 능력에 대해 지금부터 인간들의 세상에 알리겠노라. 이 존재는 어차피 세상 사람들에게 알려지게 되어있노라. 그러나 사람들은 이 존재를 생소하게 여기고 있다는 것이다. 그 질병을 지금껏 인간 세계에서는 아무도 치료를 하지 못했기 때문인 것이다. 그 원인조차도 찾지 못했다는 것이다. 하지만 왜, 어떻게, 환자가 아파하는지 그리고 그 원인이 무엇인지에 대해 우리는 하늘의 세계에서 연구하여 이 존재에게 알려주었노라.

그것은 이 존재가 그러한 작업을 하여 인간 세상을 밝히고, 인간들이 어떻게 살아야 하는가에 대한 직·간접적인 메시지인 것이다. 그래서 우리는 인간들이 더 착하고, 바르고, 깨끗하게 살기를 원하고 있는 것이다. 그러나 이러한 환자가 앞으로도 많이 나온다는 것이다.

그렇지만 인간들은 자기의 이익만 생각하고, 자기의 욕심만 생각하고 있다는 것이다. 그 욕심과 이익이 얼마나 후손들을 힘들게 하는지 인간들은 모르고 있다는 것이다. 그 욕심대로 살면 정말 후손이 힘들게 사는 것인데도 말이다. 그 욕심을 버리라는 것이다 그 욕심대로 살면 후손들 중 정신병과 간질 환자가 정말 많이 생긴다는 것이다. 그 욕심이 무엇인가. 그 욕심을 구체적으로 적을까 싶다. 그 욕심을 버리는 것은 바로 깨끗하게 살라는 것이다. 그 욕심을 버리고, 하늘을 보며 한 점 부끄럼이 없을 정도로 깨끗하게 살라는 것이다.

그러한 인간들이 욕심 없이 살면 정말 후손들은 행복한 삶을 살 것이다. 또한 후손들도 그러한 깨끗한 삶을 살아야 더욱 행복하다는 것이다. 그대 또 그대 후손이 정말 행복한 삶을 원한다면 대대로 깨끗한 삶을 살라는 것이다. 하늘을 보고서 말이다. 그 하늘을 보고 한 점 부끄럼이 없을 정도로 말이다. 인간들아, 우리의 말을 명심하고 또 명심하거라. 우리는 인간들을 바르게 이끌어주고 싶어서 하늘의 메시지를 그대들에게 전하고 있는 것이다. 그 하늘의 메시지를 인간들이 잘 이해하고, 삶이 윤택하고, 행복한 삶을 살기를 우리는 바란다는 것이다.

그럼 그런 행복한 삶 또는 윤택한 삶은 무엇인가? 하고 반문하는 사람이 있을 것이다. 그 삶이 바로 깨끗한 삶인 것을 말이다. 그러한 삶을 살기란 때로는 힘들 때도 있고, 때로는 물질적으로 부족한 면도 있다는 것을 알라. 그 물질적으로 부족하지만 생활에 만족할 만큼의 이익이 있다면 모든 사람과 나누어 먹도록 하거라. 그 만족하는 삶이란 게 끝이 없겠지만, 그래도 불쌍한 사람들에게 나누어 주거라. 그런 삶이 진정한 삶인 것이다. 그 삶이 아름다운 삶인 것이다. 그 삶을 살라는 것이다.

그 물질적인 것들을 정말 불쌍한 존재들을 위해 써주라는 것이다. 하지만 나쁜 곳에는 쓰지 말라는 것이다. 그 나쁜 곳에 쓰게 되면 물질의 가치가 없도다. 그 나쁜 곳에 쓰는 물질은 하늘의 세계에서는 아무런 도움이 되지 않는다는 것이다. 그 나쁜 곳에 쓰는 물질은 오히려 악의 물질이 되는 것이다. 그 악의 물질은 정말 하늘에서 볼 때 악마와 같은 존재로 본다는 것이다. 그 악마의 존재로 쓰이는 물질을 우리는 원하지도 않는다는 것을 알라. 나쁜 물질은 정말 아무 곳에도 쓸 수 없는 물질인 것이다. 그 물질은 정말 좋은 곳, 불쌍한 곳에 쓰이기를 우리는 원하는 것이다.

그런데 그 질병이 왜 인간들에게 가는지 궁금해하는 사람들이 많이 있을 것이다. 그 질병이 말이다. 그 질병은 바로 당신들이 너무도 환락, 쾌락 등을 일삼았기 때문에 생기는 것이다. 그 쾌락과 환락으로 인한 피폐한 생활은 바로 당신들의 코앞과 발밑에서 일어날 수 있는 것이다.

그런데 인간들은 이 쾌락을 즐기기 위한 하나의 수단이나 도구로 생각하고 있다는 것이다. 우리가 하늘 세계에서 볼 때 이러한 인간들의 모습은 절대로 잘못된 것으로 생각한다는 것을 알라. 하늘의 세계는 정말 문란한 쾌락을 원하지도 않았고, 욕심을 원하지도 않았다. 상대를 깔아뭉개는 행동도 원하지 않는다는 것을 알라. 그러한 행동 때문에 지구는 지금 엄청나게 시달림을 당하며 질병의 세상에 처한 상황에 와있다는 것이다. 그 쾌락과 환락과 그 욕심으로 인해 인간들의 세계가 썩고 있다는 것이다.

그 인간들의 세계가 썩고 있는 것이 바로 질병인 것이다. 그 질병은 다른 데서 오는 것이 절대 아니다. 그동안 인간들은 그 질병이 다른 곳에서 오는 줄로 알고 있더구나. 그 질병은 바로 당신들의 행동과 당신들의 마음과 당신들의 욕심에서 온다는 것을 알라. 그것이 바로 당신들의 코앞과 발밑에 있는 것을 말이다. 그 이유를 이제는 알겠는가? 우리는 인간들을 돕고 싶구나. 그러나 인간들은 나의 말에 귀를 기울이려 하지도 않는다는 것을 알고 있다. 하지만 세월이 지나면 이러한 메시지가 옳았다는 것을 알게 될 것이다. 이러한 메시지를 알기에는 수많은 세월이 흘러야겠구나. 인간들이 그만큼 지구에 관하여 아직 많은 생각을 하지 못하고 있다는 것이다. 하지만 지식인들은 때로는 알고 있다는 것이다.

그 지식인들이 이러한 글을 많이 홍보했으면 좋겠구나. 그런데 이러한 지식인들이 정말 얼마나 깨어 있을까 궁금하기도 하구나. 인간들이 이러한 것에 많이 깨어 있으면 그들 스스로 생활에서 조심을 한다는 것이다. 그러한 종교인들도 많이 깨어 있어야 한다는 것이다. 그 종교인들도 이러한 것을 알고 좀 더 깊이 종교인들을 교육시켜야 할 것이다.

종교가 좋은 것이지만, 때로는 나쁜 것도 있다는 것을 알라. 그 종교를 알고 잘 선택하기를 바란다. 종교란 참 묘한 것이다. 그 종교를 믿기란 참 힘들고, 묘하고, 판단이 잘 서지 않을 때가 있다는 것이다. 그 힘든 종교의 선택이 그래서 중요하다는 것이다. 그 선택을 잘하여 윤택한 삶을 살기를 우리는 바란다. 그 윤택한 삶이 바로 하늘의 세계에서 우리가 원하는 삶이란 걸 알라.

그래 다음에는 좀 더 자세한 내용을 적을까 싶다. 우리가 살아온 세월을 말이다. 그 세월을 글로 적는 것이란 참 어렵다는 것을 알라. 하지만 우리는 핵심적인 글만 적을까 싶다. 그 핵심적인 글은 바로 우리가 살아온 세월과 이 존재의 세월을 적는 것이다. 그 세월을 적을 때 우리는 매우 행복하구나. 왜 우리는 행복한가? 그 이유는 이러한 글을 인간들에게 전할 수가 있으니 말이다. 이러한 글을 인간들에게 전하지 못하면서 우리는 참으로 힘들었단다. 하지만 이러한 글을 적을 수 있는 존재를 우리에게 선물로 준 것을 우리는 정말 감사하구나. 우리 하늘의 모든 신들께 말이다. 하늘의 모든 신들은 참으로 많이 있다는 것을 알라. 인간들은 이 하늘 신의 세계를 모르고 있다는 것이다.

그래서 지금은 하늘 신들에 대하여 글을 적을까 싶구나. 하늘 신들의 세계를 말이다. 하지만 많은 존재들은 하늘 신의 세계를 모르고 있기 때문에 하느님만 있는, 그러한 하늘인 줄로 알고 있다는 것을 알라. 인간들인 존재들은 그렇게 알고만 있다는 것이다.

　하지만 하늘의 신들은 참 많고, 인간들에게 많은 도움을 전하고 싶어한다는 것을 알라. 그 하늘의 신들은 인간을 돕는다는 것을 알라. 그 하늘의 신은 도대체 어떠한 신인가? 하고 인간들은 반문할 것이다. 그 하늘의 신들은 바로 당신들의 마음과 당신들의 행동에서도 알 수가 있을 것이다. 그 하늘의 신들은 당신들의 마음에 모두 가 있다는 것이다. 그 하늘의 신들이 당신들의 어느 마음에 와 있는가? 하고 반문하는 사람들이 있다는 것을 알고 있다.

　하지만 우리는 당신들의 마음과 행동에 있다는 것을 말이다. 그 당신들의 마음과 행동이 무엇이란 말인가? 하고 의문을 가진 사람들이 많이 있을 것이다. 그 당신의 마음이 바로 당신의 행동과 일치한다는 것이다. 그 행동을 보라는 것이다. 그 행동을 보고 당신은 과연 하늘의 신이 나를 돕고 있는지 보라는 것이다.

　그 당신의 마음과 행동을 보고 하늘의 신이 나를 돕는다는 것을 알라는 것이다. 그 마음이 중요하다는 것이다. 그 마음을 보라는 것이다. 그러면 그 마음이 얼마나 중요한가를 알게 될 것이다. 하늘이 인간의 마음을 알고 있다는 것이다. 인간의 마음을 보고 그 사람의 평가를 한다는 것을 알라. 그 사람의 마음이 정말 중요하다는 것이다.

　그 마음을 보라는 것이다. 그 마음을 보고 당신은 무엇을 깨달았는가. 그 마음이 진정한 마음인가 아니면 가식의 마음인가 하고 자신을 보라는 것이다. 그 진정한 마음이 인간들을 울린다는 것을 알라.

그 진정한 마음이 인간들을 울리지만, 하늘도 울린다는 것을 알라.

하늘은 그 마음을 보고 있다는 것을 알라. 그 마음이 진정한 마음인가를 본다는 것이다. 그 마음을 보고 우리는 그 사람을 평가한다는 것이다. 그 사람의 마음을 보고 평가하는 게 바로 우리 하늘의 세계인 것이다. 그 마음이 정말 중요하다는 것을 말이다.

그럼 그 마음을 어떻게 알라는 것인가. 그 마음이 바로 당신들의 속 깊은 마음인 것이다. 그 속 깊은 마음이 정말 타인을 위한 마음과 진정한 그 사람을 위한 마음인가를 본다는 것이다. 그 마음을 보고 우리는 하늘에서 인간의 세계를 본다는 것이다. 그 인간의 세계가 바로 우리의 목적이고, 우리의 의무인 것이다.

그 인간들의 마음을 꿰뚫어 볼 수가 있다는 것이다. 그 인간의 마음을 꿰뚫어 보는 것이 바로 우리이지만, 인간들이 바르고, 착하고, 깨끗하게 살라는 메시지인 것이다. 그 메시지를 전하기 위하여 우리는 수많은 이야기를 했던 것이다. 그 수많은 이야기가 바로 당신들의 이야기인 것이다.

그 이야기를 보고, 이 글을 읽고, 지금부터라도 착하고, 바르고, 깨끗하게 살기를 우리는 하늘 세계에서 인간들에게 바라는 바이다. 우리가 인간들에게 바라는 바는 이러한 것이지 물질적으로 조상들에게 제사상을 차려 달려는 것은 절대 아니라는 것을 인간들에게 전하고 싶구나.

인간들이 제사상을 차리는 이유는 무엇인가. 그 제사상은 인간들이 다하지 못한 것을 신들에게 물질로 선물을 전하고 싶어서 과거 몇 천 년 전부터 내려온 것이라는 것을 알라. 그 제사상이 무엇을 말하는가. 그 제사상은 인간들이 먹는 음식인 것이다. 그 제사상은 인간들이 먹는 음식이지, 우리 신들을 위한 음식이 아닌 것이다.

그 제사상의 음식을 보라. 너무도 호화찬란한 음식인 것이다. 그 호화찬란한 음식을 왜 신에게 주는가. 그 신들은 몸이 없지 않은가. 그 신들에게는 몸이 없는데 어찌 음식을 먹는단 말인가. 그 음식을 먹는 사람은 바로 당신들 인간인데 말이다. 인간들은 그런 것도 모르고 몇 천 년 전의 관습을 그대로 숭배하며 지금까지 내려오고 있는 것이다.

하지만 우리 하늘의 세계에는 그 제사상이 필요 없다는 것을 알라. 그 제사상이 필요 없는데 왜 인간들은 제사를 지내는지 모르겠구나. 그 제사는 인간들의 물질 가운데 하나를 바치는 것이다. 그 물질이 진정 인간을 위한 물질로 바쳐진다면 우리는 매우 찬성한다는 것이다. 하지만 그 물질이 다른 나쁜 곳에 바치는 것이라면 그것은 죄악인 것이다.

그 나쁜 죄악을 왜 물질로 바치는가. 그 물질은 사람이고 또는 짐승이고 또는 음식인 것이다. 그 물질이 정말 신들이 원하는 것인가. 그것은 정말 신들이 원하는 것이 아니다. 그것은 다만 인간들이 먹으면 되는 것이다. 그 인간들이 먹으면 되는 것을 왜 신들에게 바치는지 모르겠구나.

인간들이 너무도 몰라 지금까지 그냥 내려온 일인 것이다. 이제 그 인간들을 깨우쳐 줘야 하기 때문에, 우리는 직접 하늘에서 내려와 이 글을 적을 수 있는 존재를 찾고 있었던 것이다. 그런 와중에 이 존재를 발견했노라.

고맙구나, 나의 존재야. 오늘도 무척이나 고생을 많이 했구나. 그 환자를 치유하기 위하여 너는 무척이나 고생을 하고 있다는 것을 우리는 하늘에서 모두 보고 있다는 것을 알라. 나의 존재야, 고맙다.

2006년 6월 26일 밤 12시 45분

제19장
환락만을 추구하는 것은
인간들을 쉽게 병들게 한다

오늘도 새로운 일을 했구나, 나의 존재야. 그 아기의 빙의 성격이 참 고약하더구나. 하지만 그 고약한 성격에도 우리가 볼 때 때로는 귀여움이 있더구나. 그래도 아기는 아기더구나. 나의 존재야, 오늘도 수고가 많았구나. 앞으로 계속해서 그러한 작업이 많이 있을 것이다. 그 여자 분에게 감사하구나. 그런 환자를 소개해 주었으니 말이다. 그런 환자가 수없이 많이 있는데, 본인은 물론 의술에서도 알지 못하는 병을 우리가 알 수 있다는 것을 말이다. 그 허리 수술을 하지 않아서 다행이구나. 그 여자 분에게 고맙구나. 또한 그 여자 친구 분에게도 좋은 일을 했구나. 나의 존재야, 오늘도 수고가 많았단다.

그럼 오늘도 이 지구에 대하여 글을 쓰겠노라. 그 지구가 어떠하단 말인가. 그 지구가 지금 많이 병들어 있다는 것을 알고 있다. 하지만 인간들은 지구가 어떻게 새롭게 변화할 줄을 모른단다. 다만 인간들은 쾌락과 환락과 환희와 사랑밖에 모른다. 그러한 생활 속에서 지구는 병들고 있는데도 말이다. 그러한 생활이 과연 인간을 위한 것인가. 순간은 좋을지 모르지만, 그 환각의 늪에서 빠져 나오지 못하면 인간이 폐인이 된다는 것이다.

그 폐인이 된다는 것이 얼마나 무서운 병인지 모른단다. 그 폐인이 정말 인간을 말살하고, 인간을 죽음의 길로 가게 한다는 것을 말이다. 그 죽음의 길이 바로 파국인 것이다. 그 죽음이 파국인 것을 인간들은 왜 모르는가? 그 파국이 바로 당신의 발과 코앞에 있다는 것을 이제는 알겠는가. 그래서 우리는 파국이 그 본인 가까이 있다는 것을 말이다. 그 환락이 얼마나 인간을 폐인으로 만드는지 말이다. 그 환락이 정말 인간의 모든 관계를 끊게 만든다는 것을 말이다. 그 인간의 관계를 말이다. 그 인간의 관계란 게 멀리 있는 것이 아니고, 바로 코앞과 발밑에 있다는 것을 알라.

우리는 그동안 인간들이 어떻게 살아야 하는지를 이야기했노라. 그 이야기를 하기 위하여 우리는 또 많은 이야기를 했다는 것을 알라. 그럼 그 이야기는 과연 어디에서 어떻게 나오고 있는가? 하고 의문을 갖는 사람들이 있다는 것이다. 하지만 우리는 인간들이 어떻게 살고 있는가 하는 것을 이미 알고 있기 때문에, 그들에게 행복을 주고 싶고, 웃음을 주고 싶도다. 그런데 그 행복을 받을 인간들이 너무도 적어 우리는 너무도 안타깝도다.

지구의 변화에 대하여 계속해서 글을 적겠노라. 그 지구가 과연 어떻게 변화하는가 말이다. 그 지구는 인간들이 하는 행동에 따라서 변한다는 것을 알라. 그 지구가 변하는 모습을 인간들이 보고, 느끼고, 반성을 해야 한다는 것이다. 그 지구의 변하는 모습으로 지구가 얼마나 힘들어하는지 말이다.

그 지구가 변하는 모습을 어떻게 알라는 것일까? 하고 이야기하는 사람들이 있을 것이다. 그 지구가 변하는 모습은 바로 당신들의 생각과 당신들의 마음에 있다는 것을 앞 장에서 이야기했노라. 그 이야기를 왜 또 이 장에서 하는가 하고 의문을 가진 자가 있을 것이다. 그 의문은 당연하다. 그 의문을 이야기하겠노라. 그 의문이 무엇인지 말이다.

지구의 변하는 모습을 계속해서 적을 것이다. 그 지구를 말이다. 지금 지구는 한계를 느낄 정도로 지쳐있다는 것이다. 그럼 지구가 어떻게 지쳐있다는 것인가. 그 지구가 말이다. 그 지구가 지쳐있는 것을 이야기할 것이다. 그 지구가 지친 이유를 말이다. 그 지구가 왜 지쳐 있을까를 생각해 봐라. 어떤 이유인지 말이다.

그 지구가 지친 것은 바로 당신들의 생각이라고 이야기했노라. 하지만 그 이야기가 무엇인지 인간들은 전혀 모른다. 그 이야기가 바로 당신들의 사는 모습인 것이다. 그 인간들의 사는 모습이 무엇이란 말인가? 하고 반문할 것이다. 그 이야기는 바로 우리들의 이야기도 된다. 우리들의 이야기란 도대체 무엇인가. 바로 하늘의 이야기도 된다는 것이다. 그 하늘의 이야기를 적기 위하여 우리는 수많은 이야기를 해야 하기 때문인 것이다.

그 수많은 이야기는 바로 당신들의 이야기도 된다는 것이다. 그 수많은 이야기는 과연 어떠한 이야기일까? 하고 의문을 가질 것이다. 그 수많은 이야기는 바로 당신들의 이야기도 되지만, 우리들의 이야기도 된다. 그럼 그 이야기는 무엇인가. 바로 사람들의 사는 모습인 것이다. 사람들이 사는 모습은 무엇인가. 바로 사람들이 사는 모습이 너무도 환락에 휩싸이고 황폐해진 것이라고 앞 장에서 이야기했노라.

그 이야기를 하기 위하여 우리는 수많은 이야기를 했지만, 인간들은 이 이야기를 '그냥 그런 건데 뭐!' 하고 흘러 들을 수가 있는 것이다. 하지만 하늘에서 보기에는 그것이 아니기 때문에 인간들에게 메시지를 전달하는 것이다. 그 환락 때문에 지구에 무슨 변화가 온다는 것인가? 하고 의문을 가질 것이다. 그 환락이 바로 인간의 정신을 흐트러지게 하고, 인간의 마음을 파헤치고, 인간의 행동을 나쁘게 만든다는 것이다.

그 환락은 순간은 좋을 것이다. 그 순간만은 황홀할 것이다. 하지만 지구를 볼 때 그 환락은 인간을 쉽게 병들게 만든다는 것이다. 그 환락은 인간들간의 싸움도 만든다는 것이다. 그 환락으로 인간들은 살인도 한다는 것이다. 그 환락으로 인간은 서로 적이 된다는 것이다.

그 적을 없애는 방법은 바로 당신들이 바른 생각으로 깨끗한 행동을 하는 것이다. 그 바른 생각을 하고, 깨끗한 행동을 하면 인간의 세상은 정말 살기 좋은 세상이 된다는 것이다. 그 살기 좋은 세상이 바로 우리가 원하는, 만들고 싶은 세상이다. 그러한 세상을 인간들에게 주고 싶은 것이 우리의 마음지만, 인간들이 이를 받아 주지 못하는구나.

그 받아 주지 못하는 인간들 때문에 우리는 정말 안타깝고, 정말 한스럽고, 정말 가슴이 터질 정도이구나. 인간들이 왜 그런 정신으로 살아야 하는지, 인간들은 아직도 모르고 있다는 것이다. 그 환락 때문에 지구에 한 번의 종말이 있었다는 것을 알라. 그 종말은 아주 오랜 몇 천 년의 세월 속에서 한 번 왔다는 것이다. 그 종말을 지금의 이야기에 빗대어 이야기하는 인간들이 있다는 것이다. 하지만 지구에 있어 앞으로의 종말은 없도다. 그리고 지구에 종말이 온다는 것도 없도다. 다만 조금 개선된 인간들이 많이 태어난다는 것이다.

그 개선된 인간들이 많이 태어나면 앞으로 지구는 살기 좋은 지구로 될 수 있다는 것이다. 그 살기 좋은 지구를 만들기 위하여 우리는 이 존재를 통해 이렇게 왔노라. 이 존재가 그러한 역할을 해야 하기 때문에 우리는 이 존재를 선택한 것이다. 이 존재는 바로 하늘의 존재인 것이다. 다만 인간들의 삶을 체험하기 위해 인간으로 환생을 했다는 것을 앞 장에서 이야기했노라. 그 앞 장에서 이야기를 한 이유가 바로 이러한 메시지인 것이다. 이러한 이야기를 하기 위하여 글을 썼노라.

그런데 아직도 환락이 최고인양 일삼고 있는 인간들이 너무 많이 있다는 것이다. 그 인간들은 앞으로 한심한 세상을 살게 될 것이다. 왜 그 한심한 세상을 사는지 당신들은 잘 알 것이다. 그 한심한 세상이 바로 상대방을 힘들게 한다는 것이다. 그 상대방을 생각한다면 절대로 환락을 추구하지는 못할 것이다.

그 상대방은 외롭게 홀로 있어야 한다는 것이다. 인간들은 그 상대방의 입장을 생각하지 못한다는 것이다. 그 상대방의 입장을 생각한다면 인간들이 환락을 즐길 수 없다는 것이다. 즐기는 것이 바로 그 상대방을 아프게 만든다는 것을 알라. 그 상대방의 가슴은 정말 피멍이 들고 있다는 것을 알라. 그런데도 인간들은 그것을 모르고 그저 사랑하니까, 그저 좋아하니까, 아니면 그냥 즐기는 것이니까 하고 만다는 것이다.

하지만 그것은 절대 아니라는 것을, 그것은 상대를 슬픔에 내몰고 있다는 것을 알아야 한다. 그 슬픔을 격어보지 못한 사람들은 모를 것이다. 그 슬픔이 얼마나 외롭고 고달픈지 말이다. 그 슬픔을 이겨내는 자는 정말 훌륭한 사람인 것이다. 그 슬픔을 이겨내는 힘은 도를 닦는 것과 같은 이치일 것이다. 그러나 그 슬픔을 이겨내는 인간들은 과연 몇이나 될까. 그 슬픔을 이기지 못하는 사람들이 너무 많다는 것이다.

그렇기 때문에 인간들의 지구가 변한다는 것이다. 그 지구가 변하는 목적을 이제는 알겠는가. 그 슬픔을 이겨내라는 것이다. 그 슬픔을 이겨내지 못하는 인간은 같은 인간들이 즐기는 그 환락에 곧 빠진다는 것이다. 그 환락을 방지하기 위하여 우리는 이 존재를 통해 이 글을 적노라. 나의 존재야, 고맙다. 우리는 너의 마음을 다 알고 있다는 것을 알라. 앞으로 더욱 이겨내기를 우리는 바란단다, 나의 존재야.

인간들은 참으로 이상하도다. 인간들이여, 왜 그 환락을 그렇게도 찾고 헤매는지, 그 환락이 그렇게 중요한지, 그 환락이 그렇게 소중한지, 그게 무엇이 그렇게 대단한지 말이다. 그런데 인간들은 그것을 깨닫지 못한다는 것을 알고 있다. 아무리 이야기를 한들 인간들은 이 이야기를 깨닫겠는가. 그 이야기를 하여도 인간들은 오히려 즐기고 있다는 것이다. 그 이야기를 재미있게 생각하고 있다는 것이다. 심지어 그 이야기가 세상의 전부인양 이야기하고 있다는 것이다. 그 이야기를 하나의 활력소로 생각하고 있다는 것이다. 그 이야기 때문에 얼마나 한 사람이 상처를 받는지 생각도 하지 않는다는 것이다.

인간들이여, 그것을 멀리 하라는 것은 절대 아니다. 다만 배우자에게 하라는 것이다. 그 배우자에게 하는 것은 죄가 아니란다. 그 배우자에게는 오히려 즐기게 하는 것이란다. 그 배우자에게는 오히려 성스러운 것이다. 그 배우자에게는 오히려 희망을 준다는 것이다. 그런데 배우자는 재미가 없다고 말하는 인간들이 있다는 것이다. 그 배우자에게는 흥미를 느끼지 못한다는 것이다. 그러한 인간들의 습성 때문에 인간들이 사는 동안에 고달퍼하는구나. 인간들에게 배우자는 최고인데도 말이다.

그 배우자를 진심으로 사랑해 보라는 것이다. 그 사랑을 정말 마음으로 생각해 보라는 것이다. 그 생각으로 사랑을 할 때 정말 환희가 온다는 것을 알아. 그 환희가 정말 즐기는 방법인 것이다. 그런데 그 환희를 멀리서 찾으려하고 있더구나. 인간들아,

멀리서 찾지 말라. 그 환희는 바로 당신의 안방에 있는 것이다. 그 안방에서 행복이 오는 것을 말이다. 그 행복이 멀리 있는 게 아니고 바로 안방에 있다는 것을 말이다. 세상 사람들아, 이제는 그 이야기를 알겠는가. 바로 앞에 발밑에 있다는 것을 이제는 알겠는가.

인간들은 한편으로 어리석은 면이 참으로 많다는 것이다. 행복이 바로 당신들의 안방과 당신들의 집안에 있다는 것을 모르고 있으니 말이다. 그 어리석은 짓을 하지 말라. 그 어리석은 짓을 말이다. 그 어리석은 짓을 하지 말고 이제 행복은 가까운 안방에서 찾기를 우리는 바란다. 그 안방이 얼마나 소중한 곳인가. 그 안방이 얼마나 안락한 곳인가. 그 안방이 얼마나 행복한 곳인가 말이다. 그 안방에서 당신을 찾고, 당신을 알라는 것이다. 그 안방이 우리들의 사는 모습이고, 그 안방이 그것을 원하는 인간들에게 우리들이 주고 싶은 곳이다. 그 안방을 소중하게 여기기를 우리는 바란다.

그럼 다음 장에서는 더 중요한 이야기를 할 것이다. 그 중요한 이야기는 무엇인가. 그 중요한 이야기를 우리는 인간들에게 빨리 전하고 싶은 것이다. 그 중요한 이야기는 다른 게 아니다. 바로 하늘을 보고 부끄러움 없이 살라는 이야기인 것이다. 그 이야기에 대해 앞 장에서 이야기했지만, 더 구체적인 이야기를 하기 위하여 이제 다시 글을 적을 것이다.

그 이야기를 하는 동안 당신들의 마음을 보고, 당신들의 생각을 해보라는 것이다. 당신들은 과연 하늘 보고 부끄러움 없이 살고 있는가 말이다. 그 부끄러움 없이 사는 방법을 적겠노라. 이제는 더 구체적으로 글을 적는다는 것을 알라. 그 구체적으로 적는 게 무엇인가? 하고 궁금해하는 사람들이 있을 것이다. 그 구체적으로 적는 것이 바로 당신들의 마음에 모두 있다는 것이다.

그런데 그 마음을 어떻게 보고, 어떻게 생각하고 있는가는 이미 당신들의 마음속에 있다는 것을 알라. 그 마음이 어떠한 것인지 더 구체적인 글을 적겠노라. 그 글을 적기 위하여 우리는 많은 예를 들었노라. 그 예는 멀리 있는 것이 아니라, 바로 우리들의 코앞과 발밑에 있다는 이야기를 한 것이다.

그럼 다음 장에서 더 쓰도록 하자.

2006년 6월 28일 새벽 1시 35분

제20장
인간의 사는 참모습 속에 바로 깨달음이 있다

그래 오늘도 힘들게 고생을 많이 했구나. 나의 존재야, 너의 고생을 우리는 하늘에서 모두 보고 있다는 것을 알라. 하늘의 세계에서 하늘의 모든 신들이 모두 보고 있다는 것을 말이다. 네가 하는 일을 보고 하늘의 모든 신들은 너의 가련한 모습에, 너의 고생스런 모습에, 너의 정성스런 모습에, 우리는 너무도 안타깝고 고맙게 생각하고 있다. 그리고 모두가 너에게 응원을 보내고, 네가 치유하고 있는 환자들의 빠른 쾌유를 바란다. 그래 오늘도 수고가 많았다, 나의 존재야.

그럼 오늘도 지구에 대하여 글을 쓰겠노라. 그 지구에 대하여 글을 쓰기에 앞서 이 지구가 정말 어떤 모습으로 변하는가를 알아보자꾸나. 인간들은 지구를 그냥 자기네들이 사는 그러한 동네나 마을 정도로 생각하고 있다는 것이다. 그러나 이 지구를 그냥 자기네 마을로 또는 자기네 안방으로만 생각하지는 말라는 것이다.

우리는 지구를 너무도 사랑한다는 사실을 알라. 그 지구를 알게 된 때부터 우리는 인간들이 하는 행동을 조심스럽게 눈여겨본다는 것을 알라. 그 지구가 얼마나 소중한지 말이다. 지구를 중요하게 생각하면 지구를 사랑하는 마음이 절로 생길 것이다. 지구를 사랑하는 인간들이 많이 태어났으면 하는 것이다. 그리고 우리들은 지구가 파괴되지 않기를 진정으로 바란다는 것이다.

이 지구를 사랑하는 마음에서 우리는 인간들에게 지구의 모습을 이야기하는 것이다. 그 지구의 모습을 보라는 것이다. 그 지구의 모습을 보고 인간들이 이 지구를 어떻게 간직해야 좋을지 생각을 해보라는 것이다. 이 '지구의 종말이란 없다'는 것을 앞 장에서 이야기했노라. 그러나 이 지구의 종말은 없지만, 현재 지구가 몸살을 앓고 있다는 것을 알라. 이 지구가 어떠한 모습으로 몸살을 앓고 있다는 것인가? 하고 생각하는 사람들이 있을 것이다. 그 이유를 지금부터 글로 적을 것이다. 이 글을 읽는 사람들은 모두 행운인 것이다. 반면 이 글을 읽지 못하는 사람들은 불행일 것이다. 그것은 이 글 속에는 수많은 예언과 수많은 메시지가 담겨 있기 때문이다. 이 글을 읽는 자는 행복한 삶을 살 것이다. 그 행복한 삶을 살기를 바라는 마음에서 이렇게 글을 적노라.

자, 이제 지구에 대해서 적을 것이다. 힘들어하고 있는 이 지구를 우리는 정말 구하고 싶구나. 하지만 인간들은 지구가 힘들다는 것을 모르고 있다는 것이다. 이 지구를 사랑하라는 것이다. 이 지구를 보고 정말 사랑하는 마음을 가지라는 것이다. 이 지구는 지금 무엇인가? 이 지구는 지금 최악의 순간에 와있다는 것이다. 최악의 순간이란 무엇인가? 이 물음에 지구의 최악의 순간이란 이 지구의 마지막인가? 하고 인간들이 반문할 것이다.

이 지구가 최악이라고 해서 마지막 순간에 온 것이 아니고, 지구가 몸살을 앓고 있다는 것이다. 지구의 종말이 없다는 것을 앞장에서 이야기했노라. 하지만 지구는 조금씩 변화한다는 것이다. 이 지구가 변화한다는 것은 지구가 반 이상 물에 잠긴다는 것이다. 그런데 이 지구의 반 이상이 왜 물에 잠기는가 말이다. 그 이유에 대해 우리는 글을 써 나가겠다.

글로 쓰는 그 이유를 알라는 것이다. 그 이유를 알아야 인간들이 똑바로 살고, 인간들이 타인을 위하는 마음으로 산다는 것이다. 인간들이 아름답게 살기를 우리는 바란다는 것이다. 인간들이 똑바로 살아야 하늘의 세계에서 보는 우리도 행복할 것이다. 우리는 하늘의 세계에서 인간들이 잘 되기를 바라고 있다는 것이다. 인간들이 잘 되기를 바라는 우리들의 소원대로 인간들이 잘 따라주지 않으니 참으로 안타까울 때가 많다는 것이다.

인간들이 정말 바르고, 착하고, 깨끗하게 살면 지구는 정말 최악의 상황이 없이 살기 좋은 곳이 된다는 것이다. 그러한 지구를 우리는 바란다는 것이다. 그래서 우리는 이 글을 적노라.

이 지구가 왜 반 이상 물에 잠기는지 그 이유를 지금부터 글로 적을 것이다. 이 지구가 반 이상 물에 잠기는 이유는 바로 인간들의 행동에서 나온다는 것을 알라. 그 행동이 과연 무엇인가. 그 행동을 보라는 것이다. 그 행동을 보고 똑바로 살라는 것이다. 그 행동을 보며 자신을 안다는 인간들을 우리는 보고 싶구나. 인간들이 자신을 알아야 한다는 것은 인간들이 그동안 자신을 모르고 살고 있다는 것이다.

그 자신은 무엇인가? 그 자신을 보라는 것이다. 그 자신이 무엇인지 말이다. 그 자신을 보고 당신은 어떠한 삶을 살고 있는지 보라는 것이다. 그 자신을 보고 말이다. 당신 자신을 보고, 당신은 정말 한 점 부끄러움 없이 하늘을 보며 진실하게 살았는가를 보라는 것이다. 그 진실을 보라는 것이다. 그 진실은 과연 무엇인가? 하고 반문하는 사람들이 있을 것이다. 그 진실은 바로 착하고, 바르고, 깨끗하게 살라는 것이다. 그 진실을 보라는 것이다. 그 진실을 보고 우리는 인간을 평가한다는 것이다.

인간을 평가하는 것은 각 기준에서 보고 하늘의 세계에서 평가한다는 것이다. 하늘의 세계는 바늘구멍처럼 빈틈이 없다는 것을 앞 장에서 말한 적이 있도다. 그 빈틈이 무엇인가. 그게 바로 착하고, 바르고, 깨끗하게 살라는 것이다. 그 빈틈을 보고 인간을 본다는 것이다. 그 빈틈이 얼마나 무서운가, 얼마나 소중한가. 그 빈틈을 보고 당신들의 마음도 본다는 것이다. 그 빈틈을 보면 정말 인간의 참모습이 보인다는 것이다. 그 빈틈을 보는 우리는 인간들이 정말 어떠한 삶을 살고 있는지 바늘구멍 보듯이 보고 있다는 것이다.

그런데 인간들은 하늘의 세계를 무시하는 등 지은 죄가 무지하게 많다는 것이다. 인간들이 지은 죄가 얼마나 무서운가? 엄청나게 많은 인간들의 죄 중에서 그래도 제일 무서운 것은 살인이라고 인간들은 알고 있을 것이다. 하지만 더 무서운 죄가 있다는 것을 알라. 그것은 다른 게 아니고 바로 쾌락이라는 것이다. 그 쾌락이 얼마나 인간을 힘들게 만드는지 인간들은 생각조차 못한다는 것이다.

인간들에게 그 쾌락은 잠시 동안은 좋고 활력이 되는 것 같지만, 그것은 말 그대로 '잠시'라는 것을 알라. 그것은 순간이라는 것을 알라. 그것은 순간의 쾌락인 것이란 말이다. 그 순간의 쾌락을 위하여 인간들은 살인을 하고, 가정을 파괴하고, 자식도 버리기도 한다는 것이다. 그 순간이 무엇이 그렇게 중요하단 말인가. 정말 중요한 것은 자신 스스로의 삶인 것을 그들은 모르고 있다는 것이다. 그 중요한 삶이 어떠한 것인지를 말이다. 그것은 바로 나의 가정이요, 나의 형제요, 나의 부모인 것을 말이다.

그것은 바로 당신들의 사는 모습에서 보라는 것이다. 그것은 바로 당신들의 모습에서, 당신들의 행동에서, 모든 것이 보인다는 것이다. 그 모습을 보고 당신은 정말 소중한 삶이 무엇인지 알게 될 것이다. 그 소중한 삶이 바로 우리 주변과 우리 가정에 있다는 것을 말이다. 그 소중한 삶은 코앞과 발밑에 있다는 것이다. 바로 가까운 곳에서 소중한 삶이 나오는 것이다.

인간들은 그런 물음에 왜 그런 답(내 앞과 발밑, 코앞에 있다)이 나오는지 이제는 알 것이다. 그 이유를 알리기 위하여 우리는 수많은 예로써 적었던 것이다. 수많은 예 중에서 정말 소중한 것은 바로 당신들이 사는 모습인 것이다. 그 모습을 보고 당신들이 어떠한 모습으로 살아야 하는지 보라는 것이다. 그 모습을 보면 당신들에게 정말 소중한 삶이 무엇인지를 알 것이다. 그 소중한 삶을 보는 당신은 정말 귀한 존재요, 깨달음에 이를 수 있는 사람이다.

그 깨달음은 다른 곳에 있는 것이 아니라고 이미 앞 장에서 이야기했노라. 그 깨달음이 바로 코앞과 발밑에 있다는 것이다. 그 깨달음을 보고 우리는 정말 소중한 삶을 살라는 것이다. 그 삶 속에서 당신을 보면 깨달음이 무엇인지 가르쳐 준다는 것이다. 그 깨달음을 보는 당신은 정말 훌륭하고 아름다운 존재인 것이다. 그 깨달음을 어떻게 발견해야 하는가? 하고 반문하는 사람들이 있을 것이다. 그 깨달음은 어느 먼 곳, 대단한 곳에서 찾는 것이 아니라, 바로 당신들의 사는 방식에서 이미 알 수 있다는 것이다. 그 당신들이 사는 방식이 무엇인지를 알고, 당신들의 사는 모습에서 당신을 발견하라는 것이다.

그 발견은 정말 어렵고도 쉬운 것이란 것을 앞 장에서 이야기한 적이 있도다. 그 이유를 글로 적을 것이다. 그 이유는 바로 당신들의 코앞과 당신들의 발밑에 있다는 것이다. 그 깨달음에 바로 자신이 있다는 것이다. 이미 앞에서 이야기한 것처럼 그 깨달음은 바로 작은 것에서부터 있다는 것이다. 그 작은 깨달음은 순간순간의 모습인 것이다. 그 순간을 잘 보고, 그 순간을 생각해 보라는 것이다. 그 순간을 보면 당신은 자신의 모습을 발견할 수 있다는 것이다. 당신은 자신의 그 모습을 보며 자신이 정말 바르고, 깨끗하고, 착하게 행동을 했는가를 본다는 것이다. 그 깨끗하고, 바르고, 착한 것을 말이다. 그것을 보라는 것이다. 그것을 보면 비로소 당신은 깨달음을 안다는 것이다.

그 깨달음의 발견을 이제는 알겠는가. 그 깨달음을 멀리서 찾지 말라고 앞 장에서도 이야기했지만, 인간들은 그 이유를 아직까지도 모르고 있다는 것이다. 그 이유를 이제는 알겠는가. 그 이유를 알리기 위하여 지금까지 수많은 이야기를 했노라. 그 수많은 이야기 속에서 우리는 정말 착하고, 깨끗하고, 바르게 사는 인간들이 과연 많이 있을까 하고 생각해 볼 때가 있었다는 것이다. 그러한 인간들을 우리가 돕고 싶구나. 그러한 인간들이 있다면 그들을 언제라도 돕고 싶구나. 나의 인간들아, 제발 착하고, 바르고, 깨끗하게 살아다오. 제발 그렇게만 살아간다면 지구는 정말 살기 좋은 세상이 될 수 있다는 것이다.

그 살기 좋은 세상을 만들기 위하여 우리는 이렇게 글을 쓰고 있는 것이다. 이 글을 쓰는 존재도 오늘 무척 피곤할 것이다. 하지만 그래도 그 피곤한 몸을 이끌고 이렇게 글을 쓰고 있어 고맙게 생각하노라. 이렇게 고생하며 쓰는 것은 이 글을 세상의 밖으로 끄집어내어 하루라도 빨리 많은 인간들이 이 글을 읽었으면 하는 마음 때문인 것이다. 이 글을 읽은 존재들은 정말 행복한 삶을 살 것이다. 이 글 속에는 바로 깨달음이 있기 때문이니라. 그동안 깨달음이 무엇인지 모르고 살아온 인간들도 이 글을 읽음으로써 인간들의 사는 참모습을 알게 된다는 것이다.

인간들이 사는 참모습을 발견하라는 것이다. 인간들이 사는 참모습을 보는 당신도 매우 행복한 존재인 것이다. 그 이유는 깨달음을 이제 알았다는 것이다. 그 깨달음은 아주 가까운 내 옆과 앞에 있다는 것을 말이다. 그 깨달음은 종교도 아니요, 산 속도 아니요, 기도도 아니요, 바로 내 앞과 바로 옆, 가까운 곳에 있다는 것을 말이다. 그 깨달음을 본 당신은 정말 아름다운 삶을 살게 될 것이다.

그 깨달음 속에서 당신을 발견했다는 것은 큰 기쁨인 것이다. 그 기쁨의 세계로 들어가 보는 것도 좋은 것이다. 그 기쁨의 세계는 다른 것이 아니라, 바로 당신의 후손인 것이다. 그 후손을 보면 당신은 정말 행복이 무엇인지 알 거라고 이미 앞에서도 이야기했도다. 그 이유를 지금은 더 구체적으로 적을까 싶구나.

그러나 오늘은 이 존재가 너무나 피곤해하는구나. 오늘 낮에 많은 손님과의 상담을 한 관계로 피곤함을 많이 느끼는구나. 그럼 오늘은 이만 하기로 하자….

2006년 6월 29일 밤 12시 43분

제21장
남을 위한 삶 속에서도 행복했다면
당신은 아름다운 삶을 살았다는 것이다

자, 오늘도 계속해서 글을 쓰겠노라. 글을 쓰는 동안 이 존재는 무척 피곤해하는구나. 그럼 앞 장에서 이어지고 있는 후손에 대한 이야기를 계속해서 적을 것이다. 우리는 인간들이 정말 바르고 깨끗한 삶을 살기를 바란다. 그 삶이 무엇인지 지금부터 보기 바란다. 그 삶이 무엇인지 말이다. 그 삶 속으로 들어가 보자. 그 삶이 정말 후손을 위한 삶인지 말이다. 그 삶이 정말 당신들의 후손을 행복 속으로 가게끔 행동을 하고 있는지 말이다. 그 삶 속으로 들어가 보자. 그것은 당신을 보고 있다는 증거이기도 한 것이다. 그 증거를 보기 바란다.

인간들이 사는 모습은 정말 각양각색인 것을 우리는 하늘의 세계에서 이미 알고 있다. 그 각양각색을 모두 보고 있노라면 인간들의 삶이 참 재미있기도 하고, 한편으로는 참 어리석어 보이기도 한다는 것이다. 그 삶 속으로 들어가 보자는 것이다. 그 삶이 무엇인지 말이다. 그 삶을 보고 당신들의 깨달음을 보라는 것이다.

그 삶 속에서 당신은 정말 어떠한 삶을 살고 있는지 알고 있는가. 그 삶을 보라는 것이다. 그 삶 속에서 당신은 당신의 삶을 알고, 행복을 볼 것이다. 그 행복이 바로 당신인 것이다. 그 행복을 보고 있노라면 당신은 정말 바르고 깨끗한 삶을 살고 있다는 것이다.

그럼 앞에서 이야기한 바로 지구에 대하여 글을 적을까 싶구나. 계속해서 지구에 대한 글을 적는 이유를 이제는 알겠는가. 지구가 과연 어떠한 것인가. 인간들이 편하고 풍요롭게 살게 하기 위하여 우리는 하늘에서 지구에 무한한 사랑을 주었노라. 그 사랑을 주기 위하여 우리는 무척 큰 힘을 주었노라. 하지만 인간들은 그 풍요와 그 편한 것, 안락한 것을 모두 나쁜 것으로 쓰고 있다는 것을 알고, 우리는 지구의 인간들에게 벌을 주기로 하였단다.

그 벌이 바로 나쁜 행동인 것이다. 그 벌, 즉 나쁜 행동이 무엇인가. 바로 당신들이 하는 행동인 것이다. 그 당신들이 하는 행동이 무엇인지 자세하게 보거라. 당신들이 하는 행동을 보면 당신들의 나쁜 행동을 알게 될 것이다. 그 나쁜 행동을 보라는 것이다. 그 나쁜 행동을 당신들에게 보여줄 것이다. 그것을 보고 나쁜 행동을 알라는 것이다.

그것은 바로 당신의 앞과 바로 옆에 있다는 것을 앞에서 이야기했노라, 그 나쁜 것을 말이다. 그 나쁜 것에 대해 더 이야기를 하겠노라. 그것은 바로 우리의 일상생활에 있다는 것이다. 그 일상생활에서 당신은 무엇을 보았는가. 그 일상생활에서 당신이 보는 것이 무엇인가. 그 일상생활을 보고 당신을 알라는 것이다. 그 일상생활에서 당신은 바로 나쁜 것을 인지하라는 것이다.

그 나쁜 것을 인지하는 사람은 정말 지구를 사랑하는 사람이다. 그리고 그 나쁜 것을 모르는 사람은 지구를 사랑하지 않는다는 것이다. 그 지구를 사랑하는 방법에 대해 지금 구체적으로 적을 것이다. 그 지구를 사랑하는 것은 그 지구를 알고, 사람을 알고, 이웃을 알라는 것이다. 그 이웃을 안다는 게 바로 당신 자신인 것이다. 그 이웃은 무엇인가. 그 이웃은 우리의 주변에 있다는 것이다. 그 이웃을 알고, 당신 자신을 알고, 바로 당신의 마음을 안다는 것이다. 그 마음을 보고 당신은 정말 이웃을 어떠한 마음으로 대하여야 하는지 안다는 것이다.

그 마음을 보라. 그 마음을 보고 당신의 마음이 어떨지를 말이다. 당신의 마음이 편안했는지, 아니면 당신의 마음이 불안했는지 말이다. 당신의 마음을 보고 정말 당신은 어떠한 생각을 하고 있는지 말이다. 그 마음을 보라는 것이다. 그 마음을 보고 당신은 정말 아름다운 생각을 하고 있는지, 그 생각이 옳았는지 아니면 그 생각이 어리석었는지 말이다.

그 생각으로 들어가서 그 생각 속에서 당신 자신을 찾는다는 것이다. 그 생각으로 들어가는 방법은 바로 편안한 마음이고, 그 생각으로 들어가지 못하는 것은 어리석은 생각인 것이다. 그 생각은 바로 당신들의 마음과 행동과 판단인 것이다. 그 판단이 잘못 되었을 때 당신은 정말 불행한 삶을 살 수도 있다는 것이다.

그 불행한 삶을 보는 것은 간단하다. 그 불행한 삶이란 게 바로 당신들의 사는 시간을 보라는 것이다. 당신들의 사는 시간이 지금 어떠한 모습인가 말이다. 그 당신들의 사는 모습을 보라는 것이다. 그 당신들의 사는 모습을 보고 당신은 정말 떳떳한 삶을 살았는지 말이다. 그 떳떳한 삶을 보고서 당신이 정말 행복했다면 당신은 정말 아름다운 삶을 살았다는 것이다.

그 삶 속으로 들어가라는 것이다. 그 삶 속으로 들어가 보자는 것이다. 그 삶을 안다는 것은 당신이 똑바로 살았다는 것이다. 그 삶을 안다는 것은 그 삶 속으로 들어가는 것인데 그 삶 속에서 당신은 정말 타인을 생각하고 타인을 위하는 마음으로 모든 일을 하였는지 보라는 것이다. 그 마음을 보면 당신은 정말 아름다운 삶을 살았노라고 자신있게 이야기할 것이다.

그 삶이 정말 아름다운 삶이었노라고 이야기할 때 당신의 그 얼굴에 미소가 가득하다는 것이다. 그 미소 속에서 당신의 행복한 삶이 보일 것이다. 그 행복한 삶이 정말 보기 좋다는 것이다. 우리는 이러한 삶을 인간들에게 많이 주고 싶도다. 그런데 인간들에 이러한 삶을 많이 주지 못하는 것이 안타까울 뿐이란다. 그 멋진 삶을 인간들이 즐기기를 우리는 많이 원한다는 것이다. 그 삶을 즐기라는 것이다. 그 즐기는 것은 타락하라는 것이 아니다. 그 삶을 보면 당신은 정말 행복한 삶을 영위할 것이다. 그 편안한 삶을 말이다.

그 편안한 삶을 살게 하기 위하여 우리는 하늘에서 사랑을 듬뿍 주고 있노라. 그 사랑을 받을 인간들이 과연 몇이나 될까도 생각해 본다는 것이다. 그 삶을 보라는 것이다. 그 삶 속에서 당신은 정말 아름다운 생활을 했는지 보라는 것이다. 그 삶 속에서 당신은 무엇을 발견했는지를 말이다. 그 삶을 보는 당신은 정말 바르고, 착하고, 깨끗한 삶을 살았다는 것이다. 그 삶을 말이다.

그 삶을 보는 것은 바로 당신인 것이다. 그 삶을 보고 당신이 깨달음을 알라는 것이다. 그 깨달음 속에서 당신을 보고 당신을 발견하라는 것이다. 그 발견 속에서 당신은 어떠한 생각을 하고 있는지를 보라는 것이다. 그 삶을 보고 있는 모습을 보라는 것이다.

그럼 앞으로 계속해서 지구에 관하여 글을 적을 것이다. 이 지구가 과연 어떻게 변하는지 말이다. 이 지구를 보고 당신은 지구의 변화를 생각해 보라는 것이다. 과연 당신들에게 이 지구를 사랑하는 마음이 정말 있는가 말이다. 그 지구가 과연 지금 어떠한 처지에 있는지를 보라는 것이다. 이 지구는 지금 너무도 병이 들어 인간들이 살기에는 한계에 왔다는 것을 앞에서 이야기했노라. 하지만 그 이야기를 지금은 더 구체적으로 적을 것이다. 그 구체적이란 것이 다른 게 아니고 바로 당신의 행동에서 나온다는 것이다. 그 행동이 무엇인가. 그 행동을 보고자 노력한다면 당신은 자신의 진솔한 행동을 알게 될 것이다. 그 자신의 행동을 보는 당신이 어떠한 마음인가를 보라는 것이다.

그래 그 마음을 보면서 당신은 지구가 지금 무엇을 원하고 있는지 알고 있는가. 지구가 원하는 것은 바로 당신들의 삶을 윤택하게 하기 위하여 돕는 일인데, 인간들은 오히려 자신의 삶을 엉망으로 만들고 있다는 것이다. 그 삶을 왜 엉망으로 만드는가를 보라는 것이다. 그 삶을 보면 당신은 정말 후회할 것을 알게 될 것이다. 그 후회란 게 무엇인가. 바로 당신의 행동인 것이다. 그 행동을 보고 당신이 슬기롭게 타인을 배려해 보았는지를 보라는 것이다. 그 타인을 생각하는 마음을 보라는 것이다. 그 타인의 마음을 안락하게 행동할 수 있게 해주었는가를 보라는 것이다. 그 타인을 생각하는 마음이 진정한 마음인가를 보라는 것이다. 그 마음으로 들어가 보라는 것이다.

그 마음이 진정한 마음인가를 보라는 것이다. 인간들은 자신의 마음을 잘 모른다. 그저 자기를 좋아하고, 자신을 위로 올려주면 마냥 좋아하는 사람들이 너무도 많이 있을 뿐이다. 그것은 순간의 기분이다. 나쁜 것도 지적해 주는 것이 좋은 것이다. 그 나쁜 것이란 게 바로 타인을 배려하고, 타인을 생각하면서 하는 지적을 말이다. 타인을 깔아뭉개면서 하는 지적은 우리가 원하지도 않는다는 것이다. 그 타인을 깔아뭉개면서 하는 지적은 타인을 적으로 만들고, 오히려 그 사람을 공격하는 것이다. 그 공격을 우리는 원하지 않는다는 것이다. 그 공격은 나쁜 행동인 것이다. 그 공격은 정말 없어져야 하는 것이다.

그 공격성이 바로 전쟁인 것이다. 그 전쟁이 무엇인가. 바로 타인을 깔아뭉개는 것이다. 타인을 깔아뭉개는 것은 바로 타인을 공격하는 것이다. 그 공격에 대해 알라는 것이다. 그 공격을 보면 당신은 매우 기분이 나쁠 것이다. 그 공격은 오히려 적을 만든다는 것이다. 그 적은 바로 전쟁이었다는 것이다. 그 전쟁이 이제는 작은 가정에서 시작된다는 것이다. 그 전쟁이 왜 작은 가정에서 시작이 되는지를 봐라. 그 전쟁은 바로 가정이 깨지는 것이다. 그것으로 인해 가정이 깨지는 것이 전쟁인 것이다. 그 전쟁을 하지 말라는 것이다.

우리는 그 전쟁을 몹시도 싫어한다는 것이다. 그 전쟁을 보고 있노라면 우리는 정말 안타까운 마음이라는 것이다. 그 전쟁을 보며 당신은 무엇을 느꼈는가. 그 전쟁이 바로 나의 전쟁인 것이다. 그 전쟁을 생각해 보라는 것이다. 그 전쟁을 보며 당신이 정말 힘들었노라고 이야기해 보라는 것이다. 그 전쟁을 보면서 당신은 정말 타인이 행복했으면 하고 빌어 봤는가. 그 행복을 빌어 보라는 것이다. 그 행복을 빌어주는 마음이 얼마나 아름다운 마음인가 말이다. 그 행복을 비방하지 말라는 것이다. 그 행복을 빌어주라는 것이다.

그 행복을 주고 싶도다. 그 행복을 생각하는 사람은 정말 아름다운 삶을 살고 있다는 것이다. 그 행복을 주고 싶다고 이야기하고 싶도다. 그 행복한 삶을 살기를 우리는 원하는 것이다. 그 원하는 삶을 보고 당신은 진정 타인이 행복하기를 바랐는지를 보라는 것이다.

그 타인의 행복을 보면서 당신에게 정말 흐뭇한 마음이 생겼는지를 보라는 것이다. 그 마음이 있으면 당신은 정말 아름다운 마음을 갖고 있다는 것이다. 그 마음을 알고 있다는 것도 정말 아름다운 생각을 하고 있다는 것이다. 그 마음으로 가보라는 것이다. 그 마음속에서 당신은 정말 행복한 마음을 가질 수 있을 것이다.

타인의 행복이 바로 나의 행복인 것을 인간들은 아직 모르고 있는 것이다. 타인의 불행이 바로 나의 불행인 것을 인간들은 아직 모르고 있는 것이다. 그 불행을 안다면 당신은 정말 타인을 생각할 줄 아는 사람인 것이다. 타인을 생각할 줄 아는 사람은 정말 바른 생각과 바른 마음과 바른 행동을 한다는 것이다. 그 생각을 갖고 있는 인간이 과연 얼마나 많이 있을까 하고 생각해 본다는 것이다.

그 마음으로 계속해서 살았으면 하는 것이 우리들 하늘 세계의 마음인 것이다. 그 마음을 보는 당신에게는 정말 행복한 후손이 있다는 것이다. 그 행복한 후손을 당신은 미리 알고 있다는 것이다. 그 행복한 후손이 행복한 삶을 살고 있다는 것이다.

그 보기 좋은 삶을 보고 싶도다. 그래서 우리는 그러한 삶을 인간들에게 주고 싶어서 이 늦은 밤에 이 존재를 통하여 이렇게 글을 적노라. 나의 존재야, 그동안 참으로 고생이 많았구나. 나의 존재야, 오늘도 고생을 많이 하였구나, 나의 존재야. 그래 너는 그래도 그 고생을 고생이라고 생각하지 않는구나. 그러한 너의 마음을 정말 사랑한다. 나의 존재야, 너의 그러한 미소가 너무도 보기 좋구나.

2006년 7월 3일 밤 12시 7분